और सिर्फ तितली

और सिर्फ तितली

प्रदीप सौरभ

वाणी प्रकाशन

वाणी प्रकाशन

4695, 21-ए, दरियागंज, नयी दिल्ली 110 002

शाखा

अशोक राजपथ, पटना 800 004

फ़ोन : +91 11 23273167 फ़ैक्स : +91 11 23275710

www.vaniprakashan.in
vaniprakashan@gmail.com

AUR SIRF TITLI
by Pradeep Saurabh

ISBN : 978-93-5072-869-7
Novel

प्रथम संस्करण

आवरण : माधव जोशी

मूल्य : ₹ 250

शुभम् ऑफ़सेट, दिल्ली-110 032 में मुद्रित

वाणी प्रकाशन का लोगो मक़बूल फ़िदा हुसेन की कूची से

॥ एक ॥

वह शायद तितली ही थी। तितली जैसी खूबसूरत। तितली की ही तरह उड़ती थी। कभी इधर फुदक कर बैठती तो कभी उधर। रंग-बिरंगी तितलियों जैसे ही उसके सपने रंग-बिरंगे थे। सपने थे कि उससे कई बार रूठे, लेकिन उसने तितली जैसी अपनी सोच नहीं बदली। तितली तो ऊँची उड़ान भर नहीं सकती थी, लेकिन उसके सपनों में ऊँची उड़ानें आती थीं। उड़ने के लिए वह कई बार तितली से चील बन जाती थी। घोंसले से अपना निवाला खींच लाने वाली तीखी शिकारी नजरों के साथ। असल में वह चील बनना नहीं चाहती थी। वह तितली ही रहना चाहती थी। दमकते और महकते रंग-बिरंगे फूलों के बगीचों को ही अपना रैन-बसेरा बनाना चाहती थी। लेकिन उसे तितली नहीं रहने दिया गया और वह चील बन गयी। दिलचस्प यह था कि उसने चील के गुणों को अपनाया, दुर्गुणों को नहीं। चील की तरह कभी उसने अपने भाई-बन्धुओं को अपना निवाला नहीं बनाया। कई बार उसे इस बात पर असमंजस भी होता था कि आखिर वह चील है या कि तितली। इस द्वन्द्व के बावजूद वह चील में तितली बनी रही। तितली। सिर्फ तितली।

उस दिन की सुबह कुछ अज़ीब सी थी। सोफिया स्कूल की हवा में उदासी भी थी और खुशी का आलम भी। जनवरी के दिन थे। सूरज तो पूरब से निकला था। लेकिन कोहरे के बीच में उसकी चमक धुँधला सी गयी थी। किरणें तो उससे फूटी थीं, लेकिन बादलों को चीरने का उनमें शायद माद्दा नहीं था। घंटी बज चुकी थी। एसेम्बली के लिए बच्चे मैदान में एकत्रित हो गये थे। अधिकांश बच्चों ने अपने वजन से अधिक ऊनी कपड़े पहन रखे थे। कुछेक बच्चों के पास ठंड से लड़ने वाले पर्याप्त स्वेटर और जैकेट नहीं थे। ऐसे बच्चों के गालों पर गुलाबी चमक साफ दिख रही थी। शायद ठंड से उनके गाल जल गये थे। वे दाँत किटकिटाकर ठंड से लड़ने की अधूरी लड़ाई लड़ रहे थे। कहने को तो सोफिया स्कूल इंटरनेशनल स्कूल था। लेकिन गरीब बच्चों को यहाँ दलितों की ही तरह

देखा जाता था। स्कूल में ये बच्चे कोढ़ में खाज की तरह थे। स्कूल मैनेजमेंट के लिए गरीब बच्चों को लेना अनिवार्य था, क्योंकि वे स्कूल सरकारी जमीनों में बने थे और तमाम अनाप-शनाप सुविधाएँ लेते थे। लेकिन मैनेजमेंट गरीब कोटे से आने वाले छात्रों के साथ वह हर बदसलूकी करता था, जिससे वह अपमानित हों और खीज कर घर बैठ जायें। कई बच्चे तो घर बैठ भी जाते थे। लेकिन कुछ बच्चे पूरी ढिठाई के साथ जमे रहते थे। वे यह मान लेते थे कि अच्छे स्कूल में पढ़ने के लिए यदि वे पैसे नहीं दे सकते हैं तो उन्हें अपमान से उसकी कीमत चुकानी ही होगी। ऐसे ही बच्चों में एक था उदय प्रकाश।

बात छूट न जाये खुशी और उदासी की। असल में उस दिन बच्चों को अपने मन का ब्रेकफास्ट लाने की उनकी तान्या मैम ने छूट दी थी। वजह थी, उनकी क्लास में तान्या मैम का आखिरी दिन होना। स्कूल में घर से खाने-पीने का सामान लाने की मनाही थी। स्कूल में ही उन्हें कांटीनेंटल से लेकर देसी हर तरह का खाना-नाश्ता मिलता था। खाने के नाम पर मैनेजमेंट मोटी फीस वसूलता था। उस दिन सैंडविचेस, चिप्स, चाकलेट, केक्स, पास्ता वगैरह-वगैरह सब कुछ मेनू में था। सबकी अपनी-अपनी पसन्द का। यहाँ यह बात जरूर बता देनी चाहिए कि गरीब बच्चों के हिस्से स्कूल से मिलने वाले खाने का एक टुकड़ा भी नहीं आता था। वे अपनी रूखी-सूखी घर से लाते थे। बच्चों के लिए दुख की बात यह थी कि उनकी तान्या मैम कल से उनकी क्लास टीचर नहीं होंगी। वैसे तो नया सेशन अप्रैल में शुरू होता है और जब बच्चे नयी क्लास में जाते तभी उन्हें दूसरी टीचर मिलती। पर यहाँ किसी खास वजह से तान्या मैम को सीनियर क्लास दे दी गयी, कारण तान्या मैम की नॉलेज बड़ी कक्षा के अनुसार परफेक्ट थी। तान्या मैम भी सीनियर क्लास पढ़ाना चाहती थीं। पर बच्चों के चेहरों में एक अज़ब सी उदासी थी। पहली कक्षा के इतने छोटे बच्चे भी सामूहिक रूप से उदास हो सकते हैं किसी के लिए, यह यहाँ देखने की बात थी। उदासी और खुशी के बीच क्लास रूम में जबर्दस्त पार्टी हुई। सबने मिलकर खाया-पीया। नो लड़ाई-झगड़ा। पार्टी के बाद सभी बच्चे स्कूल बस में बैठ कर स्पोर्ट्स कॉमप्लेक्स गये। वहाँ आज जूनियर क्लासेज का फोटो सेशन होना था। बस में उसकी क्लास के सभी बच्चे तान्या मैम के साथ सीट साझा करना चाहते थे। लेकिन तान्या मैम तो एक ही थी, सबके साथ बैठ नहीं सकती थीं। बच्चे आपस में तान्या मैम के साथ बैठने के लिए बस में गुत्थम-गुत्था हो गये। तभी तान्या मैम जोर से चीखीं—'तुम सब इस तरह से करोगे तो मैं बस से उतर जाऊँगी और

फोटो भी नहीं खिंचवाऊँगी।'

इस चीख के साथ ही बच्चे एक-एक करके अपनी सीटों में चुपचाप जा बैठे। तान्या मैम ने तय किया कि वह सारन्या के साथ बैठेंगी। सारन्या तान्या मैम पर अपना अधिकार समझती थी। तान्या की असल चेप थी सारन्या। जहाँ-जहाँ तान्या मैम, वहाँ-वहाँ सारन्या। अपनी छोटी से छोटी बात वह तान्या मैम को बता देती थी। सारन्या देखने में भी बिल्कुल गुड़िया सी थी। तान्या मैम भी किसी गुड़िया से कम नहीं लगती थीं। छोटे कद की गोल-मटोल। खिला-खिला रंग। गालों में डिम्पल। और कॉटन के रंग-बिरंगे एथनिक कपड़ों की शौकीन। टिच-विच रहने वाली। दिल्ली में यह उनके कैरियर की पहली नौकरी थी। उनकी उम्र कोई ज्यादा नहीं थी। स्कूल में सभी टीचर उन्हें बच्चा टीचर समझते थे। वजह थी कि अधिकांश टीचरों की उम्र चालीस के आसपास थी या फिर उससे ज्यादा। उपदेश देना तो उनका हक बनता था। कुछ अधेड़ टीचरें भी थीं, जो शायद टीचिंग को नौकरी से ज्यादा कुछ नहीं समझती थीं। कम उम्र की होने के कारण हर टीचर तान्या मैम को उपदेश दे कर चलती बनती थी। पर तान्या मैम थी बेहद होशियार। मौके की नजाकत के चलते वह टीचरों के मुँह नहीं लगती थी। वह तर्कों के साथ पलटवार कर सकती थी, लेकिन नौकरी कच्ची होने के चलते वह ऐसा नहीं करती थी। वैसे वह चाह ले तो किसी की भी ऐसी-तैसी करने में पूरी सक्षम थी। उनके अतीत के कारनामे बेहद हैरतंगेज और खतरनाक रहे हैं। उनके कारनामों पर आगे कहीं।

सारन्या को किसी ने कभी चुप बैठे नहीं देखा था। चुलबुली। शैतान की नानी। उस दिन बस चलने के बाद वह तान्या मैम के पास काफी देर तक चुप बैठी रही। मौका देख कर उसने तान्या मैम के गालों में हाथ फेरते हुए हवा में एक किस उछाल दिया। फिर धीरे से बोली—'मैम आप गुस्सा न करो तो मैं एप्पल जूस पी लूँ।'

इतनी प्यारी रिक्वेस्ट के आगे तान्या मैम ना न कर सकीं। उन्होंने 'हाँ' में अपना सिर हिला दिया। सारन्या ने अपने बैग से एप्पल जूस निकाला और चोरी-चोरी सिप करने लगी। बस के दूसरी ओर सीट पर बैठी सुप्रिया गुलाटी को यह नागवार लगा। वह अन्दर से सुलग उठी। वैसे तो वह तात्कालिक प्रतिक्रिया दे सकती थी। लेकिन बात को मन में लेकर बैठ गयी। ऐसे मामलों में वह किसी की परवाह नहीं करती थी। एक बार तो उसने स्कूल की एकेडमिक हेड इशीता पास्ता को पेपर वेट खींच कर मार दिया था। उस इशीता पास्ता को जिससे पूरा

स्कूल थरथराता है। उनका गुनाह सिर्फ इतना था कि उन्होंने अपने ऑफिस में सुप्रिया के गाल प्यार से थपथपा दिये थे।

बस स्पोर्ट्स कॉमप्लेक्स पहुँच चुकी थी। मैडम तान्या सबसे पहले बस से नीचे उतरी और एक-एक कर बच्चों को उतारने लगीं। तभी सारन्या अपने नन्हें हाथों में अपना और मैडम का बैग एक साथ लिए उतरी। तिरछी नजरों से उसने पहले मैडम को देखा। फिर अपनी गोल-गोल आँखों को घुमाकर कुछ-कुछ तुतलाते हुए लाड़ से बोली—'ओफ! आप भी ना मैम! कितनी भुलक्कड़ हो कि अपना बैग ही सीट पर छोड़ आयीं। अगर मैं न होती तो बैग कोई चुरा लेता।' बैग तान्या मैम को थमाकर मानो वह कितनी बड़ी जिम्मेदारी से मुक्त हो गयी।

इस पर तान्या मैम मुस्करा दीं और उसके नन्हे हाथों से उन्होंने बैग ले लिया। सारन्या की इस अदा पर तान्या मैम को दुलार आ गया और उन्होंने उसे गोद में उठा लिया। सारन्या को मैम की गोद में देख कर सुप्रिया अन्दर से भभक पड़ी। वह कुछ हरकत करती कि उससे पहले सारे बच्चे फोटो सेशन के लिए कॉमप्लेक्स में बने एक स्टेज की ओर बढ़ गये। तान्या मैम ने लम्बाई के हिसाब से बच्चों को खड़ा करना शुरू किया, ताकि किसी बच्चे का चेहरा फोटो में छिप न जाये। सुप्रिया की लम्बाई कुछ बच्चों से ज्यादा थी। नतीजतन उसे दूसरी पंक्ति में दाहिने ओर जगह मिली। उसने देखा कि मैम की चहेती सारन्या पहली पंक्ति में बीचोबीच खड़ी है। अब सुप्रिया के गुस्से की कोई सीमा नहीं रही। वैसे भी कोई कैसे सोचता है, क्या करता है, क्या बोलता है, वह इन सबसे बेपरवाह थी। वह क्लास में भी अकेले रहने वाली लड़की थी। दूसरे बच्चे उससे दूरी बना कर ही चलते थे। वह आवाज, सुगन्ध, स्पर्श, प्यार, घूरने आदि किसी छोटी से छोटी बात पर रिएक्ट कर सकती थी। उसे दुनिया के हर शख्स से संवाद में मुश्किल होती थी। अपने माता-पिता से भी। उसकी अपनी दुनिया थी या फिर यूँ कहा जा सकता है कि वह उसमें बचपन से जकड़ी हुई थी। असल में सुप्रिया आटिज्म नामक बीमारी से ग्रस्त थी। आटिज्म एक प्रकार का न्यूरो बिहैविरल डिसआर्डर है। इसके लक्षण तीन-चार साल की उम्र से दिखने लगते हैं। आसपास के बच्चे जब खेलकूद में लगे रहते थे, तो सुप्रिया अपनी दुनिया में खोई रहती थी। उसे खिलौनों से भी नफरत थी। उसने कीमती से कीमती खिलौनों को कबाड़ बना दिया था।

तान्या को सबसे आगे बीचोबीच खड़ा देखकर सुप्रिया को असामाजिकता का दौरा पड़ा। वह आपे से बाहर हो गयी। पंक्ति को तोड़ते हुए वह सीधे फोटोग्राफर

के पास पहुँची और उसके कैमरे की बेल्ट से लटक गयी। वैसे तान्या मैम और बच्चे उसकी ऐसी हरकतों से वाकिफ थे, इसलिए इस तमाशे को किसी ने भी तमाशा नहीं समझा। तान्या मैम सारन्या की ही तरह सुप्रिया का भी बहुत ख़याल रखती थीं। उन्होंने सुप्रिया को काबू करने की कोशिश की, लेकिन वह काबू नहीं हुई। अन्ततः वह फोटो शूट में शामिल नहीं हुई। उसके बिना ही फोटो शूट हुआ। तान्या मैम को इस बात से बहुत दुख हुआ। वह स्कूल लौटते हुए बस से लेकर क्लास तक उसके साथ रहीं। उसे दुलारा-पुचकारा। तब जा कर वह शान्त हुई, जब तान्या मैम ने सायोना के कैमरे से उसके साथ फोटो खिंचवाई।

लंच ब्रेक की घंटी बज चुकी थी। पार्टी तो पहले ही हो चुकी थी, तो सबके पेट फुल थे। तान्या मैम के मोबाइल कैमरे से सभी फोटो खिंचवाने लगे। तभी उदय प्रकाश ने अपने टिफिन से केक का एक टुकड़ा निकाला। बीते कल उसका जन्मदिन था। वैसे तो हर बच्चे के जन्मदिन पर क्लास में हैप्पी बर्थडे मनाया जाता था। जिस बच्चे का जन्मदिन होता था, वह बच्चा अपने घर से सबके लिए कुछ न कुछ गिफ्ट लाता था और केक भी काटता था। लेकिन उदय प्रकाश के पिता के पास इतने पैसे नहीं थे कि वह क्लास की इस रस्म को पूरा कर सकते। वह एक सामान्य से चौकीदार की नौकरी करते थे और कल्लन साहब की कोठी के आउट हाउस में रहते थे। कल्लन साहब नेक दिल इंसान थे। उन्हीं की बदौलत उदय प्रकाश को सोफिया इंटरनेशनल में एडमिशन मिल गया था। पिता तो पिता ठहरे। वे उदय प्रकाश का मन नहीं दुखाना चाहते थे। इसीलिए उन्होंने उदय प्रकाश का मन रखने के लिए अपने घर में ही एक छोटा सा केक कटवा दिया था, ताकि उसे दुख न हो। उसी केक का एक टुकड़ा वह अपनी गुरु मैम के लिए लाया था। शायद गुरु-दक्षिणा के तौर पर। सहमे हुए उसने केक का टुकड़ा मैम की तरफ यह कहते हुए बढ़ाया—'मैम इनकार मत करियेगा। बड़े दिल से लाया हूँ। कल मेरा जन्मदिन था। खाने से इनकार करेंगी तो मैं तो नाराज नहीं होऊँगा, ये केक नाराज हो जायेगा।' यह कहते-कहते उसकी आवाज रुआँसी हो गयी।

तान्या मैम इमोशनल हो गयीं उसकी इस बात पर। उन्होंने कहा—'ये तो मैं खा ही लूँगी पर तुमने कल क्यों नहीं बताया कि तुम्हारा जन्मदिन था? हम सब मिलकर मनाते। चलो, कोई बात नहीं! आज हम सेलीब्रेट करेंगे तुम्हारा जन्मदिन। बिलेटेड हैप्पी बर्थडे।'

प्यार भरी फटकार उदय प्रकाश को सुनाने के बाद तान्या मैम ने कैंटीन से

सैंडविच और चॉकलेट मँगवाये और धूमधाम से उदय प्रकाश का जन्मदिन मनाया। जो बच्चे उदय प्रकाश को अपने से अलग मानते थे, उन्होंने भी उसे विश किया। असल में इस तरह के स्कूलों में नव कुबेर के बच्चे पढ़ते हैं। उनकी दुनिया अमीरी और गरीबी में बँटी होती है। उनके विकास की पहली और अन्तिम शर्त भेदभाव होती है। ऐसा उनके परिवार के लोग सिखाते हैं। ऐसी बात उन्हें सिखाई जाती है, जो उनके निश्छल मन में होती ही नहीं है। ये गन्दा है, वो गन्दा है, यहाँ से चीजें शुरू होती हैं। तान्या मैम ने उनके दिलों में उदय प्रकाश के प्रति हमदर्दी पैदा करके इस खाई को पाटने की कोशिश की। लेकिन वे जिस समाज में रहते हैं, क्या वे इस सबक को याद रख पायेंगे! ये याद रखने की कोशिश भी करें तो भी शायद ज्ञान की ये ऊँची इंटरनेशनल दुकानें उन्हें ऐसा न करने दें। ये मनोवृत्ति गलत है पर धन्धा जो ठहरा।

अब छुट्टी का समय आ गया था। बच्चों को पता था कि तान्या मैम का आज इस क्लास में आखिरी दिन है। तान्या मैम अब अगले दिन उन्हें नहीं मिलने वाली हैं। बच्चों की आँखें भर आयी थीं। नन्दिनी ने तान्या मैम को अपने हाथों से बनाया एक चित्र भेंट किया। उस चित्र में रंग-बिरंगे फूल थे। उसमें एक तितली भी थी। उसमें लिखा था–'आई लव यू तान्या मैम।'

तान्या मैम भावुक हो उठीं। तभी पूजा मैम के साथ अपनी फोटो खिंचवाने में लग गयी। पूजा ने नन्दिनी से कहा–'आओ तुम्हारी भी मैम के साथ एक फोटो खींच देते हैं।' इस पर नन्दनी इतराते हुए बोली–'मैम की फोटो तो मेरे दिल में रहती है। तू ही फोटो खिंचवा ले।'

बच्चे तान्या मैम को घेर कर खड़े हो गये। तभी अपनी आदत से विपरीत सुप्रिया तान्या मैम के पास आयी और उनका कुर्ता पकड़कर रोने लगी। तान्या मैम के भी आँसू छलक आये। दूर खड़े जान, सैम, पिंकी और राइसा मैम से चिपककर रोने लगे। इसी बीच सारन्या ने रोते हुए तान्या मैम से कहा–'मैम आप मत रोओ। हम रोज आपसे मिलने आयेंगे।'

आँखों में आँसू भरे तान्या मैम अपने अतीत में पहुँच गयीं। उन्हें स्कूल में बिताये एक-एक दिन और एक-एक घटना याद आने लगी। वह अतीत में डूबने-उतराने लगीं।

तान्या को याद आने लगा, स्कूल का वह पहला दिन! गर्मी के दिन थे। सूरज आसमान के ठीक बीचोबीच था और आग बरसा रहा था। हवा में भी काफी तपिश थी। आँधी तो नहीं कहेंगे, लेकिन गर्म तेज हवाएँ चल रही थीं। स्कूल

परिसर में लगे पेड़ हवा के झोकों के साथ डांस कर रहे थे। उनसे गिरे सूखे पत्ते पतंग की तरह इधर-उधर तैर रहे थे। गर्म हवा से बचने के लिए सिक्योरिटी गार्डों ने अपने चेहरों पर गमछा बाँध रखा था। आसानी से उनकी शक्लें नहीं दिख रही थीं। हिन्दी सिनेमा के डाकुओं की तरह ही उनकी वेशभूषा लग रही थी। फर्क सिर्फ इतना था कि ये डाकू मदद के लिए थे।

तान्या मैम ने उस दिन गर्मी के मिजाज से ही अपने को ड्रेसअप किया था। हलके हरे रंग की चूड़ीदार पजामी के साथ, जोगिया रंग का राजस्थानी कुर्ता पहना था। कुर्ते के गले और बाँहों में महीन हरी कढ़ाई थी। चुन्नी भी पजामी के रंग की मैचिंग की थी। बाल करीने से बँधे थे। लेकिन तेज हवाओं के चलते बालों की एक लड़ी बार-बार उनके चेहरे पर आ कर गिर जाती थी। कन्धों पर लेदर का एक खूबसूरत ब्रांडेड बैग था, जिसमें उनकी डिग्रियाँ वगैरह थीं। आँखों पर चढ़ा धूप का चश्मा उन्हें और खूबसूरत बना रहा था।

दिल्ली के पॉश इलाके वसन्त कुंज स्थित सोफिया इंटरनेशनल स्कूल की भव्य इमारत में जब वह घुसी थीं, तो सबसे पहले उन्हें एक टेरा कोटा का म्युरल दिखा था। उस म्युरल के ठीक बीचोबीच एक शख्स अपने दोनों हाथों को ऊपर उठाये आकाश की ओर देख रहा था। उसके साथ खड़े बच्चों का समूह भी उसी मुद्रा में दर्शाया गया था। शायद सबके सब पूरे आसमान को अपना बनाना चाहते थे। म्युरल देखकर तान्या मैम को उसमें अपना अक्स नजर आया था। वह भी आकाश छूने की इच्छा रखती थी। जब तक उसके इंटरव्यू की बारी नहीं आयी थी, तब तक वह उस म्युरल को निहारती रही थी। तभी अचानक एक सिक्योरिटी गार्ड ने उन्हें आकर कहा—'मैडम आपका नम्बर आ गया है।' तब जाकर वह अपने में लौट पायी थीं। इंटरव्यू बोर्ड में स्कूल के मालिक अमित जैन, प्रिंसिपल सुमेधा कौल और एकेडमिक हेड इशीता पास्ता शामिल थे। सुमेधा कौल के बारे में टीचरों के बीच मशहूर था कि वह अमित जैन की करीबी हैं। उन्हें गँवई बोली में रखैल भी कहा जा सकता है। गाहे-बगाहे वे दोनों डेटिंग पर कभी शिमला तो कभी मसूरी जाते रहते हैं। कहने वाले तो यह भी कहते हैं कि एक बार दोनों विदेश भी हो आये हैं।

इशीता पास्ता स्कूल में एक ऐसी शख्सियत थीं, जिन्हें बेहद कड़क माना जाता था। यूँ कह सकते हैं कि वे टीचिंग स्टाफ के लिए किसी टेरर से कम नहीं थीं। उन्हें किसी का हँसना-मुस्कुराना कबूल नहीं था। बात-बेबात पर वह किसी को भी झड़प देती थीं। उनके निजी जीवन के बारे में किसी को भी कुछ

पता नहीं था। दबी जुबान में लोग चर्चा करते थे कि पास्ता डायवोर्सी है। उसने अपने फेसबुक स्टेटस में डायवोर्स लिख भी रखा था। लेकिन बाद में उन्होंने अपना फेसबुक एकाउंट बन्द कर दिया था। पास्ता अधेड़ से कुछ कम उम्र की ही लगती थीं। शनिवार के दिन जींस और टॉप पहनती थीं। देखने में तो सुन्दर थीं, लेकिन उनके माथे में एक क्रॉस का कट था, जो शायद बचपन में चोट लगने के कारण स्टिचिंग के बाद का निशान था। उनकी खूबसूरती में यह कट चाँद में दाग जैसा था।

इंटरव्यू के बाद तान्या मैम को वहीं रुकने को कहा गया। उन्हें लगा कि शायद उनकी नौकरी पक्की हो गयी है। वरना और लोगों को तो रुकने के लिए नहीं कहा गया था। हुआ भी यही। एक जुलाई से उन्हें ज्वॉयन करने को कहा गया था।

स्कूल में उनके दिन कट रहे थे। क्लास वन के बच्चे उनकी जिन्दगी में घर कर गये थे। तभी उन्हें राइसा की याद आ गयी। उस दिन राइसा क्लास में बहुत खुश थी। झूम-झूम कर वह अपने गले में मोती के ब्रेसलेट को अपने दोस्तों को दिखा रही थी। ब्रेसलेट उसकी मम्मी ने उसके लिए बनबवाया था। जब वह तान्या मैम के पास अपना ब्रेसलेट दिखाने पहुँची तो उन्होंने आश्चर्यचकित भाव से पूछा—'अरे बेटा ये क्या पहना है? ऐसा सुन्दर ब्रेसलेट तो मैंने कभी देखा ही नहीं।'

इस पर राइसा ने तनिक शर्माते हुए तान्या मैम के कानों के पास धीरे से कहा था—'मम्मी ने दिया है मैम। जब मैं मम्मी इतनी बड़ी हो जाऊँगी तो आपके लिए भी बनवा दूँगी।' यह कहते हुए उसने हौले से उन्हें किस भी किया।

ऐसी ही न जाने कितनी घटनाएँ उनके दिमाग में उमड़-घुमड़ रही थीं। तभी उन्हें वह सुबह याद आयी, जब मौसम थोड़ा सुहाना था। गुलाबी ठंड थी। नवम्बर का महीना रहा होगा। एसेम्बली ग्राउंड में हलकी-हलकी धूप थी। बच्चे मस्ती के मूड में दिख रहे थे। तान्या मैम ने तय किया कि आज बच्चों को स्वीडिश लड़की पेपी की कहानी सुनाएँगी। पेपी की कहानी बच्चों को बहुत पसन्द आती थी। उसके ढेरों मजेदार किस्से थे। पेपी एक पावर गर्ल थी। उसके पापा शिप में कैप्टन थे। महीनों घर से बाहर रहते थे। वह अकेले घर में रहती थी। मुश्किल से मुश्किल समस्या का वह समाधान निकाल लेती थी। पेपी बड़ी चुलबुली और नटखट लड़की थी। वह दो पोनी टेल बाँधती थी। स्कर्ट और कालर वाली शर्ट उसकी पसन्दीदा ड्रेस थी। वह किसी से भी नहीं डरती थी। अपनी दुनिया में

मस्त। तान्या मैम भी पेपी में अपना प्रतिरूप देखती थीं। वह भी किसी से नहीं डरती थीं। पेपी की तरह हर समस्या का वह भी समाधान निकाल लेती थीं।

पेपी का घर एक छोटे कस्बे में था। उसके घर का नाम विला विलेकुला था। उसका घर बहुत बड़ा था। घर की चाहरदीवारी के अन्दर अनेक फल-फूल के पेड़-पौधे थे। वह अपने दोस्तों को बताती थी कि उसके पिता कैनीबल आइलैंड के किंग हैं। और वह वहाँ की प्रिंसेस। वह यह भी बताना नहीं भूलती थी कि उसके पिता जब आयेंगे तो उसे आइलैंड ले जाकर उसे प्रिंसेस का क्राउन पहनायेंगे। इतने बड़े घर में वह अकेले रहती थी। कभी-कभी उसके दोस्त उसके घर खेलने आते थे।

तान्या मैम ने तय किया कि वह बच्चों को कहानी एसेम्ली मैदान में सुनायेंगी। वे बच्चों को पेड़ों के झुरमट के नीचे लेकर आ गयी। वहाँ चटाई बिछाकर उन्होंने बच्चों को बिठा दिया और खुद एक पेड़ के पीछे छिप गयी और फिर लुका-छिपी करते हुए उन्होंने कभी गाकर तो कभी आवाज बदलकर कहानी सुनाई—'एक थी पेपी। सुन्दर और नटखट बच्ची। उसकी उम्र नौ साल की थी। उसके पिता एक आइलैंड के राजा थे। वहाँ वह शिप से जाती थी। एक बार जब वह शिप पर गयी तो वहाँ से वह एक बन्दर ले आयी थी। उसके पिता ने शिप पर उसे एक गोल्ड बॉक्स भी दिया था। उससे उसने लौटकर एक घोड़ा खरीदा था। अक्सर वह घोड़े की सवारी करती थी। पेपी, बन्दर और घोड़ा एक साथ घर में रहते थे। पेपी बन्दर को अपने कन्धे पर बैठाकर घुमाती थी। बच्चे उसके घर में खेलने आते थे। वह अक्सर अपने दोस्तों से डींगें मारती थी। एक बार उसने अपने दोस्तों से कहा—'हमारी जिन्दगी में कोई दबाव नहीं है। जब तुम दूध पी रहे होते हो तो मैं कैंडी खा रही होती हूँ। मैं अपनी मर्जी की मालिक हूँ। मेरे ऊपर किसी का राज नहीं चलता है।'

अक्सर पेपी खेलते हुए अपने दोस्तों के सामने ऐसी ही लम्बी-लम्बी छोड़ती थी। कुछ दिनों से बच्चे उसके घर खेलने नहीं आ रहे थे। छुट्टियों में सब अपनी नानी के घर गये थे। पेपी उन दिनों एकदम अकेली हो गयी थी। एक दिन उसने देखा कि उसके घर के बाहर कुछ लोग घूम रहे हैं। वे देखने में कुछ ठीकठाक नहीं लग रहे थे। पेपी पता लगाती है तो उसे पता चलता है कि वे लोग उसके घर पर कब्जा करना चाहते हैं। इस जानकारी के बाद वह अपने घर की सीढ़ियों पर खेलने लगती है। तभी वे लोग उसके पास आते हैं। पूछते हैं—'इस घर का मालिक कौन है?'

पेपी आत्मविश्वास के साथ जवाब देती है—'मैं ही इस घर की मालकिन हूँ।'

'इतनी छोटी लड़की कैसे इस घर की मालकिन हो सकती है?'—उनमें से एक आदमी आश्चर्य के साथ कहता है।

'मैं साइज में बेशक छोटी हूँ, लेकिन मैं ही इस घर की मालकिन हूँ।'—पेपी पूरे रोब के साथ जवाब देती है।

'हम लोग इस घर को खरीदना चाहते हैं।'—उनमें से दूसरा आदमी बोलता है।

'लेकिन हमें न तो घर को बेचने का शौक है और न ही जरूरत।' पेपी ने पूरे मालिकाना अन्दाज में जवाब दिया।

'हम घर के लिए बहुत पैसे देंगे।'—अबकी तीसरा आदमी जो थोड़ा लम्बे कद का था और सिर पर हैट और ओवरकोट पहने था, बोला।

'घर को खरीदने के बारे में सपने में भी न सोचना। इसमें भूत रहते हैं।'—डराने के अन्दाज में भौंहें चढ़ाते हुए पेपी बोली।

'ऐ छोटी लड़की हमें मत डरा। हमें भूत से कोई डर नहीं है।'—इस बार शान्त से खड़े पाँचवें आदमी ने जवाब दिया।

'अगर ऐसी बात है तो एक रात को यहाँ रहकर देख लो।'—पेपी ने उन्हें चुनौती देते हुए कहा। वे इसके लिए तैयार हो जाते हैं। एक दिन पाँचों लोग उसके घर रात बिताने आते हैं। पेपी ने उनको डराने का पूरा इन्तजाम कर रखा था। जब वे कमरे में जाने लगे तो छत के एक कोने में छिपे बन्दर ने उन पर लकड़ियों के टुकड़ों का गट्ठर गिरा दिया। उनमें से घने बालों वाले एक आदमी के सिर पर एक बड़ा लकड़ी का टुकड़ा गिरा। उसके बाद बन्दर ने पत्थरों को फेंकना शुरू कर दिया। वहीं पेड़ के पीछे से पेपी और उसके घोड़े ने अनेक तरह की डरावनी आवाजें निकालीं। पाँच के पाँचों डर गये। उन्हें विश्वास हो गया कि यहाँ भूत रहते हैं। और वे वहाँ से नौ दो ग्यारह हो गये। इस तरह पेपी ने उनसे अपना घर बचा लिया।'

कहानी सुनते हुए कभी बच्चे डरते, तो कभी हँसते, तो कभी अपने मुँह हाथों से छिपाकर उंगलियों से टुकुर-टुकुर देखते। बच्चों को बड़ा मज़ा आया था। बच्चों का दिन तो बन आया था। तान्या मैम की पढ़ाई की ये अदा पूरे स्कूल में मशहूर थी। इन्हीं सब खूबियों के चलते उसे एक अच्छा टीचर माना जाता था। स्कूल के मालिक अमित जैन की नजर भी तान्या पर थी। नजर अच्छी थी

या बुरी यहाँ कुछ नहीं कहा जा सकता है।

इसी दौरान एक और घटना तान्या मैम को याद आयी। उस घटना ने पूरे स्कूल को स्तब्ध कर दिया था। उस दिन तान्या मैम का दिल भी हिकारत से भर गया था। वह अन्दर से बाहर तक हिल गयी थीं। कई रात उस घटना के चलते उन्हें नींद भी नहीं आयी थी। हर बार वह यही सवाल अपने से करती थीं कि कोई टीचर आखिर ऐसा कैसे कर सकता है? बात ऐसी नहीं थी कि उसे भुलाया जा सके। ये बात दीगर है कि मैनेजमेंट ने उसे भुला दिया था। भुलाने की वजह थी इशीता पास्ता से मिनी जोशी की करीबी। मिनी जोशी भी स्कूल में टीचर थी। वह क्लास सिक्स के बच्चों को पढ़ाती थी। उसकी हाइट चार फुट से भी एक दो इंच कम होगी। देखने में वह बदशक्ल न भी हो लेकिन खूबसूरती की श्रेणी में वह कहीं नहीं आती थी। उसमें आकर्षण नाम की कोई चीज नहीं थी। मोटे ग्लास का चश्मा उसके चेहरे को और बदसूरत बनाता था। पढ़ाई-लिखाई में तेज थी। उसका एकेडमिक कैरियर हमेशा अव्वल रहा था। उसने एमएड किया था। फर्स्ट क्लास में। तीस की उम्र पार कर रही थी। बचपन में भी उसके हम उम्र बच्चे उसके साथ खेलते नहीं थे, बल्कि लिलीपुट कहकर चिढ़ाते थे। उसके माता-पिता ने उसकी शादी के लिए लाख कोशिशें कीं, लेकिन बात नहीं बनी।

मिनी जोशी ने भी एकाध बार अपना पार्टनर खोजने की कोशिश की थी, किन्तु वह नाकाम रही। उसने स्कूल में ही जूनियर क्लर्क रमेश पंत से दोस्ती के लिए कई पींगें बढ़ाईं। दोनों की दोस्ती साथ टिफिन खाने तक सीमित रही। मिनी उसके लिए रोज कुछ न कुछ स्पेशल लाती थी, ताकि वह उसके प्रति आकर्षित हो। एक आध बार अनजाने भाव से उसने रमेश को स्पर्श करने की कोशिश भी की। लेकिन रमेश ने मिनी में कोई रुचि नहीं दिखाई। अलबत्ता इन्हीं हरकतों के चलते उसने उसके साथ टिफिन खाना बन्द कर दिया।

मिनी अन्दर से बाहर तक खास मानसिक और शारीरिक पीड़ा के बीच जिन्दगी जीती थी। शरीर की आग उसे रातों को सोने नहीं देती थी। हमेशा बेचैन रहती थी। इस सबका नतीजा यह था कि वह चिड़चिड़ी और प्रतिघाती हो गयी थी। स्कूल के कई टीचर उसके प्रतिघात के शिकार हो चुके थे। इशीता पास्ता की खास चमची होने के कारण वह अपने सहयोगियों के खिलाफ साज़िश आसानी से रच लेती थी। पास्ता को न जाने उसने कौन सा पाठ पढ़ा रखा था कि वह उसके खिलाफ कुछ सुनना ही पसन्द नहीं करती थी। जब रमेश पंत ने उससे दूरी बनानी शुरू कर दी थी और दोनों चुप्पी के बीच से गुजर रहे थे, तब उसने

उसके खिलाफ भी साज़िश रच दी थी। भला हो सुपरिटेंडेंट पाल साहब का कि उन्होंने उसे बचा लिया था। वरना उसकी तो नौकरी गयी थी।

तमाम जद्दोजेहद के बाद भी उसे ब्वॉय फ्रेंड नहीं मिल रहा था और वह बेकाबू हो गयी थी। अपनी इन्द्रियों पर उसका नियंत्रण रह-रह कर छूट जाता था। इस सबके बाद भी वह बच्चों के साथ अच्छा व्यवहार करती थी। तान्या मैम की क्लास के रितेश को वह बहुत प्यार करती थी। रितेश की उम्र सात साल होगी। शरीर से भरा-भरा था। मन्द बुद्धि उसे नहीं कहा जा सकता था। थोड़ा ढीला-ढाला जरूर था। हर चीज से बेरपवाह। हर बात पर देर से रिएक्ट करने वाला। पैसे वाले घर का लड़का था। उसे लेने और छोड़ने शोफर ड्रवेन ऑडी आती थी।

रितेश को अकेले देखते ही मिनी उसके पास आ जाती थी और उससे खेलने लगती थी। बस वाले बच्चे जब चले जाते थे, वह अपनी गाड़ी के इन्तज़ार में क्लास में कई बार अकेले रह जाता था। क्लास में अकेला देखते ही मिनी क्लास में पहुँच जाती थी। यह बात तान्या मैम को अज़ीब लगती थी। एक दिन जब रितेश और मिनी क्लास में अकेले थे, तभी तान्या मैम वहाँ पहुँच गयीं। वहाँ का दृश्य देखकर तान्या मैम स्तब्ध रह गयी। काटो तो खून नहीं। रितेश डेस्क के ऊपर खड़ा था और मिनी उसके होंठों को बेसुध हो कर चूस रही थी। उसका एक हाथ उसके लिंग को आहिस्ता-आहिस्ता सहला रहा था। रितेश के हाव भाव से लग रहा था कि वह उसको सहयोग कर रहा है। लड़के और लड़की का होंठ चूसना रितेश के लिए कुछ भी अस्वाभाविक न था। एक बार राइसा और सैम को उसने क्लास में ऐसा करते देखा था। राइसा और सैम अगल-बगल बैठते थे। दोनों एक-दूसरे को पसन्द करते थे। ऐसे ही एक दिन जब इन दोनों को तान्या मैम ने किसिंग करते देखा था, तो दोनों को अलग करना मुश्किल हो गया था। मदद के लिए तान्या मैम को बगल वाली क्लास से पायल रोहतगी को बुलाना पड़ा था। अलग होने पर दोनों ने तान्या मैम पर थप्पड़ों की बौछार कर दी थी।

रितेश और मिनी को उस स्थिति में देखकर तान्या मैम के मुँह से बोल नहीं निकल रहे थे। सचमुच वह किंकर्तव्यविमूढ़ हो गयी थीं। थोड़ी देर में उन्होंने अपने को सँभालने की कोशिश की। कस़ कर उन्होंने अपने बायें हाथ में दायें हाथ से चिकोटी काटी। होश में आते ही वह आपे से बाहर हो गयी। लगभग चीखते हुए उन्होंने कहा—'क्या हो रहा है ये मिनी? होश में आओ। ये क्या कर रही हो बच्चे के साथ?'

खाली क्लास में तान्या मैम की आवाज जोर से गूँजी। मिनी अपने को सँभालने लगी। वह कुछ बोलती उससे पहले तान्या मैम ने कहा—'यू बास्टर्ड। टीचर के नाम पर कलंक। मैं तेरी शिकायत इशीता पास्ता से करूँगी। अब तू इस स्कूल में नहीं रहेगी। और भी वगैरह-वगैरह।'

तान्या मैम जब तक चीखती रहीं, मिनी चुप रही। उनके चुप होने के बाद उसने तान्या मैम से कहा—'मैडम ऐसी कोई बात नहीं है। आप बेवजह बात का बतंगड़ बना रही हैं। रितेश को ऐसा करना अच्छा लगता है, इसलिए मैं एक अच्छी टीचर की तरह उसे सुख देती हूँ। इसमें आपको ऐतराज नहीं होना चाहिए।'

इस पर तो तान्या मैम बमक पड़ीं—'रितेश को अच्छा लगता है कि तुम अपनी प्यास इस अबोध बच्चे से बुझाती हो। इस बच्चे को इन सब बातों के बारे में क्या पता।' तान्या मैम का मुँह गुस्से से लाल हो गया था।

मिनी ने देखा कि तान्या मैम इस घटना को लाइटली नहीं ले रही हैं, तो उसने हाथ जोड़कर कहा—'मैम यदि आपको बुरा लगता है ये तो मैं आज से नहीं करूँगी। वैसे तो हमारा स्कूल एक्सपीरिएन्सल लर्निंग के आधार पर चलता है। और यहाँ बच्चे क्या-क्या करते हैं आपको क्या पता। और तो और उसमें हम टीचरों के बच्चे भी शामिल हैं।'

तान्या मैम को मिनी पर बहुत गुस्सा आया। वह अपना आपा छोड़ चुकी थीं। उन्होंने मिनी के हाथों से रितेश को आजाद कराया और अपनी गोद में ले लिया। रितेश को लेकर वह सीधे स्कूल के गेट पर गयीं। इत्तेफाक यह था कि वह जैसे ही गेट पर पहुँचीं तो रितेश की ऑडी आ चुकी थी। उन्होंने रितेश को ड्राइवर को सौंप दिया। उन्होंने ड्राइवर को भी शक की निगाह से देखकर उसकी जाँच पड़ताल की कि कहीं ये भी रितेश के साथ ऐसी वैसी हरकत तो नहीं करता है। उन्हें जब इत्मीनान हो गया तो उन्होंने ड्राइवर को जाने दिया। इसके बाद वह सीधे इशीता पास्ता के चेम्बर में पहुँचीं। तान्या मैम ने पूरा वाकया उन्हें सुना दिया। इस पर इशीता ने बड़े ठंडे लहजे में तान्या मैम को समझाते हुए कहा—'कूल हो जाओ तान्या। मैं देखती हूँ कि आखिर मामला क्या है। और हाँ, इस बात को आपने किसी से शेयर नहीं करना है।'

'शेयर नहीं करना है।' माई फुट—तान्या मैम अपना गुस्सा मन ही मन बर्दाश्त कर रही थीं। इशीता पास्ता के इस अन्तिम वाक्य से तान्या समझ गयी कि इशीता पास्ता मिनी के खिलाफ कोई एक्शन लेने वाली नहीं है। आखिर वह उसकी चमची जो ठहरी। लेकिन इस घटना के बाद उसका दिल बहुत विचलित

हुआ। उसे स्कूल की भव्य इमारत और हाईटेक क्लासेस काटने लगे। खान-पान की शौकीन तान्या मैम को अत्यन्त हाईजनिक कैंटीन भी खराब लगने लगी। उसे स्कूल में हर आदमी संदिग्ध लगने लगा। अन्ततः इशीता पास्ता ने पूरे मामले में मिट्टी डाल दी। मिनी जोशी का बाल बाँका न हुआ। इस बात से तान्या मैम को बहुत दुख हुआ। उन्होंने एक बार सोचा कि मीडिया को बुलाकर सारी बात का खुलासा कर दें। लेकिन वह ऐसा नहीं कर सकीं। एक तो उनकी पहली नौकरी थी और दूसरा दिल्ली छोड़ने का दबाव उनके परिवार का था। ऐसे में दिल्ली में रहने की लालच के चलते उन्होंने समझौता कर लिया।

॥ दो ॥

तान्या मैम ठीक वैसी ही नहीं थीं, जैसी दिखती थीं। गोलीबाजी में माहिर थीं। लम्बी-लम्बी छोड़ती थीं। यूँ तो वह सभी टीचरों का आदर-सम्मान करती थीं। लेकिन पायल रोहतगी और पल्लवी गुप्ता से कुछ ज्यादा ही उनकी छनती थी। पल्लवी उनकी हम उम्र थी। दोनों की आउटिंग-शाउटिंग चलती रहती थी। स्कूल में सबसे पहले उनकी दोस्ती पायल से ही हुई थी। पायल की बेटी शायला भी सोफिया में ही पढ़ती थी। माँ-बेटी दोनों कार से स्कूल आती थीं। पायल छठी क्लास की स्टूडेंट थी। उसकी अपनी क्लास की श्रेया से खूब छनती थी। दो दिल एक जान थे दोनों। श्रेया की माँ आराधना भी स्कूल में ही टीचर थी। आराधना मैडम के कई साल इन्तज़ार के बाद भी कोई बच्चा नहीं हुआ था, तो वह श्रेया को छोटी उम्र में ही एक अनाथालय से ले आयी थी। श्रेया को कहीं से पता चल गया कि वह आराधना की बेटी नहीं है। उसे कहीं से उठाकर लाया गया था। हालाँकि आराधना श्रेया को बेटी से कम प्यार नहीं देती थी। लेकिन शायद श्रेया आराधना को अपनी माँ मानने के लिए तैयार नहीं थी। उसे लगता था कि उसे उसकी माँ से ये लोग छीन लाये हैं। एक अजीब तरह की कुंठा उसके मन में घर कर गयी थी। उसके व्यवहार पर भी इसका असर दिखता था। वह अपने से बड़ों को बड़ा नहीं समझती थी। वह कुछ अजीबोगरीब करने के लिए हमेशा लगी रहती थी। काफी दिनों के बाद इन दोनों की जोड़ी में एक तीसरी लड़की भी आ गयी थी सीरा। सीरा एक आधुनिक फैशनेबल फेमिली की सदस्य थी। उसकी माँ क्लबों में पपलू में व्यस्त रहती थी। पिता बड़े बिजनेसमैन थे। उनके पास पैसे तो खूब थे, पर समय नहीं था। एक बड़ी बहन भी थी सीरा की। वह दिल्ली यूनिवर्सिटी में बीए की स्टूडेंट थी। उसकी शामें भी दोस्तों के साथ पबों में गुजरती थीं। सीरा की देखभाल झारखंड की रहने वाली एक नौकरानी करती थी। शायला, श्रेया और सीरा तीनों की उम्र बारह प्लस के आसपास रही होगी। उनमें लड़कियों में होने वाले शारीरिक परिवर्तन स्पष्ट होने लगे थे। तीनों का एक

गैंग था। स्कूल में कहीं भी तीनों को एक साथ देखा जा सकता था। यह गैंग वह सब करता रहता था, जो सामान्य बच्चे नहीं करते हैं। शायला और श्रेया की माँ स्कूल में टीचर थीं, उस कारण इन पर पाबन्दी लगाने वाला कोई नहीं था। एकाध बार इशीता पास्ता ने इन बच्चों को रोका-टोका जरूर था।

पायल के साथ तान्या की पहली मुलाकात में वह उन्हें थोड़ी चलता पुर्जा दिखी थी। लेकिन दो-चार मुलाकातों के बाद तान्या को अहसास हुआ कि उसके दिल में जो भी हो, वह दिल की बुरी नहीं है। वैसे तान्या मैम को आदमी की पहचान नहीं थी। किसी को भी अपना खास बना लेती थी और कुछ ही दिनों में उसे अपना जानी दुश्मन भी बना लेती थी। कम उम्र होने के कारण तान्या मैम को आदमी को पूरी तरह से परखने की तमीज नहीं आ पायी थी। बचपना शायद उनसे अभी छूट नहीं पाया था। कोई भी उनसे प्यार से बोल देता तो वह उसे अपना सबसे बड़ा शुभचिन्तक मान लेती थीं।

तान्या मैम हमेशा पायल की तारीफ करती थीं—'मैडम, आप तो मेरे लिए भगवान की तरह हैं। आप जैसा टीचर पूरे वर्ल्ड में दूसरा नहीं होगा।'

ऐसी ही न जाने कितनी बातें वह पायल को बोलतीं और वह अन्दर ही अन्दर खुशी से भर उठती। लजाती भी ऐसे जैसे नयी नवेली दुल्हन हो। ऐसा इसलिए भी था कि पहली बार उन्हें कोई ऐसा मिला था, जो खुलकर उनकी तारीफ करता था। उनके पति से लम्बे-लम्बे वक्त तक उनका संवाद नहीं होता था। उनके पति सॉफ्टवेयर इंजीनियर थे। नाम था पवन वर्मा। पवन और पायल की लव मैरिज हुई थी। शादी से पहले दोनों के परिवार दिल्ली में द्वारका में एक पुराने लाल डोरे वाले इलाके में रहते थे।

सघन गलियाँ। बेतरतीब खड़ी की गयीं ऊँची-ऊँची इमारतें। डिब्बे जैसे घर। खिड़कियाँ सिर्फ सामने की ओर ही खुलती थीं। अगल-बगल और पीछे खिड़की का कोई चांस नहीं था। मकान एक-दूसरे से चिपक के बने थे। दोनों के मकानों के बीच दस फुट का फासला होगा। मकान दोनों के सामने थे। इधर भी खिड़की और उधर भी खिड़की। खिड़कियाँ ही दोनों के बीच नैन मटक्का का सबब बनीं। पहले देखा-देखी, फिर मिलना-जुलना। थोड़े दिनों बाद वे बाहर भी मिलने लगे। पवन के पास मोटरसाइकिल थी। कभी-कभी दोनों लांग ड्राइव पर जाते थे। गर्मियों के दिनों में भी घंटों वे हुमायूँ के मकबरे में एक-दूसरे को निहारते बैठे रहते थे। मकबरे और उसके आँगन के पत्थर आग बरसा रहे होते थे, लेकिन उन्हें इसकी परवाह नहीं होती थी। ये सिलसिला दो-एक साल चला।

बाद में दोनों ने फैसला किया कि वे शादी करेंगे। दोनों ने घर वालों के विरोध के बावजूद कोर्ट मैरिज कर ली और रोहिणी के एक बड़े अपार्टमेंट में रहने लगे। यहीं शायला का जन्म हुआ।

शुरुआती दिन तो दोनों के बहुत अच्छे चले। घूमते-फिरते। मौज मस्ती करते। दुलराने का कोई भी मौका पवन नहीं छोड़ता। पायल भी उसे हर तरह से खुश रखने का प्रयास करती। लेकिन शायला के जन्म के बाद दोनों के बीच दूरियाँ बढ़ने लगीं। दोनों की व्यस्तताओं ने भी इन दूरियों में आग में घी डालने का काम किया। पवन धीरे-धीरे पायल से दूर होने लगा। महीने हो जाते दोनों को एक साथ बिस्तर साझा किये हुए। वहीं पहले के दिनों में दोनों का बस चलता तो बिस्तर से कभी उठते ही न। उधर पवन अपने आफिस में काम करने वाली लड़कियों से नजदीकियाँ बढ़ाने लगा। लड़कियों का भी घर में आना-जाना शुरू हो गया। पवन अजीब-सा हो गया था। किसी भी लड़की को देखते ही उसकी लार टपकने लगती थी। पायल चुप रह कर यह सब देखती रहती और अन्दर-अन्दर घुटती रहती।

तान्या मैम को समझ आ गया था कि पायल की पारिवारिक जिन्दगी ठीकठाक नहीं चल रही है। पायल भी अक्सर अपनी पारिवारिक जिन्दगी के बारे में तान्या मैम से शेयर करती थी। एक दिन वह बोली—'तान्या तू मेरे लिए गॉड की तरह है। तू नहीं होती तो मैं अन्दर-अन्दर घुट कर मर जाती।'

बातों ही बातों में पायल ने इस बात का भी कई बार खुलासा किया—'पवन की बहुत सारी गर्ल फ्रेंड्स हैं। मैं उन्हें उनसे मिलने से नहीं रोकती हूँ। लेकिन वह मेरे हिस्से की खुशी भी मुझे नहीं देता है।'

तान्या के लिए वैवाहिक जिन्दगी के ये पहले अनुभव थे, जो उसने पायल से सुने थे। इससे पहले पति-पत्नी के आपसी सम्बन्धों की लारा-लप्पी से वह अन्जान रहती थी। पायल उसे जब कभी पवन के साथ हुई बातों को शेयर करती तो तान्या का जवाब होता—'अरे छोड़िए मैडम इन बातों को आप पवन से कोई कम तो नहीं हैं। आप भी अपनी जिन्दगी जिओ। आप भी किसी से दोस्ती कर लो।'

'कहना आसान है, लेकिन औरत के लिए ऐसा सोचना और करना बहुत मुश्किल है। शायला को मुझे देखना है। शायला न होती तो ये सब सोचा जा सकता था।'—पायल हारे हुए भाव से यही जवाब देती।

'औरत के लिए ऐसा सोचना क्यों मुश्किल है?'—तान्या मैम ने एक दिन

दृढ़ता भरे आश्चर्य से कहा—'मर्दों के लिए आसान है और हमारे लिए मुश्किल। मैं इन बातों को नहीं मानती हूँ। मेरे साथ ऐसा होता तो मैं अपने पति को सबक सिखा देती। उसके सामने ही अपने ब्वॉय फ्रेंड को अपने घर लाती और वही सब करती जो वह अपनी गर्ल फ्रेंड्स के साथ करता।'

'अरे छोड़ो तान्या इन बातों को। तुम अभी बच्ची हो। दुनियादारी में जब फँसोगी तो आटे दाल का भाव समझ आ जायेगा।'

'छोड़ो मैडम ये राजकाज। मस्त रहो।' —तान्या मैम ने पायल को संजीदा होते हुए देख एक बार फिर अपने खिलंदड़ अन्दाज़ में कहा—'आइये बरिस्ता में कॉफी पीते हैं।'

'आज नहीं फिर कभी। अब तो चलने का समय हो गया है।'—वह चेयर से उठती हुई बोली—'कल चलते हैं। कल शायला की बर्थ डे भी है। पवन को भी स्कूल में बुलाया है। यहीं से अंसल प्लाजा माल चलेंगे, वहीं केएफसी में चिकन पार्टी करेंगे।'

अगले दिन स्कूल की छुट्टी के बाद पायल तान्या मैम से बोली—'तान्या आज केएफसी में पार्टी करनी है। स्कूल के बाहर पवन इन्तजार कर रहे हैं अपनी गाड़ी में।'

'हाँ-हाँ मैडम, शायला के जन्मदिन पर पार्टी तो बनती है।'—तान्या मैम ने उत्साहित होते हुए जवाब दिया। वैसे भी तान्या मैम घुमक्कड़ और पार्टीबाज पहले से ही थीं। दिल्ली यूनिवर्सिटी में जब पढ़ती थीं तो ऐसा कोई दिन नहीं होता था जब वह अपने दोस्तों के साथ कमला नगर न जायें। विंडो शापिंग के बाद चाइनीज रेस्त्रां में मोमो या फिर चिली चिकन या फिर कोई मैक्सिकन डिश जरूर खायी जाती थी।

पायल, शायला और तान्या मैम स्कूल गेट से बाहर आये। पवन अपनी सिलवर कलर की होंडा सिटी कार में ड्राइविंग सीट पर बैठा था। लम्बा-चौड़ा और गोरा-चिट्टा था पवन स्मार्ट पर्सनालिटी कह सकते थे उसे। लेडी किलर। पायल के साथ उसने तान्या मैम को देखा तो उसके चेहरे में एक शरारत तैर गई। या कहें तो उसकी बाँछें खिल गयी।

'पवन ये मेरी को-टीचर हैं तान्या'। पायल ने तान्या का परिचय कराते हुए कहा।

'नाइस मीटिंग यू।' —पवन ने तान्या की आँखों में भरपूर आँखे गड़ाते हुए कहा—'प्लीज टेक योर सीट।'

शायला गाड़ी में आगे बैठी पायल और तान्या मैम पीछे वाली सीट पर। पवन ने बैक मिरर इस तरह से एडजेस्ट कर दिया कि तान्या का चेहरा उसे दिखता रहे। तान्या मैम को उसकी इन हरकतों का कुछ पता नहीं चला। उन्हें तब शक हुआ जब केएफसी में टेबल के नीचे से उसने तान्या मैम के पैर को दबाने की कोशिश की। तान्या मैम थोड़ा असहज हुईं। लेकिन उन्होंने सोचा कि गलती से उनका पैर दब गया होगा। शायला ने केक काटा। लेकिन पवन की निगाहें तान्या मैम पर ही टिकी रहीं। वह शायला और पायल को हर बात पर बड़े ठंडे तरीके से प्रतिक्रिया दे रहा था। पर तान्या की हर बात को वह एप्रीशिएट करने से चूकता नहीं था। चार लोगों की जब पार्टी खत्म हो गयी तब चलते-चलते पवन ने तान्या से पूछा—'आप कहाँ रहती हैं?'

'मैं स्कूल से पाँच सौ कदम की दूरी पर ही एक इंडिपेंडेंट पीजी में रहती हूँ।'—तान्या ने बेपरवाही से जवाब दिया।

'चलिए आपको छोड़ देता हूँ।'—पवन ने नजदीकी बढ़ाने का पासा फेंकते हुए कहा।

'कोई बात नहीं पवन जी मैं चली जाऊँगी। बगल में ही तो है।'—तान्या मैम ने विनम्रता के साथ जवाब दिया।

'मुझे क्या फर्क पड़ेगा, थोड़ा गाड़ी का डायरेक्शन बदलना होगा।'

'ऐसी बात है तो छोड़ दीजिए।' तान्या बेफिक्री से बोली।

पवन ने कार की रफ्तार काफी कम रखी थी, ताकि तान्या मैम का रास्ता जल्द खत्म न हो जाये। वह कार में बीच-बीच में कुछ-कुछ तान्या मैम की प्रशंसा में बोलता रहा। इसी बातचीत में उसने तान्या का मोबाइल नम्बर भी ले लिया। मोबाइल नम्बर मिलते ही उसे लगा कि उसने पहली जंग जीत ली। तान्या मैम अपनी पीजी के पास उतर गयीं। बाय कहते वक्त पवन ने बोला था—'तान्या कभी किसी चीज की जरूरत हो तो हिचकिचाना नहीं। बिन्दास हो कर बताना। वैसे मैं तुम्हें फोन करता रहूँगा। और कभी घर आओ पायल के साथ।'

तान्या ने पवन की बात पर कोई रिस्पांस नहीं दिया। पायल और शायला को 'सी यू, बाय' कहकर वह अपने पीजी में चली गयी।

तान्या मैम अपने रूम में आ गयी। पवन की हिंसक आँखें उनका पीछा नहीं छोड़ रही थीं। वह अन्दर से कुछ बेचैन दिख रही थीं। तान्या मैम ने अपने रूम को बड़े करीने से सँवारा था। एक बेड था। उसके बगल में रखी साइड टेबिल में एक फ्लावर पॉट रखा था। उसमें लिली के ताजे फूल थे। वैसे तो लिली के

फूल कई तरह के होते हैं। लेकिन तान्या मैम को सफेद लिली के फूल, जिनकी पत्तियों में हलका परपरल रंग होता है, पसन्द थे। साइड टेबिल के ठीक बगल में एक गॉडरेज की अलमीरा थी। मुख्य दरवाजे के बगल में एक बड़ी खिड़की थी, जिसे वह हमेशा बन्द रखती थी। खिड़की के नीचे उनके पढ़ने के लिए एक टेबिल और कुर्सी थी। टेबल पर एक लैपटॉप रखा था। पीजी ओनर ने हालाँकि एक टीवी भी दे रखा था, लेकिन वह उसे चलाती नहीं थीं। उन्होंने उसके लिए केबल कनेक्शन ही नहीं लिया था। न रहेगा बाँस और न बजेगी बाँसुरी। टीवी के साथ एक बड़ा मिरर था। आम घरेलू शीशों से काफी बड़ा।

आमतौर पर तान्या मैम कमरे में आकर अपने शूज़ उतारने के बाद सीधे बाथरूम में जा कर हाथ-मुँह धोती थीं। उस दिन पायल की पार्टी से लौटने के बाद उन्होंने ऐसा कुछ नहीं किया। वे सीधे शीशे के सामने खड़ी हो गयीं। बहुत देर तक अपने चेहरे को घूरती रहीं। अचानक उन्होंने अपने नाखून अपने चेहरे पर गड़ा दिये। वे अपनी खूबसूरती को कोसने लगीं–'काश ये चेहरा इतना सुन्दर न होता...इसे लहूलुहान कर खराब कर देना चाहिए...' ये कहते हुए उन्होंने नाखूनों का दबाव अपने चेहरे पर बनाया–'मर्दों की हिंसक नजरों से औरतों को बचाने के लिए हर औरत को कुरूप बनकर रहना चाहिए...यदि वह गोरी और सुन्दर न होती तो पवन उसे इस तरह नहीं देख सकता था...उसकी यह कहने की हिम्मत न पड़ती कि तुम्हारी आँखें तान्या बेहद सुन्दर हैं...तुम्हारे होंठों में अमृत घुला है...'

इसी के साथ उन्हें हिन्दू कालेज के दिनों की याद भी आ गयी। जब उन्हें अपनी सुन्दरता के कारण सात दिन के लिए सस्पेंड किया गया था। तब वह तान्या मैम नहीं थी सिर्फ तान्या थी। खिले-खिले गुलाब सी। कोई स्पर्श कर दे तो मैली हो जाये। अल्हड़ता उसमें कूट-कूट कर भरी थी। वह उस घटना को याद करने लगीं। प्रोफेसर विनीत कुमार कुछ ठर्की किस्म के आदमी थे। तान्या पर कुछ मेहरबान थे। एक दिन उन्होंने अपने पास तान्या को बुलाया और बोला–'तुम बहुत सुन्दर हो। बिना मेकअप किये हीरोइन लगती हो। मैं तुम्हें अपनी ड्रामेटिक सोसायटी की हीरोइन बनाना चाहता हूँ।'

'सर, मेरा ड्रामे-वामे में कोई इंट्रेस्ट नहीं है। मैं यहाँ पढ़ने आयी हूँ, ड्रामा करने नहीं।'–अंजाम को समझे बिना तपाक से उत्तर दिया था तान्या ने।

बात आयी और गयी। एक दिन फिर विनीत कुमार ने तान्या को गलियारे में रोका। कमीनपन भरे अन्दाज से बोले–'जब तुम अँगड़ाई लेती हो तो उससे

मादकता बरसती है।'

'क्या कहा सर?'–तान्या ने अनसुना सा अहसास जताते हुए प्रोफेसर से पूछा।

प्रोफेसर विनीत समझ गये कि तान्या के साथ उनकी दाल नहीं गलने वाली है। लेकिन उन्होंने हार नहीं मानी। उन्होंने तान्या को कालेज की मैगजीन का इंचार्ज बना दिया। इस पर भी वह नहीं पटी। तब प्रोफेसर ने उसे सबक सिखाने की कोशिश की। उसके पीछे अपनी एक चमची राधिका गुप्ता लगा दी, जिसने क्लास में तान्या के साथ तू-तड़ाक किया। मामला अनुशासन समिति में गया, जिसके चेयरमैन प्रोफेसर विनीत कुमार ही थे। उन्होंने तान्या को सात दिन के लिए कॉलेज से सस्पेंड कर दिया।

तान्या प्रोफेसर विनीत कुमार का सारा खेल समझ रही थी। उसने माफी नहीं माँगी, बल्कि कालेज में चारों तरफ चीखती-चिल्लाती रही–

'दिल्ली यूनिवर्सिटी के प्रोफेसर अपने को न जाने क्या समझते हैं। कई प्रोफेसर लड़कीबाजी के कारण सस्पेंड हैं फिर भी सालों को समझ नहीं आता है।'

यह सब सोचते हुए तान्या मैम ने अपने नाखूनों की पकड़ अपने चेहरे से ढीली कर दी। उन्होंने शीशे के सामने खड़े-खड़े ही अपनी आँखें बन्द कर लीं। उनकी आँखों के सामने अँधेरा छा गया। अँधेरे ने उनके मन को थोड़ा सुकून दिया। अँधेरे में ही उन्हें एक रोशनी दिखी–'ये तो किसी चीज का हल नहीं हुआ...सुन्दरता को क्यों मिटाया जाये...सुन्दरता को मिटा देंगे तो हर सुन्दर चीज को बदरूप करना पड़ेगा...ऐसे में न तो फूल रहे जायेंगे और न ही तितलियाँ...सोच को सुन्दर या फिर बदरंग बनाना चाहिए...दुनिया को बचाने के लिए...'

वह शीशे के सामने से हटकर अपने बेड में लेट गयी। लाइट उन्होंने बन्द कर दी थी। वह सोचने लगी कि क्या हम औरतें ऐसे ही रहने के लिए अभिशप्त हैं। उसे अपनी माँ याद आयी कि आखिर उसकी माँ ने भी तो न तितली के पर लगाये और न ही चील बनी। वह समझौते में जिन्दगी गुजार रही हैं। उसकी माँ ने पटना के वूमन कालेज से अंग्रेजी में एमए किया था। मेरिट के दम पर मारवाड़ी पाठशाला, भागलपुर में उन्हें टीचर की नौकरी मिली थी। उसके भी सपने थे। शादी के बाद उसके सपने सिर्फ सपने ही रह गये। वह कई बार तान्या को बताती थी कि तुम लोग क्या फैशन करोगे। हम लोग तो बेलबाटम पहनकर छोड़ चुके हैं। तुम अब ऊँची हील की सैंडलें पहनती हो, हम तो दर्जनों पहनकर फेंक चुके हैं।

बच्चे पैदा करने और गृहस्थी सँभालने में उसकी माँ की सारी धार खत्म हो गयी थी। सपने काफूर हो गये थे। उसका अंग्रेजी का ज्ञान अंगरेजीवा में बदल गया था। उसे यह भी नहीं पता था कि उसको तनख्वाह कितनी मिलती है। एक ईमानदार पत्नी की तरह वह तनख्वाह बिना गिने तान्या के पापा के चरणों में रख देती है। तान्या के पापा भी टीचर थे, लेकिन उन्होंने भी उन्हें सँभालने की कोशिश नहीं की। हाल में उसने एक दिन फोन पर एक गँवई औरत की तरह सूचना देते हुए पूछा था–'तुम्हारे पापा ने ट्विटर खोल लिया है। क्या वह भाग जायेंगे?'–इसी के साथ उन्होंने बताया था–'हम तो न खोलबै। राजनीति में तो आजकल इसी के कारण सब लड़ाई हो रही है। ट्विटर मन की बात पढ़ लेता है। इसीलिए नेता लड़ते भिड़ते रहते हैं। राजनीति में सारी लड़ाई ट्विटर के कारण ही हो रही है।'

घर गृहस्थी ने तान्या की माँ की दुनिया में खुलने वाले सारे हवादार दरवाजे बन्द कर दिये थे। उसके पंख काट दिये गये थे। चील वह बन नहीं सकती थी। लेकिन तान्या अपने पंख नहीं कटवाना चाहती थी। इसीलिए अनेक मौकों पर वह चील बन कर अपने विरोधियों का वध कर देती थी। बेशक वह चील बन जाती, थोड़ी देर के लिए लेकिन फिर बाद में वह अपने तितली वाले चोले में आ जाती थी। वह चील में तितली थी। तितली। सिर्फ तितली।

॥ तीन ॥

गर्मियों की छुट्टियाँ हो चुकी थीं। सोफिया स्कूल में टीचरों को फिर भी तीन घंटे के लिए आना होता था। यही नहीं आम दिनों में भी ढाई बजे छुट्टी होने के बाद भी टीचरों को चार बजे तक एकेडमिक तैयारी के नाम पर रोका जाता था। इससे पूरे स्टाफ में बड़ा असन्तोष था। इसी बात के चलते मानसी जैन ने नौकरी छोड़ कर मदर प्राइड स्कूल ज्वायन कर लिया था। स्कूल में टीचरों के दो गुट थे। कभी-कभार तान्या मैम के ग्रुप से कुछ सदस्य अलग हो कर एक नया ग्रुप बना लेते थे। इसे तीसरा ग्रुप भी कह सकते थे। इस ग्रुप की लीडरी संगीता तिवारी करती थी। इसमें चार-पाँच अधेड़ टीचरें होती थीं। सब की सब चुगलखोर। प्रिंसिपल सुमेधा कौल और एकेडमिक हेड इशीता पास्ता की जासूस। लेकिन बड़ी मुसीबत आने पर वे फिर तान्या के गुट के साथ एकजुट हो जाती थीं। तान्या मैम, पल्लवी गुप्ता और पायल रोहतगी अपने ग्रुप की कैबिनेट के सदस्य थे। ग्रुप की लीडर तान्या ही थी। वह सोचती थी। क्रिएटिव थी। पढ़ाने के नये तौर-तरीकों को बताती थी। बाद में उसकी नकल पूरे नर्सरी विंग में हर टीचर करता था। जोड़ (ऐडिशन) की कहानी उसने बनाई थी। बच्चे बिना दबाव के जोड़ क्या है और कैसे किया जाता है सीख जाते थे। वैसे वह हर विषय को कहानी में तब्दील कर ही बच्चों को सिखाती थी। पिछले सेशन में उसकी जोड़ की कहानी खूब हिट हुई थी। कहानी इस प्रकार थी—'एक चिड़िया थी। चिड़िया के पर सुनहरे थे। चोंच ज्यादा पैनी नहीं थी। छोटी-छोटी नीली आँखे थीं उसकी। घूमने-फिरने की शौकीन। हवा से बातें करती थी वह। एक दिन की बात है चिड़िया अपने घर जा रही थी कि तभी उसे एक चेरी का फल मिला। चेरी सुर्ख लाल रंग की थी और रस से भरी थी। एकदम ताजी। उसने उसे अपनी चोंच से उठा लिया। फिर वह मार्केट गयी। उसने वहाँ से एक पर्स खरीदा और उस चेरी को उसने उसमें रख दिया। घर के रास्ते में उसे एक और चेरी मिली। उसने उसे भी अपने पर्स में रख लिया। पेड़ पर बने अपने घर के पास जब वह पहुँची

तो उसे एक और चेरी दिखी। उसकी खुशी का ठिकाना न रहा। उसने उसे भी अपने पर्स में रख लिया।'

कहानी सुनाकर तान्या मैम बच्चों से पूछती थीं—'बच्चों, चिड़िया भूल गयी कि उसके पास कितनी चेरी थी। जरा जोड़ कर बताओ कि चिड़िया के पास कितनी चेरियाँ थीं?'

पूरे क्लास से एक स्वर उभरता था—'तीन।'

तो इस तरह की स्टाइल थी तान्या मैम के पढ़ाने की। खेल-खेल में पढ़ाई और साथ में मौज-मस्ती भी। वैसे सोफिया स्कूल एक्सपीरियंसिएल लर्निंग के आधार पर चलता था। यानी सब कुछ अनुभव के आधार पर। स्कूल का मुख्य मोटो था—'सोचने की आजादी। बोलने की आजादी। उठने-बैठने की आजादी। आजादी। सिर्फ आजादी।'

लेकिन यह बात दीगर है कि स्कूल में किसी को ये आजादी नसीब नहीं थी। गार्डेन में टीचर बैठक कर कॉफी-चाय नहीं पी सकती थीं। टीचिंग स्टाफ रूम के बाहर आपस में कोई बात नहीं कर सकता था। बच्चे शोर नहीं मचा सकते थे।

तान्या मैम की सूझ-बूझ के सभी कायल थे, उसके ग्रुप में। वह हर समस्या का समाधान पलक झपकते खोज लेती थी। ग्रुप में सबसे छोटी होने के बावजूद चालीस पार की टीचरों के पास उसे लीडर मानने के अलावा कोई विकल्प नहीं था। असल में अधिकांश टीचरों ने अपने सोचने-समझने के सभी खिड़की-दरवाजे बन्द कर लिए थे। उनके लिए टीचरी एक नौकरी भर थी। हर चीज उन्हें रेडीमेड चाहिए होती थी। कुछ नया सीखने की उनमें ललक बची नहीं थी। चुगली-चर्चा और निन्दा रस में उन्हें आनन्द आता था। लोगों की निजी जिन्दगी में तांक-झांक उनके खास शगल थे। एक बार ग्रुप में पल्लवी ने सबको सम्बोधित करते हुए कहा था—'कभी तो स्कूल से बाहर देश-दुनिया और राजनीति-वाजनीति की भी बात कर लिया करो।'

कोई जवाब देता, उससे पहले ही तान्या मैम बोल पड़ी थीं—'देश क्या अंडा। यहाँ तो बीजेपी-कांग्रेस से भी बड़ी पार्टियाँ इस स्कूल में हैं। इनके लिए स्कूल ही देश है।'

दूसरा ग्रुप टीचिंग स्टाफ रूम में नहीं बैठता था। स्कूल के बेसमेंट से उनकी गतिविधियाँ चलती थीं। ये ग्रुप काफी खतरनाक था। इसमें शामिल सभी टीचर परमानेंट थे। वैसे तान्या मैम के ग्रुप में भी कई टीचर परमानेंट थे, लेकिन वे

डरपोक थे। स्कूल मैनेजमेंट से लेकर प्रिंसिपल तक इस ग्रुप से अन्दर-ही-अन्दर डरते थे। इसे क्रांतिकारी ग्रुप कहा जा सकता था। अपने हर हक की लड़ाई लड़ता था। किसी भी मौके पर वह चुप नहीं बैठता था। एक बार स्कूल मैनेजमेंट ने टीचरों का एरियर देने में आनाकानी की, तो ग्रुप चढ़ गया राशन-पानी लेकर प्रिंसिपल कौल पर। ग्रुप लीडर लहाना सिकदर ने प्रिंसिपल को ललकारते हुए कहा था—'एरियर तो आपको देना होगा, वरना हम स्ट्राइक करेंगे। यही नहीं सीबीएसई बोर्ड को भी शिकायत करेंगे।'

इस ललकार के बाद मैनेजमेंट को झुकना पड़ा था। इस ग्रुप में कहने को तो लहाना सिकदर लीडर थी, लेकिन इसमें सामूहिक लीडरशिप थी। सब मिलकर सोचते-विचारते थे। ग्रुप के सदस्य थे—इंद्राणी बनर्जी, विद्या सबरवाल, संदीप पोखरियाल, वान्या शुक्ला। सबके सब कलाकार। लहाना ड्रामा टीचर थी। उसने नेशनल स्कूल ऑफ ड्रामा से डिप्लोमा किया था। छोटे-मोटे टीवी सीरियलों में काम कर चुकी थी। मुम्बई फिल्म इंडस्ट्री में भी संघर्ष कर दिल्ली लौट कर सोफिया में आयी थी। इंद्राणी दिल्ली स्कूल ऑफ आर्ट्स की पढ़ी थी। उसकी भी एक-दो प्रदर्शनियाँ लग चुकी थीं। एब्सट्रेक्ट पेंटिंग बनाती थी। विद्या डांस टीचर थी। कथक केन्द्र में उसने बिरजू महाराज से नृत्य सीखा था। उमा शर्मा के बैले में कई बार वह हिस्सा ले चुकी थी। संदीप भी आर्ट टीचर थे। अपेक्षाकृत नौजवान। कैरयिर के लिए संघर्ष कर रहे थे। सरकारी नौकरी में जाना चाहते थे, किन्तु अभी उनकी खोज पूरी नहीं हुई थी। वान्या स्टोरी टेलिंग और गायन की टीचर थी। वायस माड्यूलेशन में उसने डिप्लोमा किया था। थोड़े दिन पंडित जसराज से भी गायकी सीखी थी। कहानी के हर पात्रों को वह उसी आवाज में बच्चों को सुनाकर झूमने को मजबूर कर देती थी।

तान्या मैम दोनों ग्रुपों के बीच ब्रिज का काम करती थीं। लहाना ग्रुप के सभी सदस्य तान्या मैम की सच्चाई और अक्खड़पन को पसन्द करते थे। सोफिया स्कूल पूरी तरह से वेजीटेरियन था। नानवेज लाने की किसी को इजाजत नहीं थी। लेकिन लहाना एंड कंपनी मीट, मछली, मुर्गा सब लाते थे और खाते थे। एक बार ये ग्रुप बिरयानी लाया था। इंद्राणी ने तान्या मैम को इशारा कर बुलाया और कहा—'तुम्हारे लिए क्लास सिक्स में टिफिन में कुछ रखा है। संदीप लाया है।'

तान्या मैम क्लास सिक्स में गयी तो देखा एक टेबिल पर टिफिन बाक्स रखा है। उसने उसे खोला तो देखा कि उसमें उसकी पसन्दीदा डिश बिरयानी है। उनके मुँह में पानी आ गया और देखते ही देखते वेजी स्कूल में वे नॉनवेज चट

कर गयी। इसी तरह से दूसरा ग्रुप तान्या मैम से हमेशा सम्पर्क में रहता था।

टीचर स्टॉफ रूम।

उस दिन गर्मी कुछ ज्यादा ही रही होगी। मानसून से पहले गर्मी कुछ ज्यादा ही रंग दिखाती है। गर्मी भी थी तो चिपचिपी गर्मी। हवा शान्त थी। स्कूल परिसर का कोई भी पेड़ हिल-डुल नहीं रहा था। एसेम्बली मैदान में धूप की चादर बिछी थी। मैदान की हरी-भरी घास को धूप ने जला कर सुनहरा बना दिया था। आसपास के आवारा कुत्ते भी भौंक नहीं रहे थे। स्कूल के बाहर आवारा कुत्तों की भारी फौज थी। गर्मी ने उनका भी हाल-बेहाल कर रखा था। लेकिन एयरकंडीशन स्टाफ रूम में चकल्लस जारी थी। निन्दा, चुगली, चुटकलों का बाजार गर्म था।

पचास पार जग्गी जी आज खुश दिख रही थीं। उनका अमेरिका का वीजा लग गया था। उनकी बेटी वहीं रहती है। वे दिल्ली में अकेले रहती थीं। अकेलापन उन्हें खाये जा रहा था। बेटी भी चाहती थी कि उसकी माँ उसके साथ रहें। जग्गी जी ने वीजा की कहानी शुरू की–'कितना मुश्किल है अमेरिका वीजा। थैंक गॉड, आखिर लग ही गया। अब तो तुम सबको टाटा, बाय-बाय कर मैं जाने वाली हूँ।'

'अरे जग्गी जी तुसी ग्रेट हो। कैसे न लगता। इतनी हिम्मत थोड़े ही है अमेरिका वालों के पास कि हमारी जग्गी जी का वीजा न लगाएँ।'–तान्या मैम ने मस्ती करते हुए कहा–'जग्गी जी वैसे आप मुझे एडॉप्ट कर लो। मुझे अपने घर में रख लो। देश भी नहीं छूटेगा और हम लोग भी।'

'तू तो मेरी बेटी है ही। मैं तुम्हें वहाँ बुला लूँगी, पर जाऊँगी जरूर। बड़ी मुश्किल से वीजा मिला है।'–जग्गी जी ने तान्या मैम को बाँहों में भरते हुए दुलार के साथ कहा। उनकी ममता टपक गयी।

थोड़ी देर स्टाफ रूम में सन्नाटा छाया रहा।

सन्नाटे को चीरती हुई संगीता तिवारी की आवाज उभरी–'पल्लवी, तुमने देखा आज प्रिंसी कितना सज-धज के आयी है। लगता है किसी नये ब्वॉय फ्रेंड के साथ डेटिंग है उसकी।'

पल्लवी गुप्ता ने संगीता को जवाब नहीं दिया। वह ऐसे ही सवाल उछालकर दूसरों से उसके जवाब लेकर प्रिंसी के कान भरती थी। संगीता की ताल में ताल मिलाते हुए काजल शर्मा बोली–'संगीता, आजकल क्या अमित जैन से उसकी नहीं बन रही है, जो नया ब्वॉय फ्रेंड खोज रही है।'

'अमित जैन की अनबन से उसको क्या फर्क पड़ता है। वह तो उसकी हर बात पर दुम हिलाता है। उसके तो पहले से ही कई ब्वॉय फ्रेंड हैं। बताते हैं कि तीन को तो अपने साथ रखकर उन्हें अलविदा कह चुकी है।'–काजल की बात को कल्पना चौबे ने आगे बढ़ाया।

'अरे वह तो आदमखोर है। न जाने कितने अमित जैन को वह खा जाये। प्रिंसपली के चक्कर में उसे फँसाए हुए है। अब उसकी चाल है कि सोफिया के सभी स्कूलों की वह हेड बन जाये।'–संगीता ने कहानी में मसाले का तड़का लगाते हुए कहा।

'हेड बने उसकी जूती। और बन भी जाती है तो मेरा क्या कर लेगी। मैं तो परमानेंट हूँ। पहले उसने कम परेशान किया है क्या मुझे?'–थोड़ी नाराजगी जताते हुए बिंदिया गोस्वामी बोली।

'अरे, ऐसी औरत के बारे में भी क्या बात करना। वह तो किसी के साथ मुँह मार लेती है। आजकल तो उसका आर्ट टीचर संदीप से भी नैन मटक्का चल रहा है।'–संगीता ने बात में मिट्टी डालते हुए कहा।

'वैसे संदीप सर हैं बड़े स्मार्ट। ड्राइंग भी अच्छी बनाते हैं। एक बार मेरा भी उन्होंने पोर्ट्रेट बनाया था।'–बिंदिया बोली–'ऐसे पर तो कोई भी मर सकता है।'

'संदीप सर की बड़ी दीवानी लग रही है बिंदिया। कहीं उससे टाँका भिड़ाने की तो नहीं सोच रही है।'–जग्गी जी ने चुहल करते हुए पूछा।

'ऐसा नहीं है जग्गी जी। मैं तो ठहरी दो बच्चों की माँ। भला वह मुझे क्यों लिफ्ट मारने लगा। मिस्टर गोस्वामी भी उससे कोई कम तो नहीं हैं। वैसे भी वह चालू आदमी है। हर बात पर अपना नफा-नुकसान देखता है।'–बिंदिया ने इस तरह अपनी सफाई पेश की।

'तभी तो प्रिंसिपल के लारे लप्पे में पड़ा हुआ है।'–संगीता ने संदीप के बारे में खुलासा करते हुए कहा–'प्रमोशन चाहिए उसे। और वह उसे वही दिला सकती है। ऐसे में थोड़ा उसका उन्हें मन बहलाना पड़े तो क्या फर्क पड़ता है उसे।'

पल्लवी ये बातें सुनकर मन में सोच रही थी कि ये कैसी टीचरें हैं। रोज एक ही तरह की बातें कर के इनका मन भी नहीं भरता है। पढ़ाई-लिखाई को छोड़कर इनको हर विषय की गहन जानकारी है। तभी पल्लवी ने बातचीत में हस्तक्षेप करते हुए कहा–'संगीता मैम, अगर आपको प्रमोशन प्रिंसिपल दे और कहे कि एक रात आप अमित जैन के साथ गुजार दो, तो क्या आप राजी हो जाओगी?'

'कैसी बात कर रही हो पल्लवी।'–भड़कते हुए संगीता बोली–'मैं तुम्हें

ऐसी-वैसी लगती हूँ। भाड़ में जाये ऐसा प्रमोशन। अभी बच्ची हो तुम, ये सब नहीं समझ सकती हो।'

'तो फिर आप किसी दूसरे के बारे में ऐसी सोच कैसे रख सकती हैं?' पल्लवी ने फिर सवाल किया।

तान्या मैम ने देखा कि अब माहौल गड़बड़ा रहा है तो वह बातचीत के बीच में कूदते हुए बोलीं—'अरे संगीता मैम छोड़िये। पल्लवी तो बच्ची है उसे इन सब बातों का क्या ज्ञान। चलिए, मैं एक मस्त चुटकुला सुनाती हूँ।'

तान्या मैम ने चुटकुला सुनाया तो सबके चेहरे खुशी से खिल गये। कुछ तो ठहाका मारकर हँसे तो कुछ मन्द-मन्द मुस्कुराये।

स्टाफ रूम में बरसने वाली आग थम गयी थी। तान्या मैम के चुटकुले ने माहौल को ठंडा बना दिया था। तभी काजल की नज़रें घड़ी की तरफ गयीं।

'घड़ी भी कैसी है कि बढ़ती नहीं है। अभी इस नरक में पैंतालिस मिनट और गुजारने होंगे और बातचीत के लिए अब कोई विषय भी नहीं बचा।'—काजल ने चुटकी लेते हुए कहा।

थोड़ी देर तक स्टाफ रूम में सन्नाटा पसरा रहा। तभी काजल ने अपनी बगल में बैठी मीमांसा पालीवाल से खुसुर-पुसुर शुरू कर दी।

इस पर जग्गी जी चुटकी लेते हुए काजल से बोलीं—'क्या खुसुर-पुसुर हो रही है? ऐसी क्या प्राइवेट बात है कि हम लोग नहीं सुन सकते हैं?'

'ऐसी कोई खास बात नहीं है जग्गी जी।'—बात को जग जाहिर करने की गरज से मीमांसा बोली—'कल फेसबुक देख रही थी। इशीता पास्ता ने अपना एकाउंट डिलीट कर दिया है। उसी के बारे में बता रही थी मीमांसा को।'

'तो इसमें इतना बड़ा कौन-सा पहाड़ टूट पड़ा।'—जग्गी जी मुँह बिचकाते हुए बोलीं।

'पहाड़ तो नहीं टूटा। लेकिन उसकी वाल में आजकल एक बेंगलूरु का लड़का बड़ा सक्रिय था।'—मीमांसा ने पलटकर जवाब दिया।

'अरे आजकल तो तमाम फर्जी एकाउंट होते हैं। किसी ने उसके नाम से बना लिया होगा।'—जग्गी जी ने मामले को मोड़ देते हुए कहा।

'नहीं जग्गी जी, असली एकाउंट था। उसकी फोटो भी प्रोफाइल में थी और अपने स्कूल का जिक्र भी। उसमें उसने अपने मैरेटिअल स्टेटस में डायवोर्स भी लिखा था।'—अपनी बात पर वजन रखते हुए मीमांसा बोली।

'बड़ी आयी डायवोर्स वाली।'—संगीता ने बीच में पेंच फँसाते हुए कहा—

'पहले तो कहती थी कि उसकी तो शादी ही नहीं हुई, अब रातोरात डायवोर्सी बन गयी।'

'ऐसी औरतों के बारे में हम लोग रोज यहाँ बात कर के अपना समय बर्बाद करते हैं।'—कल्पना ने अंगड़ाई ले कर घड़ी देखते हुए बोला।

अभी भी पन्द्रह मिनट छुट्टी में बाकी थे। बात करने के लिए बस अब एक टॉपिक बचा था। पल्लवी और तान्या मैम की शादी का। शादी के बारे में पल्लवी की कोई राय नहीं थी। लेकिन तान्या मैम की राय साफ थी कि वे शादी नहीं करना चाहती थीं।

'अब तान्या मैम को ही ले लो, वो भी तो शादी नहीं करना चाहती है, तो उसके ऊपर तो पहाड़ टूटा नहीं।'—काजल ने तान्या मैम को छेड़ने के अन्दाज में कहा।

तान्या मैम कुछ बोलतीं कि उससे पहले ही बिंदिया गोस्वामी बोल पड़ी—'अभी जवानी का जोश है तो पता नहीं लगता है। बाद में जब उम्र हो जायेगी तो पछतायेंगी। तब खोजने से भी नहीं कोई मिलेगा। आज के जमाने में तो हर लड़के को जवान लड़की चाहिए। वह भी वर्जिन।'

'बिंदिया मैम आप अपनी नसीहत अपने पास ही रखिये। हमें हमारे हाल पर छोड़ दीजिए।'—तान्या मैम ने बिंदिया के सुझाव को दरकिनार करते हुए कहा।

'अगर शादी इतनी बुरी चीज है, तो दुनिया भर के लोग यूँ ही शादी करते हैं।' —बीच में टपकते हुए संगीता बोली—'लोग शादी नहीं करेंगे तो दुनिया कैसे चलेगी। बच्चे नहीं पैदा होंगे तो दुनिया का दि इंड।'

'दुनिया का दि इंड हो या बिगनिंग। हमें नहीं करनी है तो नहीं करनी है। आप शादी कर खुश हैं तो रहिए और आपको लगता है कि मैं दुखी हूँ तो मुझे दुखी ही रहने दीजिए।'

'तान्या मैम, बिंदिया सही कह रही है। उम्र बढ़ जायेगी तो शूद्र भी शादी नहीं करेगा।'—अपनी पंडिताई झाड़ते हुए कल्पना चौबे बोली।

'पंडितों के सुरखाब के पर लगे होते हैं क्या?'—तान्या आवेश में बोली—'आप अपने चौबे जी के साथ खुश रहिए। और खुदा के लिए शूद्र, दलित, हरिजन और ब्राह्मण का सवाल मत उठाइये। एक टीचर से ऐसी नस्लवादी बातें अच्छी नहीं लगती हैं...'

चर्चा आगे बढ़ती कि काजल कन्धे पर अपने बैग को डालते हुए बोली—'नरक का समय खत्म हो गया। अब चला जाये।'

धीरे-धीरे सारे टीचर स्टाफ रूम से स्कूल के मेन गेट की ओर बढ़ने लगे। अमृता नायर वहीं बैठी रहीं। वे कभी भी स्टाफ रूम की बहस में हिस्सा नहीं लेती थीं। अमृता एक संजीदा टीचर थीं और तान्या मैम उनकी क्लास वन में को टीचर थीं। अमृता अक्सर देर से घर जाती थीं। उनको कम्पनी देने के लिए तान्या मैम भी रुक जाती थीं। उनके पास कुछ काम तो था नहीं। पीजी में अकेली रहती थीं। उनका इसी बहाने थोड़ा समय और कट जाता था। कई बार तान्या मैम छुट्टी के बाद लाइब्रेरी में भी चली जाती थीं।

अमृता ने लन्दन में पढ़ा चुकी थी। मांटेसरी पद्धति की पढ़ाई का उन्हें अच्छा अनुभव था। लन्दन के ऐजवेयर एरिया में स्थित सेंट मारिया में उन्होंने करीब आठ साल पढ़ाया था। उनके पति वहाँ डाक्टर थे और ग्रीन कार्ड होल्डर भी। शादी के कई साल बाद उन्हें एक बेटा हुआ था। वह भी मेंटली रिटायरडेड़ (मानसिक रूप से मन्द)। चूँकि अमृता टीचर थीं, उसे बड़े करीने से संभालती थीं। डॉ. मारिया मांटेसरी ने शिक्षा की ऐसी पद्धति ईजाद की थी, जिसमें बच्चों की हर तरह की आजादी होती थी। उनके आसपास के वातावरण को उनकी प्रतिभा के हिसाब से ही सृजित किया जाता था। आरम्भ के दिनों में यूरोप में उनकी इस शिक्षण पद्धति का इसलिए विरोध हुआ कि बच्चों को शुरू से ही इतनी आजादी दे दी जायेगी तो वे अनुशासनहीन हो जायेंगे। इन्हीं विरोधाभासों के बीच अन्ततः डॉ. मारिया ने जंग जीती और बाद में बच्चों को गरिमा देने के शैक्षिक कार्यक्रमों को यूरोप में खुले मन से अपनाया गया। मारिया मांटेसरी सेकेंड वर्ल्ड वार के अन्त तक भारत में भी नज़रबन्द रही थीं। रिहाई के बाद उन्होंने अहमदाबाद में रहकर अपने प्रशिक्षण केन्द्र के जरिये इस पद्धति पर काफी काम किया था।

सेंट मारिया स्कूल में प्राइमरी शिक्षा मांटेसरी पद्धति से ही होती थी। एक-एक बच्चे पर उनकी क्षमता के हिसाब से ध्यान दिया जाता था। इसी अनुभव के आधार पर वह अपने बच्चे की बेहतर ढंग से देखभाल करती थीं। बच्चे को अधिक समय देने के चलते अमृता अपने पति पर ध्यान नहीं दे पाती थीं। इसी दौरान अमृता के पति डा. एसके नायर एक फिरंग के नजदीक आ गये। बाद में उन्होंने अमृता को तलाक दे कर फिरंग से शादी कर ली। अमृता अकेली पड़ गयी और उसने इंडिया लौटने का फैसला कर लिया। अमृता भारत आकर अपने रिटायर्ड कर्नल पिता के घर में रहने लगी। वह अपने माता-पिता की एकलौती सन्तान थी।

असल में अमृता की स्कूल से देर से जाने की वजह थी कि उसका बेटा अपने

स्कूल से लेट आता था। वह स्कूल में रहकर नये प्रयोगों पर सोचती और काम करती रहती थी। उसके केन्द्र में उनका अपना बेटा भी होता था। वह एक-एक बच्चे की क्षमता के हिसाब से उनके लिए मैटेरियल तैयार करती। तान्या मैम उसकी को टीचर थीं, इसलिए वह उन्हें भी जुझाये रखती थी। उनसे वह कभी पेपर कटिंग कर फिश बनवाती और उसमें रंग भरवाती। सीनरी बनवाती। किसी सीनरी में उड़ते हुए घर होते तो किसी में परियों के साथ खेलते बच्चे। किसी में रंग-बिरंगे फूल चुनते बच्चे तो किसी में मिट्टी के घोंसले। आदि-आदि।

अमृता मानसिक विकलांग बच्चों के लिए एक स्कूल खोलना चाहती थी। ऐसा स्कूल जहाँ उन्हें सामान्य बच्चों की तरह पढ़ाया जाये। हर तरह की आजादी दी जाये। कहने को तो सोफिया में भी ऐसे बच्चों को एडमिशन मिलता था, लेकिन उन्हें अच्छा ट्रीटमेंट नहीं मिलता था। टीचर से लेकर बच्चे तक उनसे भेदभाव करते थे। अमृता पिछले सेशन की क्लास दो की सिक्ता दयाल का हश्र देख चुकी थी। वह मानसिक रूप से कमजोर थी। लेकिन उसमें आक्रामकता कूट-कूट कर भरी थी। पूजा को वह अपना पक्का दोस्त समझती थी। वह क्लास में उसके बगल में बैठना चाहती थी। लेकिन स्कूल के नियम के तहत उसकी सीट अन्य बच्चों से अलग रखी गयी थी। सीट अलग इसलिए रखी गयी थी कि कहीं वह अचानक बच्चों पर हमला न कर बैठे। ये बात अलग है कि उसने स्कूल में कभी ऐसा नहीं किया था। यही सब देखकर अमृता ने अपने बेटे का एडमिशन सोफिया में नहीं कराया था।

एक बार एक फार्म हाउस के मालिक चौधरी गजराज सिंह ने अमृता को अपने फार्म हाउस में उसके अपने मन का स्कूल खोलने की पेशकश की थी। इस बारे में अमृता ने तान्या मैम से भी विस्तार से बात की थी। तान्या भी उसके प्रोजेक्ट में शामिल होने को तैयार थी। चौधरी से कई चक्र की बातचीत के बाद मामला यहाँ फँस गया कि आखिर इससे उसे क्या फायदा होगा। फायदे से अधिक यह सोशल काम था। चौधरी सोशल वर्क के लिए तैयार नहीं था। उसे तो स्कूल का धन्धा फायदे का लगता था, तभी उसने अपने फार्म हाउस को देने की पेशकश अमृता से की थी। उसने देखा था कि उसके प्रॉपर्टी डीलर और बिल्डर दोस्त स्कूल के धन्धे में आकर रातोरात मालामाल हो गये थे। अचानक उनकी प्रतिष्ठा भी बढ़ गयी थी। शहर के बड़े से बड़े लोग उनके दरवाजे में अपने बच्चों के एडमिशन कराने के लिए हाथ जोड़े खड़े होते थे। लेकिन जब चौधरी ने अमृता का प्रोजेक्ट देखा तो उसमें पल्ले से पैसा जाने के अलावा आने का

कोई रास्ता नहीं था। स्कूल, वह भी मानसिक विकलांग बच्चों का। चौधरी को बात जँची नहीं। उसने अमृता को स्कूल न खोलने के लिए सीधे तो मना नहीं किया, लेकिन अमृता से बाद में मिलना-जुलना बन्द कर दिया।

'तान्या, नया सेशन अब दो दिन बाद शुरू होने वाला है। हमें पूरी तैयारी कर लेनी चाहिए। नये बच्चों को समझना होगा। ये मैटेरियल जो हमने इन छुट्टियों में बनाया है उनके लिए हो सकता है सारा काम में आ जाये, या न भी आये। यदि काम में नहीं आया तो हमें बहुत मेहनत करनी पड़ेगी।'—अमृता एक सीनरी को देखते हुए बोली।

'जी मैम।'—तान्या ने संक्षिप्त उत्तर दिया—'काम क्यों नहीं आयेगा। सारे बच्चे तो एक जैसे ही होते हैं।'

'ऐसा नहीं है। हर बच्चा अलग होता है। हम टीचरों को यही समझने की जरूरत है, जो इस स्कूल में नहीं होता है। लेकिन हमें ईमानदारी से काम करना चाहिए...'

अभी अमृता बोल ही रही थी। इसी बीच बेसमेंट से लहाना का गैंग ठहाके लगाता हुआ स्टाफ रूम में आ गया। देर तक बातचीत में व्यस्त होने के चलते गैंग छुट्टी होने के बाद भी स्कूल में डटा रह गया था। इन्द्राणी ने अमृता और तान्या मैम को देखा, तो बोल पड़ी—'वीर जवानो, अभी तो सेशन शुरू नहीं हुआ है और तुम लोग यहाँ ज्ञान-विज्ञान में जुटे हो।'

अमृता और तान्या मैम ने इन्द्राणी को जवाब नहीं दिया। 'इतना काम करोगी, तो यहाँ की कामचोर टीचरों की नौकरी खतरे में पड़ जायेगी।'

—लहाना टीज करने के अन्दाज में बोली—'इस स्कूल में कौन वैज्ञानिक बनने के लिए पढ़ने आता है।'

फिर तान्या मैम और अमृता ने कोई जवाब नहीं दिया। दोनों एसेम्बली मैदान से होते हुए स्कूल से बाहर आने लगीं। तभी लहाना ने तान्या मैम के कन्धे पर हाथ रखते हुए उसके कानों के पास अपना मुँह ले जा कर धीरे से बोला—'कल तो बड़ा मजा आया।'

'क्या हुआ?'—तान्या मैम बोली।

'कल हम लोग स्कूल के बाद साकेत माल में घूम रहे थे कि तभी प्रिंसी कौल और अमित जैन भी वहाँ शॉपिंग कर रहे थे। हम लोग चोरी-छिपे उनके पीछे लग लिए। प्रिंसी ने खूब खरीदारी की।'

'इसमें मजे की क्या बात है?'—तान्या ने मेन गेट की तरफ बढ़ते हुए पूछा।

'मजा तो तब आया जब हम सब जेम्ब बांड बन उनके पीछे लग गये। माल से निकलकर दोनों कार में बैठे और गुड़गाँव की तरफ चल दिये। हमने भी अपनी कार उनके पीछे लगा दी। उनकी गाड़ी एक फार्म हाउस के अन्दर चली गयी। हम बहुत देर तक बाहर इन्तज़ार करते रहे। कई घंटों तक हम वहीं कार में बियर पीते उनका इन्तज़ार करते रहे। इसके बाद जब कार निकली तो प्रिंसी अकेले थी। हमने अपनी कार उसके सामने लगा दी और प्रिंसी ने हम लोगों को देख लिया। उसने आँखें झुकाकर न देखने का बहाना किया। इसके बाद आज जब हम कॉरिडोर में आमने-सामने हुए तो उसने नजरें फेर लीं।'

॥ चार ॥

सलमान शफी खान नाम था उसका। विध्वंसक। शायद रचनात्मक भी। सम्भव था कि वह मानता हो, बिना ध्वंस के निर्माण नहीं हो सकता है। पाँचवीं का स्टूडेंट था। हो सकता है कि इतनी ऊँची बात उसके जेहन में न हो। लेकिन उसके चाल-चलन से लगता था कि वह ऐसे ही सोचता था।

सलमान जम्मू-कश्मीर का रहने वाला था। उसके माता-पिता दिल्ली में रहते थे। पिता आजादपुर फल मंडी में आढ़त चलाते थे। सेब की आढ़त। पिता चाहते थे कि सलमान पढ़-लिखकर व्हाइट कालर जॉब करे। इसीलिए उन्होंने बड़े स्कूल में दाखिला दिलवाया था। काफी दिनों बाद वह स्कूल आया था। अपनी दादी की मौत के बाद वह काफी अशान्त था। वैसे जब भी वह कश्मीर से लौटता था, उसके तौर-तरीकों में अन्तर साफ दिखाई पड़ने लगता था। उसे दिल्ली और स्कूल के माहौल में ढलने में काफी समय लग जाता था। लेकिन कश्मीर की यादें उससे नहीं छूटती थीं। वह अन्दर ही अन्दर उन्हें घोंटता रहता था।

वह क्लास में अपने दोस्तों से अजीब बातें करता था। मसलन—'अंडा क्यों नहीं खाते हो। खाया करो। ताकत आती है। तुम्हें कोई हरा नहीं पायेगा, जब तुम्हारे अन्दर ताकत होगी। मैं तो अंडा, मीट, मछली सब खाता हूँ।'

इसके साथ ही वह अपना हाथ मोड़ कर उन्हें अपनी कसी हुई मांसपेशियाँ दिखाता था। कश्मीर घाटी के बाहर की दुनिया उसे अपनी नहीं लगती थी। बाहरी दुनिया के प्रति उसके अन्दर नाराजगी भरी जा रही थी। वरना इतने छोटे बच्चे के अन्दर ये बातें कैसे आ सकती थीं। ऐसा तब ही होता था, जब वह घाटी से लौट कर आता था। उसकी इन्हीं ऊल-जलूल बातों के कारण क्लास के बच्चे उससे दूर ही रहना पसन्द करते थे।

सलमान की अक्सर मैम से शिकायत रहती थी कि बच्चे बहुत शोर मचाते हैं। शोर से उसके कानों से खून निकलने लगता है। वह मैम को अपना कान भी दिखाता था—'देखो मैम, कितना खून बह रहा है मेरे कानों से। इन्हें चुप करा

दो वरना मैं इन्हें चुप करा दूँगा।'

वह अरबी सीखना चाहता था। अंग्रेजी उसे दुश्मन की तरह लगती थी। अरबी सीख कर वह अरब जाना चाहता था। अरब क्यों जाना चाहता था, यह उसके ज़ेहन में साफ नहीं था। लेकिन वह जाना चाहता था। उसकी इस इच्छा को पूरा करने के लिए उसके पिता ने घर में एक मौलवी साहब को अरबी पढ़ाने के लिए रखा हुआ था। मौलवी साहब मजहब के पक्के आदमी थी। अरबी सिखाने के साथ वह मज़हबी शिक्षा भी उसे देते थे। स्कूल की पढ़ाई और मौलवी साहब की पढ़ाई पूरी तरह से मिसमैच थी।

उस दिन उसने अपनी क्लास में एक कहानी सुनाई—'एक बार की बात है कि एक लड़की कुरान को लेकर बाथरूम में चली जाती है। फिर वह वहाँ नंगी हो जाती है और नागिन में बदल जाती है।'

सम्भव है कि कुरान की पवित्रता को लेकर किसी ने उसे कोई कहानी सुनाई थी। उसने उसे अपनी तरह बदलकर अपने दोस्तों को ऐसे पेश किया था। मजहब को लेकर वह अपनी गढ़ी ऐसी-ही तमाम गलत-सही कहानियाँ सुनाता रहता था।

कश्मीर घाटी में जरूर उसके आस-पास ऐसा वातावरण रहा होगा, जिसमें बचपन से उसे ऐसी बातें सिखाई जाती थीं। कभी-कभी वह कश्मीर की गुलामी की भी बात करता था। उसे आजाद करने का सपना देखता था। एक दिन वह एके 47 खिलौना बन्दूक ले कर स्कूल आ गया। उसने बच्चों पर उसे तानते हुए कहा—'छोड़ दो मेरे कश्मीर को, वरना तुम सबको मार दूँगा।'

बच्चे नहीं समझ पाये कि सलमान के हाथों में नकली बन्दूक है। उनमें दहशत फैल गयी। अफरा-तफरी भी। मामला एकेडमिक हेड इशीता पास्ता के पास पहुँचा, तो उन्होंने उसे बुलाकर पूछा—'आखिर तुम स्कूल में बन्दूक क्यों लाये?'

'बच्चों को डराने के लिए।'—सलमान ने आत्मविश्वास के साथ जवाब दिया।

'आखिर तुम बच्चों को क्यों डराना चाहते थे?'—पास्ता ने फिर सवाल किया।

'हमारे कश्मीर में भी बन्दूक से लोगों को डराते हैं।'—बड़ी सादगी और भोलेपन से सलमान ने फिर जवाब दिया।

'डराने की कोई तो खास वजह होगी?'

'हमें अपना कश्मीर चाहिए।'

‘कश्मीर क्यों चाहिए?’

‘इसलिए कि हमारे कश्मीर में सब लोग ऐसा चाहते हैं।’

‘बच्चे, ये बातें तुम्हें किसने सिखाईं?’—पास्ता ने इस बार कुछ प्यार से उससे पूछा।

‘पता नहीं।’

‘तो फिर तुम्हें कश्मीर क्यों चाहिए।’

‘बस चाहिए, क्योंकि कश्मीर में बन्दूक वाले ऐसा चाहते हैं। मैं बन्दूकवाला बनना चाहता हूँ और कश्मीर को आजाद करना चाहता हूँ।’

‘आजादी क्या होती है, तुम्हें पता है?’

‘नहीं।’ —यह कहते हुए सलमान की आँखे गीली होने लगीं। वह पास्ता के सवालों की बौछार बर्दाश्त नहीं कर पा रहा था।

‘तुम जानते हो अच्छे बच्चे कौन होते हैं?’

‘हाँ।’

‘कौन?’

‘जो देश की रक्षा करते हैं।’

‘तुम्हारे देश का क्या नाम है?’

‘हिन्दुस्तान।’

पास्ता सलमान के मनोविज्ञान को नहीं पढ़ पा रही थीं। वह सलमान नामक अबूझ पहेली से जूझने की भरपूर कोशिश कर रही थीं कि आखिर सलमान के अन्दर दो सोच कैसे काम कर रही हैं। उन्होंने सलमान को यह कहते हुए क्लास में भेज दिया कि स्कूल में बन्दूक लाना अच्छी बात नहीं है। इसके बाद उन्होंने तान्या मैम को बुलवाया। तान्या मैम को नये सेशन में उनकी अपनी प्रतिभा के दम पर पाँचवी क्लास मिली थी। वह भी इंडिपेंडेंट।

तान्या मैम जब पास्ता के चेंबर में पहुँची तो उन्होंने सलमान से हुई अपनी बातचीत के बारे में उन्हें विस्तार से बताया। उन्होंने पूछा—‘सलमान को आप नोटिस करती हैं?’

‘जी मैम।’—‘मैं देख रही हूँ कि वह जबसे कश्मीर से लौटा है, उसके व्यवहार में काफी बदलाव है। वहाँ उसे किसी ने उल्टा-पुल्टा पाठ पढ़ाया है।’

‘उस पर आपको खास ध्यान देने की जरूरत है। उसे समझने और उसे समझाने की भी।’

‘जी मैम। मैं उस पर नजर रख रही हूँ। वैसे सलमान बहुत अच्छा लड़का

है। पढ़ने-लिखने में भी ध्यान देता है।'–तान्या मैम ने पास्ता को आश्वासन देते हुए कहा–'मैम पर कश्मीर में उसकी सिखाई भारी पड़ रही है, हमारी पढ़ाई पर। हम बच्चों को आकाश से लेकर पाताल तक सब पढ़ा देते हैं। लेकिन उसको सिखाने वाले एक ही बात करते और भरते हैं। इसीलिए शायद उसका असर ज्यादा होता है। हमें भी पढ़ाई के अपने तौर तरीके बदलने चाहिए। हर बच्चे के मिजाज से हमें अपनी रणनीति बनानी होगी पढ़ाई की, वरना वो पास तो हो जायेंगे, बेहतर इंसान बनने के रास्ते में नहीं बढ़ पायेंगे।'

'गुड। टेक केयर।'–पास्ता ने तान्या मैम को एप्रीशिएट करने के भाव से कहा।

तान्या मैम की पाँचवीं क्लास में नन्हे-मुन्ने फूल जैसे बच्चे नहीं थे इस बार। एक से बढ़कर एक थे। उनकी मेच्योरिटी का लेविल दसवीं-बारहवीं क्लास के बच्चों के बराबर था या फिर उससे भी ज्यादा। बच्चे असमय ही बड़े हो रहे थे। चाकू की धार पर खड़े हो रहे थे। गैजेट्स ने उनकी दुनिया को अचानक इतना बड़ा कर दिया था कि सोच के बाहर था। पूरी दुनिया का ज्ञान उनके हाथ के मोबाइल और लैपटाप में था। गैजेट्स में उनकी उँगुलियाँ ऐसे थिरकती थीं, जैसे सितार पर रविशंकर की। संभोग से लेकर भोग तक सबका ज्ञान था उनके पास। बच्चे गैजेट्स युग में फ्रेम तोड़ चुके थे। जाग चुके थे। इसीलिए उनका हर तरह का टकराव अपनी पूर्व की पीढ़ी से हो रहा था। हर सवाल का जवाब था उनके पास।

तान्या मैम की क्लास में एक और बच्चा था। रियान कोहली। उसके अजीबोगरीब सवाल होते थे तान्या मैम से। अक्सर वह अपने घर की बात तान्या मैम से साझा करता था। पापा के साथ कई दिनों से मम्मी के न सोने पर होने वाली लड़ाई से लेकर उनका तलाक लेने की धमकी देने तक का हर सवाल। वह तान्या मैम से कहता था–'मैम, जब मम्मा पापा से अलग हो जायेगी, तब हम लोग इंडिया छोड़ देंगे।'

सलमान को जैसे चारों तरफ खून दिखता था, वैसे ही रियान को हर तरफ लाशें बिखरी हुई दिखती थीं। लाशों को रौंद कर आते-जाते लोग। अक्सर सपने में वह ऐसे मंजर देखकर जाग जाता था। उस पर किसी घटना का बहुत बुरा असर हुआ था। स्कूल में भी वह अकेली और सुनसान जगह नहीं जाता था। बाथरूम में भी वह किसी न किसी को ले कर ही जाता था।

रियान अपने दादा केके कोहली को बहुत प्यार करता था। उसके मम्मी-पापा

को तो आपस की लड़ाइयों से फुर्सत ही नहीं मिलती थी, जो वह रियान को समय दे सकते। दादा थे कि उन्होंने अपनी बसी बसाई दुनिया अपने कर्मचारियों को एक झटके में दान दे दी थी और थियेटर में सक्रिय हो गये थे। दादा उसे अपने बचपन से लेकर बुढ़ापे तक की अनेक कहानियाँ सुनाते थे कि देश-विभाजन और उससे भी पहले की कहानियाँ दादा जी के पास रियान को सुनाने के लिए थीं। उसे पता था कि दादा जी जब भारत आये थे तब उनके दिन अच्छे नहीं थे। दादा जी ने रियान को बताया था कि वे रावलपिंडी में रहते थे। वे कई बार उससे कहते थे कि बेटा, तुम एक बार वहाँ जरूर जाना। हमारी मिट्टी है वह। उसकी महक अभी तक उन्हें आती है। दिल्ली में तो हम लोग शरण लेने आये थे, तभी हमें शरणार्थी कहा गया था। इतने सालों बाद भी लोग बातचीत में हम लोगों को अब भी रिफ्यूजी बोल ही देते हैं। वहाँ के मन्दिर व मजार हमें याद आते हैं। वहाँ हमारे पीर हैं—हजरत मेहर अली शाह। उनकी दरगाह रावलपिंडी से पैंतालिस किलोमीटर है गोलरा गाँव में, जो अब इस्लामाबाद में आ गया है। हम लोग वहाँ लॉरी से जाते थे। तुम एक बार जरूर जाना वहाँ। वो हमारे पुरखों की धरती है।

एक बार रियान के दादा ने उसे अपने पढ़ाई के संघर्ष भरे दिनों की कहानी सुनाई थी। रियान का मजाक उड़ाते हुए उन्होंने बताया था, तुम लोग कार में बैठकर एयरकंडीशन स्कूल में पढ़ते हो। हम लोगों को स्कूल पहुँचने और वापस आने में पूरा दिन लग जाता था। उन्होंने रियान को अपने उन दिनों के मुसीबतों की कहानी भी सुनाई थी। विभाजन से पहले उसके दादा रावलपिंडी में सनातन धर्म स्कूल में पढ़ते थे। उस वक्त उनकी उम्र छह साल की रही होगी। पट्टी लेकर स्कूल जाते थे। हिन्दी में पढ़ाई होती थी। विभाजन की हवा चलने के बाद दिल्ली में आने के बाद उन्हें दिल्ली पब्लिक स्कूल में भर्ती कराया गया था। अंग्रेजियत वाला स्कूल। तब डीपीएस नार्थ एवेन्यू में होता था तंबुओं में। मथुरा रोड वाली डीपीएस की बिल्डिंग उन दिनों बन रही थी। नार्थ एवेन्यू से मथुरा रोड में जब स्कूल गया, तो उनके हिस्से वहाँ भी तंबू ही आया। पूरी बिल्डिंग नहीं बनी थी। प्राइमरी विंग को तंबू में ही रखा गया था। गर्मी, सर्दी और बारिश में उन्हें तंबुओं में ही पढ़ना पढ़ता था। स्कूल के लिए रोज सब्जी मंडी इलाके के पास के आदर्शपुरा से उन्हें उनके बड़े भाई साइकिल से छोड़ने और लेने आते थे। तभी दोनों तरफ दंगे शुरू हो गये थे। बाडा, सोरा कोठी और सब्जी मंडी मुसलमानों से भरे थे। मुसलमानों पर हमले किये गये। बड़ी संख्या में उन्हें मारा गया। तभी आदर्शपुरा मोहल्ले से

हम लोगों को चाणक्यपुरी में किचनर होस्टल में लाया गया। सब्जी मंडी में लाशें बिछी थीं। चारों तरफ खूनी मंजर था। हम लाशों को पार करते हुए किचनर होस्टल पहुँचे थे। हम लोग वहाँ तंबू में रहे। वहाँ से रोज मथुरा रोड पढ़ने जाते थे। इसके बाद पिता जी जब रावलपिंडी से आ गये तो उन्होंने किंगसवे कैम्प में नयी बनी गुप्ता कालोनी में नब्बे रुपये किराये में घर लिया। चारों तरफ जंगल था। पंजाबी बाग, गुलाबी बाग और दिल्ली यूर्नीवर्सिटी के इलाकों से घिरी थी गुप्ता कालोनी। चारों तरफ घने पेड़ थे। दिल्ली यूर्नीवर्सिटी के दो कालेज तब थे। मिरांडा हाउस और सेंट स्टीफन्स। छुट्टियों में हम बच्चे जंगल में यहाँ से वहाँ घूमते रहते थे। हमें पता होता था कि किस पेड़ में कौन सा फल पक गया है और किसमें पकने वाला है। मथुरा रोड से दूरी के कारण हमें बाद में डीपीएस से निकालकर कमला नगर में आदर्श विद्यालय में दाखिला दिला दिया गया। इसी स्कूल से हमने बाद में पहली बोर्ड की परीक्षा दी...अपने पढ़ाई की कहानी उन्होंने रियान को कई हिस्सों में सुनाई थी। काफी दिनों तक तो वह खत्म ही नहीं हुई। हर शाम रियान दादा के पास आ जाता और आगे की कहानी सुनाने के लिए जिद्द करता। दादा जी को भी पुरानी बातें याद करके सुकून मिलता था। वह स्मृतियों में डूबने-उतराने लगते थे। उन दिनों के संघर्ष को याद कर कई बार तो उनकी आँखें भी नम हो जाती थीं।

...केएम कालेज से कोहली साहब ने ग्रेजुएशन किया। फिर चार सेमिस्टर मैक्समूलर भवन से जर्मन पढ़ी। इस बीच उन्होंने रामलीला में काम करना शुरू किया। फिर हिन्दुस्तानी थियेटर में सक्रिय हो गये। वह अपने को बड़ा एक्टर समझने लगे थे। बाद में उन्होंने बाहर पढ़ने का फैसला किया और जर्मनी चले गये। उनके पिता चाहते थे कि वह इंगलैंड पढ़ने जायें। वे भी लन्दन यूर्नीवर्सिटी के किंग्स कालेज में पढ़े थे। लेकिन कोहली साहब ने जर्मनी जाना तय किया, क्योंकि उन्होंने थोड़ी-बहुत जर्मन सीख ली थी। कोहली साहब के एक दोस्त गोरखा पांडे स्टुटगार्ट में रहते थे। उन दिनों जर्मन के लिए वीजा नहीं होता था। वे जब स्टुटगार्ट पहुँचे तो सीधे गोरखा के घर पहुँचे। स्टुटगार्ट जर्मनी का एक खूबसूरत शहर है। यहीं दुनिया की मशहूर कार मर्सडीज बेंज बनती है। स्टुटगार्ट पहाड़ियों और घाटियों के बीच बसा जर्मनी का एक बड़ा शहर है। दुनिया की मशहूर बैले कम्पनियाँ, चैंबर आर्केस्ट्रा और अनेक महत्त्वपूर्ण आर्ट म्यूजियम हैं यहाँ। दो-एक दिन शहर घूमने के बाद कोहली साहब ने अपनी पढ़ाई की इच्छा गोरखा से जाहिर की। गोरखा ने उन्हें स्टुटगार्ट स्थित इंडियन जर्मन काउन्सलर

मिस्टर डेविड़ से मिलने की सलाह दी। वे उनके पास पहुँचे। मिस्टर डेविड़ का न तो बहुत बड़ा और न ही बहुत छोटा, पर खूबसूरत बंगला था। दीवारें लाल रंग की थीं। दीवारों और खिड़कियों में सफेद रंग था। बंगले के चारों ओर खूबसूरत क्यारियाँ थीं। उनमें तरह-तरह के फूल थे। बंगले की बाउंडरी की दीवार के साथ कुछ बड़े पेड़ थे। वे भी फूलों से लदे थे। कुछेक गमलों में विभिन्न प्रजातियों के कैक्टस लगे थे। इन गमलों को बंगले के मेन गेट के दोनों तरफ करीने से रखा गया था। कोहली साहब ने डरते हुए बंगले की घंटी दबाई थी। दरवाजा खुलने पर सामने एक मेड दिखी। मेड जर्मन थी। दोनों में संवाद नहीं हो पाया। हालाँकि कोहली साहब ने टूटी-फूटी जर्मन में उसे समझाने की कोशिश की लेकिन उसे कुछ भी नहीं समझ आया और वह अन्दर चली गयी। उसके बाद सुनहरे बालों वाला एक अधेड़ सा व्यक्ति सामने आया। शायद मिस्टर डेविड थे। दोपहर का समय होगा। इसीलिए कोहली साहब ने उसे गुड आफ्टर नून कहा।

'गुड आफ्टर नून सर।'—मिस्टर डेविड ने जवाब दिया।

'सर, मैं जर्मनी में पढ़ने आया हूँ।'—कोहली साहब एक साँस में पूरी बात करने की हड़बड़ी में थे—'सर, मैं यूनिवर्सिटी में एडमिशन चाहता हूँ। आपकी मदद की जरूरत है।'

मिस्टर डेविड मुस्कुराये। उन्होंने कोहली साहब को अन्दर आने को कहा। टीक के सोफे की ओर इशारा करते हुए मिस्टर डेविड ने उन्हें बैठने का इशारा किया।

'अब बताइये जेंटिलमैन। मैं आपकी क्या मदद कर सकता हूँ?'—मिस्टर डेविड बोले।

'मैं यूनिवर्सिटी में एडमिशन के लिए आपकी मदद चाहता हूँ। आपके लेटर के बिना एडमीशन नहीं हो सकता है।'—कोहली साहब ने थूक को लीलते हुए कहा।

मिस्टर डेविड गॉड फियरिंग आदमी थे। इंडिया में मैक्समूलर भवन में वे कुछ समय रहे थे। इंडिया उन्हें पसन्द आया था। वैसे भी लोगों की मदद करने में वे हमेशा आगे रहते थे। उन्होंने कोहली साहब से संक्षिप्त बात की और अपने स्टडी की तरफ चले गये। कुछ मिनटों के बाद वे जब सामने आये तो उनके हाथ में एक लिफाफा था। उसके अन्दर था हाइडेलबर्ग यूर्निवर्सिटी के एक प्रोफेसर के नाम पत्र। हाइडेलबर्ग यूर्निवर्सिटी यूरोप की दूसरी पुरानी यूर्निवर्सिटी थी। लिफाफे को आगे बढाते हुए उन्होंने कहा—लीजिए जेंटिलमैन।'

कोहली साहब के हाथों में लिफाफे के रूप में उनका साकार सपना था। वे मन-ही-मन बल्लियों उछल रहे थे। उन्होंने कृतज्ञता में उठकर फिर सिर झुकाकर उनका थैंक्स किया और बंगले से बाहर आ गए। गोरखा के साथ उन्होंने उस शाम एक पब में मौज-मस्ती की और रात भर सुबह का इन्तजार करते रहे। हाइडेलबर्ग पहुँचकर उनकी प्रोफेसर बेंजामिन से मुलाकात हुई। उनके चेम्बर में कोहली साहब ने अपना परिचय दिया और मिस्टर डेविड का लिफाफा उनके सामने बढ़ा दिया। लिफाफा लेते हुए प्रोफेसर ने उनसे कहा–'प्लीज सिट।'

लिफाफे के लेटर को पढ़ने के बाद प्रोफेसर बेंजामिन बोले–'आपका ग्रेजुएशन का सर्टिफिकेट कहाँ हैं?'

कोहली साहब के पास उनके एकेडमिक करियर से जुड़े सर्टिफिकेट की पूरी फाइल तैयार थी। उन्होंने फाइल प्रोफेसर की तरफ बढ़ा दी। प्रोफेसर ने पूरी फाइल को पलटकर देखा। बोले–'मिस्टर कोहली, आपको लैंग्वेज में एड़मिशन मिल जायेगा।'–यह कहते हुए उन्होंने काउन्सलर के लेटर पर एक नोट लिखा और उसे फौरन आफिस में भेज दिया। वहाँ शुरुआती कार्रवाई के बाद उनको यूनीवर्सिटी के लेंग्वेज डिपार्टमेंट में एडमिशन मिल गया। वे बहुत खुश थे। गोरखा साथ नहीं था, वरना वे दिन में दो-चार केन बीयर गटक जाते। नया शहर था इसलिए अकेले बीयर पीने की हिम्मत उन्होंने नहीं दिखायी।

कोहली साहब स्टुटगर्ट लौट आये। अब उनके सामने फीस के लिए पैसे की समस्या थी। उन दिनों इंडिया से जर्मनी कानून के तहत पैसे नहीं भेजे जा सकते थे। कमाई कर के ही पढ़ाई हो सकती थी। गोरखा के सुझाव पर यूनिवर्सिटी एडमिशन का लेटर ले कर वे एम्पलॉयमेंट आफिस पहुँचे। वहाँ उन्होंने एम्पलॉयमेंट आफिसर मिस्टर ब्रुनो से मुलाकात की। एम्पलॉयमेंट आफिस हिन्दुस्तानी रोजगार दफ्तरों की तरह नहीं था। साफ-सुथरा। हिन्दुस्तानी रोजगार दफ्तरों में बाबू ऊँघते रहते हैं और खोजने पर फाइलों के बीच मिलते हैं। किसी भी सवाल का मानो सीधा जवाब देना उन्हें आता ही नहीं है। उनके पास हर सवाल का जवाब होता है कि नोटिस बोर्ड पढ़ लीजिए उसमें सब कुछ लिखा है।

यूनिवर्सिटी का लेटर दिखाकर उन्होंने मिस्टर ब्रुनो से कहा–'मैं छात्र हूँ और पढ़ाई के लिए पैसे चाहिए। इसलिए मैं कोई नौकरी चाहता हूँ।'

'ओके।'–कहते हुए एम्पलॉयमेंट आफिसर ने एडमिशन लेटर देखा–

'आपके लिए मैं कुछ करता हूँ।' कुछ सोचने के बाद मिस्टर ब्रुनो ने मर्सडीज बेंज फैक्ट्री के मैनेजर के नाम एक लेटर उन्हें दे दिया। कोहली साहब हैरान थे

कि यहाँ हर काम बिना किसी हीला-हवाली और लालफीताशाही के होता है। एम्पलॉयमेंट आफिस में उनसे रिश्वत न माँगना, उन्हें अजीब सा लगा था। स्टूडेंट को जर्मनी में बहुत महत्त्व मिलता था। लेटर लेकर वे मर्सडीज बेंज के मैनेजर से मिले। वे लैंग्वेज के विद्यार्थी थे। इंजीनियर तो थे नहीं। और तो और जर्मन भी उन्हें टूटी-फूटी ही आती थी। स्टूडेंट थे, तो उन्हें मजदूरी के काम में भी नहीं लगाया जा सकता था। ऐसे में मैनेजर ने उन्हें फैक्ट्री के एक्सपोर्ट डिवीजन में लगा दिया, जहाँ उनकी अंग्रेजी का भी फैक्ट्री को लाभ मिल सकता था। उन्हें एकसपोर्ट डिवीजन में पाँच डीएम (जर्मन मुद्रा) प्रति घंटा की नौकरी मिल गयी।

करीब एक माह उन्होंने जम कर फैक्ट्री में काम किया। अगले माह पहले सेमिस्टर की पढ़ाई करने के लिए हाइडलबर्ग चले गये। इस बीच उन्होंने गोरखा का घर छोड़ दिया और अकेले एक बड़े पेंटर के घर में पेइंग गेस्ट के रूप में रहने लगे। छुट्टियों में वे स्टुटगांर्ट आते और फैक्ट्री में काम करते फिर हाइडलबर्ग लौट जाते।

दूसरे सेमिस्टर में उनकी फीस माफ हो गयी। उन्हें सिर्फ मेडिकल इंशोरेंस के पैसे देने पड़ते थे। फैक्ट्री से कमाये जाने वाले पैसों से अब पब और डांस बार में आना-जाना शुरू हो गया...कहानी में जब बोरियत और दादा जी का नास्टॉलजिक एप्रोच रियान को दिखता तो वह कहानी को बीच में ही सुनना छोड़ देता था। उस दिन रियान ने दादा से कहा था कि कोई भड़कती-फड़कती अपने स्टूडेंट लाइफ की कहानी सुनाइये। दादा जी तो मौके की फिराक में रहते ही थे कि उनसे कोई बात करे और उनके अनुभवों को सुने। दादा जी शुरू हो गये—'उन दिनों मेरे पास थोड़े बहुत पैसे जमा हो गये थे। हमने एक पुरानी वॉक्सबैगन कार खरीदने का फैसला किया। हमने साठ घंटे काम कर पैसे कमाये। जर्मन में पुरानी गाड़ियाँ जंक यार्ड में होती थीं। बड़ी मुश्किल से पुरानी गाड़ियों को टेस्ट पास मिलता था। ड्राइविंग लाइसेंस मिलने पर तो ग्रेजुएशन करने से बड़ा सेलिब्रेशन होता था। हमने एक पुरानी गाड़ी ली और दोस्तों के साथ जंक यार्ड पहुँच गये। वहाँ औने-पौने दाम में पुर्जे लेकर उसे फिट कराया और पासिंग टेस्ट के लिए तैयार कर दिया। दोस्तों ने उसको पेंट-वेंट कर फिट कर दिया। हमने तब तुम्हारे बड़े दादा को लेटर लिखा कि मैंने वॉक्सबैगन कार खरीदी है। उन्हें तो पता नहीं था कि कार ऐसी थी, जैसे मरी बछिया का इंडिया में गोदान होता है। फिर हम लोग उसमें बैठकर घूमने-फिरने लगे।

उन्हीं दिनों ट्राम कम्पनी ने स्टूडेंट्स के रियायती पासों के दाम बढ़ा दिये

गए थे। स्टूडेंट्स ने हड़ताल का फैसला लिया। विरोध में हाइडलबर्ग के स्टूडेंटस ने कोई तोड़-फोड़ और बलवा नहीं किया। शहर के लोगों से अपील की कि वे अपनी कारों में एक रेड स्टीकर लगा दें। लाल स्टीकर का मतलब था जो ट्राम का इन्तज़ार कर रहे हैं, वे रेड स्टीकर लगी कार में लिफ्ट ले सकते हैं। ट्राम कम्पनी इस विरोध से हिल उठी। हमने भी अपनी कार में रेड स्टीकर लगा दिया था। तभी कुछ लोगों ने हमारी कार में लिफ्ट लेने के लिए हाथ दिखाया। हमने कार रोक दी। उनमें से अधिकांश यूनिवर्सिटी के कर्मचारी थे। रास्ता एक था, तो हमने तीन को पीछे और एक लड़की को आगे बैठा लिया। कार थोड़ी दूर ही गयी थी कि उसके इंजन से धुआँ निकलने लगा और वह वहीं बैठ गयी। कार में बैठे लोगों ने मदद करनी चाही लेकिन देरी के चलते वे सब भी साथ छोड़ गये। तमाम कोशिशों के बावजूद कार स्टार्ट नहीं हुई और मैं बेचारे की तरह वहाँ खड़ा रहा। थोड़ी देर बाद पुलिस क्रेन आयी और कार को जंक यार्ड में फेंक गयी। पुलिस क्रेन का भी हमें दस मार्क जुर्माना देना पड़ा।'—कार की यह कहानी सुनाकर बच्चों की तरह कोहली साहब ने रियान से पूछा है न मजेदार कहानी। ठीक वैसे ही हुआ हमारे साथ जैसे पंडित जी गये थे 'छब्बे बनने और चौबे बन कर लौटे'।

'फिर कार का क्या हुआ?'—रियान ने दादा जी से जिज्ञासा के साथ पूछा।

'क्या हुआ? जंक यार्ड में समा गयी।'—दादा जी ने जवाब दिया।

'ये कोई मजेदार कहानी है?'—रियान ने मुँह बनाते हुए कहा—'इसमें मजे की क्या बात है। मैं नहीं सुनता आपसे कहानी। कोई अच्छी कहानी लाइये। नहीं आती है तो कोई नयी कहानी बनाइये।'

दादा जी की रियान को कार वाली कहानी इतनी खराब लगी थी कि वह कई दिनों तक उनके पास कहानी सुनने नहीं आया। कहानी सुनने के वक्त वह गार्डेन में क्रिकेट खेलने निकल जाता था। एक दिन दादा जी ने रियान को बुलाया—'हमने एक नयी कहानी बनायी है।'

'अरे आपकी कहानियों में अब मजा नहीं आता है।'—रियान ने मुँह बनाते हुए कहा।

'नहीं, सचमुच नयी कहानी है। भूत-चुड़ैल ओरिजिनल है इस कहानी में। कहानी सुनकर डर जाओगे। बहुत जोरदार कहानी है।'—दादा जी ने रियान को पटाने की मुद्रा में कहा।

'ऐसी बात है।'—रियान ने कहा 'तो चलिए सुनाइये।'

'एक भूत था और भूतनी।'—दादा जी ने कहानी सुनाना शुरू किया—

'दोनों भूत दिल्ली में रहते थे। आम भूतों की तरह उस भूत के लम्बे दाँत और उलटी आँखें नहीं थीं। यानी सिर के पीछे आँखें। देखने में उसे कोई भी भूत नहीं कह सकता था। वह जब तक डराये न, तब तक कोई भी उसे देखकर नहीं डरता था। लेकिन उसे डराना नहीं आता था...' 'क्या दादा जी?'

—रियान ने भौंहें चढ़ाते हुए कई सवाल एक साथ दाग दिये—'ये कैसा भूत है जो डराता नहीं है? भूत कहीं ऐसे होते हैं?'

'कहानी अभी शुरू नहीं हुई है और तुमने टोका-टोकी शुरू कर दी। अभी डराने वाले सीन आयेंगे। ये भूत जरा अलग नस्ल का है।'—कहते हुए दादा जी ने कहानी आगे बढ़ानी शुरू कर दी—'भूतनी भी आम औरतों की तरह थी। उसके उलटे पैर नहीं थे। बाल जरूर लम्बे थे और आँखें गहरी। लम्बे नुकीले नाखून भी नहीं थे उसके। कपड़े भी वह सफेद नहीं पहनती थी। देखने में वह सुन्दर थी। भूत-भूतनी में बहुत प्यार था। दोनों दिल्ली में मौका मिलने पर साथ-साथ रहते थे। दोनों मिल कर फिल्मी अन्दाज में गाना भी गाया करते थे। मंडी हाउस में श्रीराम सेंटर में कभी-कभी नाटक भी देखते थे।

कुछ दिनों साथ रहने के बाद भूत अपनी भूतगिरी करने के लिए जर्मनी के स्टुटगार्ट शहर में आ गया और भूतनी लन्दन में भूतनीगिरी करने के लिए। भूतनी बहुत अच्छी पेंटिंग करती थी। भूतनीगिरी करने से पहले वह दिल्ली आर्ट कालेज में पढ़ती थी। आगे की पढ़ाई उसने लन्दन में स्लेड स्कूल आफ आर्ट में की। इसके लिए वह भूतनी बनी थी।'

भूत रेनीटेंस थियेटर में काम करता था। थियेटर का मालिक एक पोलिश ज्यू (यहूदी) गैरआर्ड वायडा था। वह हमेशा व्यवस्थाविरोधी नाटक करता था। उसके अन्दर गुस्सा था। वह सब कुछ बदल देना चाहता था। हर उस चीज के खिलाफ था, जो इंसानियत की दुश्मन थी। उसके थियेटर में स्टूडेंट्स को टिकट में छूट थी। आधे पैसे लगते थे। लेकिन वर्दी में आने वाले सरकारी अधिकारियों से दोगुना टिकट लिया जाता था। मतलब, देखना हो तो देखो, वरना तेल लो। डायरेक्टर इंडियन भूत को नुकीले दाँत, आँखों में खूनी मेकअप कर उसका डरावना चेहरा बनाकर लूट-खसोट करने वाले अधिकारियों को शो में सताने के लिए भेजता था। भूत हीरो का रोल करना चाहता था। लेकिन डायरेक्टर ऐसा रोल नहीं देता था। चँकि वह असली भूत नहीं था, तो उसने ऐसा

रोल करने से मना कर दिया। उसे थियेटर से निकाल दिया गया। बाद में भूत एक स्टूडेंट होस्टल में रहने लगा। वह अपने दोस्तों के साथ वहाँ पार्टी करता। पब में डांस करता। घूमता-फिरता। दोस्त जब भूखे होते तो कहीं से भी जुगाड़ कर वह उनके खाने का इन्तजाम कर देता। उससे कोई डरता नहीं था। उलटा लोग उसे प्यार करने लगे थे। एक दिन भूत को लगा कि वह भूत हो कर भी किसी को नहीं डरा सकता, तो वह कैसा भूत है। उसके व्यवहार को लेकर भूत समाज में ख़ासा असन्तोष फैल गया था। भूतों से लोगों ने डरना बन्द कर दिया था। नतीजतन उसकी शिकायत अन्य भूतों ने भूतों के सरदार से की। सरदार के सामने उसकी पेशी हुई। वहाँ उससे पूछा गया—'तुम थियेटर करते हो। पेंटिंग एग्जीबीशन देखने जाते हो। बैले देखते हो। डांस करते हो। आर्केस्ट्रा सुनते हो। तुम सारा काम आदमियों वाला करते हो, तो भूत योनि से तुम्हें क्यों न निकाल दिया जाये।'

'आखिर भूतगिरी क्या होती है?'—भूत ने सरदार से पूछा—'दूसरों को डराना-धमकाना। दहशत फैलाना। दूसरों का माल चट कर जाना। असहाय को सताना। यही भूतगिरी है तो मुझे भूत नहीं बनना है। और तुम भी सुन लो कि हम सब इसलिए भूत बने हैं, क्योंकि इंसानी योनि में रहकर हमने अपने काम ईमानदारी से नहीं किये। वक्त है कि सुधर जाओ।' भूत ने भी अकड़कर जवाब दिया।

'जुबान लड़ाता है?'—भूतों के सरदार ने कड़कती हुई आवाज में पूछा—'यदि तुम हमारे संस्कार नहीं अपना सकते हो तो हम तुम्हें अपनी योनि में क्यों रखें। जाओ मैं तुम्हें शापित कर तुम्हें अपनी बिरादरी से बेदखल कर फिर से इंसानी योनि में भेजता हूँ।'

'आपका बहुत-बहुत शुक्रिया। कम-से-कम हम अपने बचे कामों को तो अब पूरा कर सुकून की जिन्दगी गुजार कर स्वर्ग में चले जायेंगे। अगर स्वर्ग कहीं है तो, वरना अन्याय-अत्याचार करने से तो बचे रहेंगे और करने वालों के खिलाफ लड़ेंगे।'

वहीं दूसरी ओर लन्दन में भूतनी के साथ भी सब ठीक-ठाक नहीं चल रहा था। उसकी साथिन भूतनियाँ भी उससे नाराज रहती थीं। वह कभी भी उनके साथ लूट-खसोट में शामिल नहीं होती थीं। उसकी भी भूतनियों की सरदारिन से शिकायत हुई। उसे सजा के तौर पर इंसानी योनि में नहीं भेजा गया। उसे सरदारनी ने अपने महल में बनी जेल में कैद कर लिया।

इधर जब भूत को, जो इंसान बन चुका था, पता लगा तो वह उसे छुड़ाने

के लिए लन्दन पहुँचा। ऑक्सफोर्ड स्ट्रीट से होते हुए वह कनाट सर्कस पहुँचा। वहीं एक गली के किनारे बने कसीनों के पीछे एक खँडहरनुमा इमारत में भूतनियों की सरदारिन का महल था। खँड़हर में सूखे पेड़ों में चिमगादड़ लटके हुए थे। बड़े-बड़े जाले धूल से झुक गये थे। खतरनाक बिल्लियाँ इधर-उधर घूम रही थीं। सामने लम्बी सीढ़ियाँ थीं। उसके ऊपर से होते हुए वह एक बड़े से हाल में पहुँचा। बीच में एक कुंड में आग जल रही थी। उसके चारों तरफ भूतनियाँ नाच रही थीं। कुंड के पीछे ऊँचे से सिंहासननुमा मंच पर भूतनियों की सरदारनी बैठी थी। उसके सिंहासन के पीछे ड्रैकुला का चित्र बना था। सरदारनी को मानुस गंध आयी तो उसने भूतनियों से कहा—'कौन मानुस यहाँ आ गया है? लाओ उसे पकड़कर। अभी उसे सबक सिखाती हूँ।'

भूत को भूतनियों ने पकड़ लिया और कुंड के पास ला कर सरदारनी के सामने पेश किया।

'मेरे महल में आने की तुम्हारी हिम्मत कैसे पड़ी?'—भूतनियों की सरदारनी ने गरजते हुए पूछा—'तुम जानते हो कि हमारे संसार में आने का क्या मतलब होता है? हम ऐसे लोगों को अपनी बिरादरी में शामिल कर लेते हैं और फिर दुनिया में वापस जाने नहीं देते हैं।'

'नहीं सरदारनी, ऐसा कुछ नहीं है। इस संसार के बारे में मैं सब जानता हूँ। मैं स्वयं भूत रहा हूँ। एक शापित भूत हूँ और भूत राजा ने मुझे इंसानी योनि में भेज दिया है। मेरी अनेक भूतनियों से दोस्ती रही है। बेशक अब मैं भूत राजा के आशीर्वाद से मानुस योनि में लौट आया हूँ, पर मैं आपकी दुनिया के हर संस्कार से वाकिफ हूँ।'

'क्या वाकिफ हो?'—भूतनियों की सरदारनी ने आश्चर्य से पूछा।

'यही कि आप बड़ी दयालु हैं।'—भूत ने सरदारनी को अपने जाल में फँसाने के लिए पासा फेंका।

'दयालु और हम।'—सरदारनी ने कौतूहल के साथ कहा—'ये शब्द तो हमारी डिक्शनरी में भी नहीं है। फिर भी तुम यहाँ आने का कारण बताओ?'

'सरदारनी, मैं यहाँ अपनी कैद भूतनी को लेने आया हूँ। आप से गुजारिश है कि आप उसे भी भूतों के सरदार की तरह इंसानी योनि में भेज दें। आप बहुत दयालु हैं। आप हमारे प्यार को जरूर मिला देंगी।'—भूत ने सरदारनी से आग्रह करते हुए मिन्नत की।

'दयालु-वयालु क्या होता है? हम इन चीजों को नहीं जानते हैं।'—सरदारनी

ने भूत की मिन्नत को कबूल न करते हुए कहा।

'एक बार आप मेरी भूतनी को आजाद कर दें, तो आपको लगेगा कि आपने कुछ नेक काम किया।'—भूत ने सरदारनी को समझाने की कोशिश की—'हो सकता है कि इस काम के बाद आपको भूतनी योनि से मुक्ति मिल जाये और आपका बाकी जीवन स्वर्ग में बीते।'

सरदारनी फिर भी अड़ी रही। वह भूतनी को छोड़ने के लिए तैयार नहीं हुई। भूत ने तमाम तर्क दिये। अपने पूर्व भूत होने का वास्ता दिया। बस यही एक तर्क सरदारनी को भा गया। उसने कहा—'तुम भूतपूर्व भूत हो, इसलिए मैं तुम्हारी भूतनी को छोड़ती हूँ, वरना ऐसा करने से हमारे भूतनी समाज में विद्रोह हो जाता। मैं अपने भूतनी समाज को इस बात को समझा दूँगी।'

भूतनी को छुड़ाने के बाद भूत उसे जर्मनी ले आया। वहाँ दोनों साथ रहने लगे। उन्होंने अपना एक बिजनेस भी शुरू कर लिया। इंडिया की रेडीमेड सिल्क के शर्टों का। वह इंडिया से शर्ट खरीदता और जर्मनी में उसे महँगे दामों में बेचता। उनका धन्धा ठीकठाक चल निकला। दोनों कलाकार भूत-भूतनी अचानक बिजनेसमैन बन गये। भूत-भूतनियों ने बेशक उन्हें छोड़ दिया था, पर वे उन पर पूरी नजर रखते थे। शायद कहीं खुश भी होते थे कि चलो हराम के काम से ये मेहनत की दो वक्त की रोटी कमा कर खा रहे हैं।

भूत-भूतनी लम्बे समय तक जर्मनी में रहे। बाद में उन्हें लगा कि अब हमें शादी कर अपने घर वालों को भी थोड़ी खुशी दे देनी चाहिए। लेकिन उनका बिजनेस उनके रास्ते में रोड़ा बन गया। सजा-सजाया धन्धा तो वह छोड़ नहीं सकते थे। उनमें पैसों को लेकर एक लालच भी थी। वे बिजनेस को और बढ़ाना चाहते थे। जर्मनी में लम्बी नागरिकता की इजाजत नहीं थी। लम्बे प्रवास के लिए हर बार परमिशन लेनी पड़ती थी। भूत-भूतनी ने सोचा कि क्यों न कनाडा में बस जाया जाये और वहीं से बिजनेस किया जाये और शादी भी। चार साल वहाँ की नागरिकता लेने में दोनों को लग गये। जब जर्मनी से कनाडा माइग्रेट करने का समय आया तो भूत ने भूतनी से पूछा— 'रियली यू वांट टू गो कनाडा?'

'व्हाई नाट। ऐनी प्राबलम?'—भूतनी ने सवालिया लहजे में पूछा।

'आर यू इंट्रेस्टेड टू गो बैक योर होम? आई मीन इंडिया।'—भूत ने सवाल उछालते हुए पूछा। इस सवाल पर भूतनी सोचने लगी। इंडिया में उसके माता-पिता अकेले थे। उम्रदराज भी हो रहे थे। उन्हें किसी की मदद की दरकार थी। भूतनी ने सोचते हुए पूछा—'आर यू सीरियस?'

'व्हाई नाट। आई एम सीरियस।' भूत थोड़ा नॉस्टेलजिक होते हुए बोला।

'तो चलते हैं इंडिया। अपने वतन।'—भूतनी ने अपनी नजरें झुकाते हुए भूत पर अपना प्यार बरसाते हुए कहा।

भूतनी के इस जवाब के बाद भूत ने कनाडा के टिकट कैंसिल करा दिये और अपने ट्रैवल एजेंट से कहा कि हमें कनाडा के नहीं कल के इंडिया के टिकट चाहिए हर हाल में। एजेंट पूछता रहा कि 'सर, आखिर ऐसा क्या हुआ जो आप कनाडा नहीं जा रहे हैं।' उसने समझाने की कोशिश की कि कनाडा की नागरिकता मुश्किल से मिलती है। वगैरह-वगैरह। लेकिन भूत ने उसकी एक भी नहीं सुनी। कहानी अभी चल ही रही थी कि रियान बीच में बोल पड़ा—'दादा जी, ये कोई भूत-भूतनी की कहानी नहीं है। ये कहानी तो आपकी और दादी की कहानी है। आप मुझे उल्लू बना रहे हैं भूत-भूतनी की कहानी के नाम पर। अब मैं झूठी कहानी आपसे कभी नहीं सुनूँगा।' यह कहकर रियान अपने पैर पटकता हुआ खिसियाया मुँह लेकर वहाँ से चला गया।

रियान की बातें सुनकर दादा जी भूतनी को याद करने लगे, जो अब उनका साथ छोड़ चुकी थी। उनकी आँखें भर आयीं। उस रात दादाजी पूरी रात उस भूतनी की यादों में डूबे रहे।

•

॥ पाँच ॥

आसमान में बदली छायी हुई थी। सूरज बीच-बीच में बादल के टुकड़ों के बीच से चमक जाता था। बादल इतने ढीठ थे कि उसकी रोशनी जमीन पर आने नहीं दे रहे थे। कई दिनों से ऐसे बादल आसमान में दिख रहे थे। लेकिन बारिश नहीं हो रही थी। वातावरण में तपिश जरूर कम हुई थी। बादल दिल्ली वालों के लिए राहत बन कर आये थे। बिजली कटौती से राहत मिली थी। बिजली के लिए जगह-जगह होने वाले धरना-प्रदर्शन भी कम हो गये थे।

हलकी ठंड के मौसम को गुलाबी कहा जाता है। लेकिन इस मौसम को कोई नाम नहीं दिया जा सकता था शायद। नाम ही देना हो तो इसे काला-पीला मौसम कह सकते थे। काला-पीला मौसम किसी भी काम को करने के लिए प्रेरित नहीं करता है। ऐसे मौसम से साजिशों की गन्ध आती है। बीच-बीच में आसमान में बिजली चमक जाती थी। अब गिरी कि तब गिरी का भाव लिए वह आसमान में ही कहीं खो जाती थी। साजिश, शक, चुप्पीभरा शोर, अजनबीपन, चारों तरफ पसरा था। मौसम से हर शख्स जूझने की कोशिश कर रहा था। तान्या मैम पाँचवीं क्लास के अपने बच्चों को शायद बारिश कराने की गरज में कविता सुना रही थीं—

परियों के ये बेटे बादल।
सागर से हैं पानी लाते,
दूर-दूर तक हैं बरसाते,
रस्सी डोल लपेटे बादल।
परियों के ये बेटे बादल॥

कविता में इतनी ताकत नहीं थी कि वह बारिश करवा सके। तानसेन ने राग दीपक गा कर जैसे दीपक जला दिये थे। न बारिश हो रही थी और न ही मानसून से पहले की गर्मी से निजात मिल रही थी। सब तरफ चिप-चिप। मामला बीच में फँसा था।

स्कूल में भी आज कुछ बीच का माहौल था। न कोई बोल रहा था और न ही कोई सुन रहा था। सबके चेहरों पर एक अजीब सा तनाव था। ठीक वैसे जैसे आसमान में बिजली तो चमक रही थी, लेकिन वह गिरते-गिरते रह जाती थी। ठीक वैसे ही स्कूल में कोई बात हवा में तैर तो रही थी लेकिन किसी के हाथ में पकड़ नहीं आ रही थी। साजिश भरी चुप्पियाँ चारों तरफ बिखरी हुई थीं। इसके साथ कुछ-कुछ इधर-उधर खुसुर-फुसुर भी हो रही थी। कोई कुछ साफ बोलने को तैयार नहीं था। मामला टीचरों और उनके बच्चों का जो था।

शायला, श्रेया और सीरा की दोस्ती को अगर रूपक में कहा जाये तो शोले फिल्म के जय और वीरू की तरह की थी। दोनों में फर्क सिर्फ इतना था कि उस जोड़ी में दो थे और इस जोड़ी में तीन। तीनों इस बार छठी क्लास में पहुँच गये थे। शायला बहुत कल्पनाशील लड़की थी। उसे पेड़, पेड़ नहीं दिखते थे। पेड़ में वह और कुछ कल्पना करती थी। आकाश, हवा, जल चारों ओर फैली हर चीज को वह वैसे नहीं देखती थी, जैसे वह होते थे। वह अपनी कल्पना के जरिए उसमें कुछ नया खोजने की कोशिश करती थी। वह किसी भी सवाल का वैसा उत्तर नहीं देती थी जैसे अन्य बच्चे देते थे। हर सवाल को वह नया मोड़ दे देती थी। मशहूर गायकों के गानों को भी जब गुनगुनाती थी, तो उसे वह नया अन्दाज देने की कोशिश करती थी। हर नयी चीज उसे चौंकाती थी।

श्रेया घरेलू मानसिकता की लड़की थी। दादा-नानियों जैसी हरकत करती थी। बातों में भी वह दादी-अम्मा ही थी। कोई घर का मेन गेट खोल के गया, तो उसे बन्द करने की चिन्ता उसे रहती थी। मोहल्ले वाले बच्चों के साथ अक्सर वह मम्मी-पापा का खेल खेलती। वह खेल में पापा बनती और अपने पापा की हर नकल करती। चाहे वह मम्मी से प्यार करने की बात हो या फिर उन्हें फटकारने की।

सीरा अनाथालय से लायी गयी थी। यह बात उसने मोहल्लेवालों से सुनी थी। बच्चे उसे कई बार चिढ़ाते हुए मोल की लड़की कहते थे। वह अपने मम्मी-पापा को दोषी मानती थी कि वे उसे उसकी असली माँ से छीनकर अपने घर ले आये हैं। सीरा, शायला और श्रेया से बड़ी थी और अपने डील-डौल के कारण वह मुकम्मल लड़की दिखने लगी थी। उसके अन्दर एक अलग तरह की बेचैनी थी। चिड़चिड़ाने का कोई भी मौका वह जाया नहीं होने देती थी। हर बात पर जवाब देना और फिर पिटना उसकी दिनचर्या का हिस्सा बन गया था। वह हर काम उलटा करती थी, जिससे घर में बवाल और हंगामा हो।

तीनों सहेलियों पर कई दिनों से प्रिंसिपल सुमेधा कौल नजर रखे हुईं थीं। उन्हें उनकी गतिविधियों में असामान्य गन्ध आ रही थी। उन्होंने अपनी खास जासूस कामवालियाँ तीनों के पीछे लगा रखी थीं। तीनों की जासूसी हो रही थी। उनकी तमाम गतिविधियों में कई दिन की जासूसी के बाद एक बात उभर कर आयी थी कि वे तीनों रोज एक बाथरूम में अपने को बन्द कर लेती हैं। और काफी देर तक बन्द रहती हैं। ये बात प्रिंसी कौल को जासूसी करने वाली कामवालियों ने बताई थी।

प्रिंसी कौल को कुछ-कुछ बात समझ आ रही थी। लेकिन असल में बाथरूम में तीनों क्या करती थीं, इसका पुख्ता प्रमाण वह नहीं जुटा पा रही थीं। उन्होंने भेद जानने के लिए एक दिन पायल रोहतगी की बेटी शायला को अपने कमरे में बुलाया।

'कैसी हो शायला?'—प्रिंसी कौल ने पूछते हुए कहा—'आजकल तो तुम्हारी क्लास टीचर तुम्हारी बड़ी तारीफ कर रही हैं।'

'थैंक्यू मैम।'—शायला ने आँखें नीचे झुकाकर जवाब दिया।

'तुम्हारी श्रेया और सीरा से बड़ी पक्की दोस्ती है?'—प्रिंसी कौल ने जाल बिछाते हुए पूछा—'क्या-क्या करते हो तुम लोग मिल कर।'

'खेलते हैं। लंच करते हैं। गाना गाते हैं। कभी-कभी सीरा अपनी मम्मी की शिकायत भी करती है।'—भोलेपन के साथ शायला ने जवाब दिया।

'श्रेया अपनी मम्मी की शिकायत नहीं करती है?'—बात बढ़ाते हुए प्रिंसी कौल ने फिर पूछा।

'नहीं, वह तो कभी-कभी अपने पापा की शिकायत करती है। उसकी शिकायत रहती है कि उसके पापा उसके लिए चाकलेट नहीं लाते हैं।'

शायला प्रिंसी कौल की बातों में फँसती जा रही थी।

'तुम उनको क्या बताती हो?'—प्रिंसी ने अगला सीधा सवाल शायला से किया।

'मैं मम्मा-पापा की बात उनसे नहीं करती हूँ। मैं उन्हें बताती हूँ कि मुझे पेड़, पेड़ नहीं दिखते हैं। फूल, फूल नहीं दिखते हैं। आकाश, जल, हवा और पहाड़ जैसे वे हैं, वैसे नहीं दिखते हैं। मैं उन्हें अलग रूप में देखने की कोशिश करती हूँ जो।'

शायला अब खुलकर बोलने लगी थी। प्रिंसी कौल के जाल में वह फँसती जा रही थी।

'तो मैं तुम्हें कैसी लगती हूँ?'—प्रिंसी कौल ने मुस्कुराते हुए उससे पूछा।

'आप जैसी हैं, वैसी नहीं हैं। आपके दो रूप हैं। आपके डाँटने वाले रूप को तो मैंने देखा है, लेकिन दूसरे रूप को नहीं। मम्मी की सुनी हुई बातों के आधार पर मैं उसकी कल्पना कर के बता सकती हूँ।'

शायला अब प्रिंसी कौल के साथ और खुलती जा रही थी।

'एक बात बताओ। तुम श्रेया और सीरा बाथरूम में बन्द होकर क्या करती हो?'—प्रिंसी कौल ने शायला की आँखों में अपनी आँखें गड़ाकर पूछा। प्रिंसी को यकीन हो गया था कि शायला अब उसके जाल में पूरी तरह फँस चुकी है और सही जवाब जरूर देगी। इसीलिए उसने पूरी नज़ाकत के साथ ये सवाल पूछा था।

'बाथरूम में सीरा हमारे कपड़े उतार देती है। और मेरी शूशू को अपनी शूशू से रगड़ती है। और श्रेया सीरा के दुद्धू रगड़ती है और कई बार तो वह उसे उन्हें टॉफी की तरह चुसवाती भी है। सीरा ने मुझे भी अपने दुद्धू पिलाये हैं। बड़ा मजा आता है उसके बड़े-बड़े दुद्धू पीने में। सीरा मेरी शूशू में उँगली भी डालती है मैम...'

शायना बाथरूम का आँखों देखा हाल बेधड़क होकर प्रिंसी कौल को बताये जा रही थी। प्रिंसी कौल के चेहरे पर चिन्ता की लकीरें उभर आयी थीं। कुछेक पसीने की बूँदे भी उसके माथे पर चमकने लगी थीं। उन्हें कुछ समझ नहीं आ रहा था कि वह इन तीनों बच्चों का क्या करें। स्कूल से निकालेंगे तो स्कूल की बदनामी होगी। न जाने कितनी ही बातें उसके दिमाग में बादलों की तरह उमड़-घुमड़ रही थीं।

प्रिंसी कौल स्तब्ध थी। उसने शायला को वहाँ से भेज दिया और टेबिल पर अपना सिर रखकर आँखें बन्द कर लीं। वह नार्मल होने की कोशिश करने लगी। बन्द आँखों में उसे एक अन्धी गुफा दिख रही थी, जिसके अन्तिम छोर पर कहीं वह भी खड़ी थी। गुफा का दृश्य बेहद डरावना था। उसमें गहरा काला अन्धेरा थो। उसमें उसे कुछ दिख रहा था तो वह सिर्फ अन्तिम छोर पर अपने को खड़ा देख रही थी। उसने हड़बड़ी में अपनी आँखें खोल कर उस दृश्य को अपने से दूर करने की कोशिश की। खुली आँखों में भी उसे वह गुफा दिखती रही। गुफा का अन्धेरा भी कम नहीं हुआ।

बाद में प्रिंसी कौल ने पायल और अनुराधा को बुलाया। उसने उनकी बेटियों की करतूत के बारे में विस्तार से बताया। प्रिंसी की बात सुनकर पायल और

अनुराधा हतप्रभ रह गये। एक बार तो दोनों ने बात को न मानने की जिद की प्रिंसी से। लेकिन जब उसने पायल और अनुराधा को शायला की स्वीकृति की बारे में जोर दे कर बताया, तो मानने के अलावा उनके पास कोई चारा नहीं बचा था। इसके बाद प्रिंसी की तरह ही उन्हें भी कुछ नहीं सूझा। अन्त में उन्होंने मिलकर निर्णय किया कि तीनों को एक-दूसरे से अलग कर दिया जाये और बात करने पर भी प्रतिबन्ध लगा दिया जाये। तीनों को यह बात बता दी जाये कि इस बात को वह किसी से नहीं बतायेंगी, वरना उन्हें स्कूल से बाहर कर दिया जायेगा। इस तरह पूरे प्रकरण को प्रिंसी कौल ने अपने चैम्बर में ही दबा दिया।

प्रिंसी के चैम्बर से निकलकर पायल शायला और अनुराधा श्रेया के बारे में सोच कर चिन्तित हो उठीं। उन्हें समझ नहीं आ रहा था कि आखिर उनकी परवरिश में क्या कमी रह गयी, जो वह ऐसी हो गयी। दोनों परेशान थीं। उनके चेहरे में परेशानी के भाव चमक रहे थे। लोक-लाज के डर से दोनों ने चुप रहने का ही फैसला किया।

लंच के समय जब पायल की तान्या मैम से मुलाकात हुई तो उन्होंने पायल से पूछा–'क्या बात है मैम, आज कुछ उखड़ी हुई दिख रही हैं? चेहरे पर हवाइयाँ क्यों उड़ रही हैं?'

वैसे मामले की हलकी-फुलकी जानकारी तान्या मैम को एक कामवाली से मिल चुकी थी। लेकिन वह जानकारी आधी-अधूरी थी। 'कोई खास बात नहीं है। ऐसे ही कुछ हरारत सी लग रही है।'–पायल ने मन में बात को घोंटते हुए जवाब दिया।

पायल के ठंडे जवाब के बाद तान्या मैम ने उसे और खोदने की कोशिश नहीं को। यूँ भी तान्या मैम दूसरे के फटे में टाँग नहीं फँसाती थीं। लंच के बाद पायल से रहा नहीं गया। वैसे भी तान्या मैम से वह अपनी हर बात साझा करती थी। उसने सोचा तान्या मैम हर सवाल का जवाब रखती हैं, इसका भी उनके पास जवाब जरूर होगा। पायल के अन्दर का बाँध टूट गया–'तान्या, बहुत बुरा हुआ...'

इसके साथ उसने शायला, श्रेया और सीरा की प्रिंसी कौल से सुनी पूरी कहानी सुना दी। तान्या मैम ने बात को गम्भीरता से लिया। वह चटकारे लेकर मजा लेने के बजाय कुछ सोचने लगीं। इसके बाद वह बोली–'इसमें ऐसी क्या बात है मैडम, जो आप इतना परेशान हो रही हैं...।'

'परेशान होने की बात तो है। आखिर बच्ची के भविष्य का सवाल है। इस

उम्र में ये सब।'—पायल ने तान्या मैम की बात काटते हुए बोला।

'यही तो समस्या है मैम। हम अपने बच्चों को उनके अन्दर उम्र के साथ होने वाले बदलावों के बारे में कुछ नहीं बताते हैं। उनमें जब ये बदलाव होते हैं तो उनके अन्दर एक कौतूहल उठता है। हमारे छोटे घर और उसमें टेलीविजिन के सास-बहू वाले सीरियल उनको इस तरह के रोमांच करने के लिए प्रेरित करते हैं।'—तान्या मैम को मामले को वैचारिक रूप देते हुए बोला। 'सही कह रही हो तान्या। वे अपने अवचेतन में जागते हुए अपने माता-पिता को सामान्य स्थितियों में देखते हैं।' पायल ने बात बढ़ाते हुए कहा। 'मैम आपको एक घटना सुनाती हूँ। भागलपुर में हमारे घर के सामने एक लड़की रहती थी। एक दिन मैंने देखा कि वह अपनी खिड़की से एक-एक कर अपने रूमाल बाहर फेंक रही है। मुझे कुछ असहज लगा, तो मैंने नीचे जा कर देखा तो सभी रूमाल खून से लथपथ थे। पहली बार उसको पीरियड (मेंसेस) हुआ था। वह डरी थी कि आखिर उसके क्या हो गया है। वह किसी को बताये बिना अपने शारीर में होने वाले परिवर्तन से लड़ रही थी। यदि उसकी माँ ने उसकी उम्र के इस पड़ाव पर इस बात को बताया होता तो उसके अन्दर यह दहशत न आती।'—तान्या मैम अपने प्रवचन को जारी रखते हुए बोलती रहीं—'मैम हजारों साल पहले भारत में ज्ञान हासिल करने के लिए पाणिनि का व्याकरण, चाणक्य का नीति शास्त्र और वात्स्यायन का काम शास्त्र पढ़ना अनिवार्य होता था। तभी विद्वत्ता की पहली सीढ़ी की शुरूआत होती थी। 'कथासरित्सागर' में तो लिविंग रिलेशन जैसी न जाने कितनी चीजें आयी हैं। उस समाज में इसीलिए किसी तरह का सेक्सुअल परवर्जन नहीं था। हमारे एजूकेशन सिस्टम में दुनिया भर का लंद-फंद होता है, लेकिन इंसान को इंसान बनाने की कहीं चर्चा नहीं होती है। हम सिर्फ उपभोग करने वाले इंसानों को पैदा करते हैं। मैं अपना ही उदाहरण बताती हूँ। मैं जब बीए फाइनल में दिल्ली यूनिवर्सिटी में पढ़ती थी, होस्टल में हम तीन लड़कियाँ एक साथ रहती थीं। तब बीए वन की एक बंगाली लड़की हमारे कमरे में अक्सर आया-जाया करती थी। वे फेमिनिस्ट थी। उसने पहली बार हमारे सामने अपनी पैंटी उतारकर लाइव मास्टरबेट करके दिखाया था। तब हमें पहली बार शरीर की इस जरूरत के बारे में पता चला था। बाद में हमें स्त्री-पुरुष के रिश्तों के बारे में ज्ञान हुआ, तब हम उस मास्टरबेट का मतलब समझ पायी थीं।'

'ये सब तो तुम्हारी बात ठीक है तान्या। ये बताओं मैं शायला का क्या करूँ?'—पायल ने तान्या से सवाल पूछते हुए कहा—'मुझे अपनी बच्ची को ऐसी

हरकतों से बचाना है।'

'इसमें कौन सी बड़ी बात है। उसको प्यार से सारी बातें बता दीजिए। उसे समझाइये कि हर लड़की में शारीरिक बदलाव होते हैं। जन्म की कहानी सुनाइये कि बच्चे कैसे पैदा होते हैं। किस उम्र में एक स्त्री बच्चे को जन्म देती है। आदि-आदि। देखियेगा शायला बदल जायेगी और उसके अन्दर कोई कौतूहल सेक्स को लेकर नहीं रहेगा।'

'तुम ठीक कहती हो तान्या। मैं उसे ये सब बातें प्यार-प्यार में बता दूँगी।' —पायल तान्या मैम की बातों से सहमत हो गयी थी।

'एक बात और मैम...'

'बोलो तान्या।'—बीच में ही पायल बोल पड़ी।

'मैम, हमारा स्कूल तो एक्सपीरिएन्सल लर्निंग में विलीव करता है। क्यों न हम एक नाटक के जरिये लड़कियों में होने वाले शारीरिक परिवर्तन की कहानी सुनायें। हमें इस बारे में प्रिंसी कौल से बात करनी चाहिए।'

दोनों प्रिंसी कौल को इस प्रयोग के बारे में बताते हैं। शुरुआती चर्चा में उसे बात कुछ जँचती नहीं है। लेकिन जब तान्या मैम तर्कों के साथ उसे समझाती है। उन्हें सुनने के बाद वह अपर सेक्शन के लिए यह नाटक करवाने के लिए राजी हो जाती है। तान्या इंटरनेट से सूचनाएँ लेकर एक सक्रिप्ट तैयार करती है। नाटक की स्क्रिप्ट वन एक्ट प्ले की तरह लिखी होती है। तान्या मैम इस वन एक्ट के लिए शायला को चुनती है। उन्हें लगता है कि शायला की कल्पनाशीलता और मधुर आवाज इस नाटक के भाव को बच्चों तक आसानी से कामयाब हो जायेगी। नाटक में बोरियत न हो इसके लिए वह ड्रामा टीचर लहाना सिकदर और गायन और म्यूजिक टीचर विधा सबरवाल से भी मदद लेती है।

शनिवार का दिन था। प्राइमरी सेक्शन के बच्चे हॉफ डे होने के कारण जा चुके थे। अपर सेक्शन के बच्चों को ऑडिटोरियम में जमा होने के लिए सभी क्लासों की क्लास टीचर ने सूचित कर दिया था।

बच्चे ऑडिटोरियम में जमा थे। नाटक शुरू नहीं हुआ था इसलिए स्वभावतः सभी आपस में मस्ती कर रहे थे, जोर-जोर से बातें कर रहे थे। चूँकि यहाँ कोई पढ़ाई की क्लास नहीं थी इसलिए सभी टीचर्स भी अनुशासन को लेकर थोड़े से लापरवाह दिख रहे थे। अचानक परदा धीरे-धीरे उठता है। बैकड्रॉप में तानपुरा उभरता है और एक पेड़ दिखाई देता है।

पेड़ के पास से ग्यारह साल की छठी क्लास की एक लड़की गुजरती है।

वह पेड़ को बड़े प्यार से देखते हुए उससे सवाल करती है—'तुम कितने हरे-भरे और सुन्दर दिखने लग गये हो। मुझे याद है, जब मैं बहुत छोटी थी, नयी-नयी इस स्कूल में आयी थी, तब तुम भी बहुत छोटे हुआ करते थे। पर जैसे-जैसे मैं बड़ी होती गयी, तुम भी बड़े होते गये।'

वह हौले-हौले पेड़ की कोमल पत्तियों को छूती है। उसकी जड़ के चारों ओर अपनी बाँहें फैलाकर वह उससे लिपटकर बेहद खुश दिखाई देती है। बैकग्राउंड संगीत के साथ-साथ उस लड़की का स्वर गूँजने लगता है—मेरे प्यारे पेड़ हरे-भरे, फूलों से कितने हो लदे। सब तुमको पाना चाहते हैं, तेरे फल खाना चाहते हैं। देते तुमको खाद और पानी, तभी फैलाते तुम हरियाली। पेड़ हलका-हलका झूमता है, मानो अपनी खुशी व्यक्त कर रहा हो। तभी संगीत थम जाता है। वह लड़की पेड़ को छूते हुए अपनी चिन्ता व्यक्त करती है कि पेड़ का बढ़ना और फलों से घिरना सबको कितना अच्छा लगता है। लेकिन मेरे भीतर उगने वाले इन दो फलों के लिए उसे कोई कुछ नहीं बताता। क्यों टीचर सिर्फ नोटबुक में यह लिख देती है कि अपने बच्चे को पूरी यूनिफॉर्म में भेजें। ये 'ब्रा' शब्द इतना खुसर-पुसर कर क्यों बताती हैं टीचर, पेरेंट्स बतलाएँ हमको। हममें हुए कितने परिवर्तन, बतलाओ न खिलकर खुलकर...इस जिज्ञासु आवाज के साथ-साथ परदा नीचे की ओर गिरने लगता है और पूरा हॉल तालियों से गड़गड़ाने लगता है।

ऐसे तमाम शारीरिक परिवर्तन को तान्या मैम ने जिस खूबी से इस वन एक्ट प्ले में प्रस्तुत किया था, उसके लिए उस उम्र की लड़कियों की आँखों में चमक तो थी ही, खुद उसकी सहकर्मियों को भी यह बेहद पसन्द आया था।

जवानी की दहलीज में कदम रख रही लड़कियों के मन में एक नये तरह का आत्मविश्वास घर कर रहा था। ऐसी लड़कियाँ आपस में कुछ-कुछ बातें कर रही थीं। वैशाली अग्रवाल ने प्रतिमा पांडेय को बताते हुए कहा—'बहुत अच्छा नाटक था। मेरे जब पहली बार पीरियड हुए थे, तो मैं अपने शरीर में होने वाली इस घटना से दहशत में आ गयी थी। मैंने पहली बार तो मम्मी को नहीं बताया था। बस, किसी तरह मैनेज कर लिया था दूसरी बार। मम्मी को यह बात पता चल गयी थी। तब जा कर उन्होंने इसके बारे में बताया था और मुझे केयर फ्री ला कर दिया था।'

॥ छः ॥

तान्या मैम उस वक्त सिर्फ तान्या थी। चील बनने की कोशिश भी नहीं की थी तब उसने। तितली थी। सिर्फ तितली। दिल्ली युनिवर्सिटी से एमए करने के बाद भागलपुर तलब कर ली गयी थी। रिज़ल्ट का भी इन्तजार उसके पापा ने उसे नहीं करने दिया था। वह अपने घर नहीं जाना चाहती थी। दिल्ली में ही रहकर अपने को सिद्ध करना चाहती थी। लेकिन पापा ने वापसी का फरमान जारी कर दिया और पैसों की अगली किस्त भेजने से मना कर दिया।

तान्या के पास कोई रास्ता नहीं था, सिवाय घर लौटने का। वह लौटी। लेकिन वह अनमनी रहने लगी। चारों तरफ गौरैया की तरह फुदकने वाली और तितली की तरह उड़ने वाली तान्या अपने कमरे में कैद हो गयी। बाहर आना-जाना भी उसने बन्द कर दिया था।

पिता उसकी शादी को लेकर परेशान थे। रिश्तेदारों का दबाव था—लड़की जवान हो गयी है और मास्टर साहब उसकी शादी पर कोई ध्यान नहीं दे रहे हैं। वे आसपास के गाँवों में जाकर तान्या के लिए लड़का खोज रहे थे। गाँव और शहरों में लड़कों का अकाल था। जवान लड़के कमाने-पढ़ने के लिए गाँव और शहर छोड़ चुके थे। जहाँ भी दस्तक दी वहाँ से एक ही जवाब मिला कि बचुवा तो दिल्ली, बेंगलूरू और मुम्बई में पढ़ रहा है। कमा रहा है। शादी के बारे में कोई जवाब ही नहीं देता है। ऐसा लगता था कि इलाके से जवानी रूठ गयी हो। पैरों को कब्र में लटकाये या फिर कुछेक अधेड़ लोग ही नजर आते थे। तमाम मशक्कत के बाद मास्टर साहब को कुछ कामयाबी मिली। धीरे-धीरे लड़की को दिखाने का सिलसिला शुरू हो गया। देखने वालों में शादी करने वाला लड़का नहीं होता था। उसके परिवार के लोग आते थे। देखा-देखी के लिए जब ऐसी पार्टियाँ तान्या के घर आतीं तो उसकी माँ उसे सजा-धजा कर उनके सामने पेश कर देती। तान्या एक पुतले की तरह उनके सामने जाती और गूँगी-बहरी लड़की की तरह बैठ जाती। वह पूछे जाने वाले किसी सवाल का जवाब नहीं देती।

कुछेक उसके मौन को संस्कारी कहते तो कुछेक आशंका व्यक्त करते कि लड़की गूँगी है। देखने वालों के घर से जाने के बाद तान्या को जवाब न देने के लिए डाँट भी पड़ती। लेकिन तान्या बेपरवाह हो गयी थी इन सब चीजों से। उसे न डाँट का असर होता था और न फटकार का। बुत सी हो गयी थी। अपने कमरे की खिड़की पर बैठकर एकटक गंगा को निहारती रहती थी। गंगा का बहना उसे उत्तेजित करता था। वह भी गंगा की तरह अनवरत बहना चाहती थी।

तान्या का घर आदमपुर में था। वहाँ से कोयला घाट पाँच मिनट का भी रास्ता नहीं था। बाढ़ के दिनों में गंगा उसके घर की दहलीज तक आ जाती थी। कई बार तो उसके घर के बगीचे में ठहरकर कई दिन बाद वापस होती थी। उसके घर के बड़े बगीचे में कदम्ब, आम, अमरूद, नीबू और लीची के पेड़ थे। फूलों की भी अनेक क्यारियाँ थीं। आस-पड़ोस की औरतें पूजा के लिए उसके बगीचे से फूल तोड़ कर ले जाती थीं। बचपन में इस बगीचे में वह तितली की तरह उड़ती रहती थी अपनी बड़ी बहन और छोटे भाई के साथ। कदम्ब के पेड़ों से गिरे फूलों के ऊपर बैठने वाली तितलियों को अपनी फ्रॉक से ढक कर पकड़ती थी और फिर छोड़ देती थी। बगीचे में गंगा का पानी भरने पर वह उसमें छा-छपक, छा-छपक कर खेला करती और कपड़ों को गन्दा कर लेती और माँ से डाँट खाती। उसके बगीचों के कितने ही किस्से और यादें उसके साथ जुड़ी हुयी थीं।

खिड़की में गंगा को निहारते हुए गंगा से जुड़े न जाने कितने दृश्य उसकी आँखों में जीवन्त हो उठते थे। वह अपने बाबा के साथ अपने को गंगा में पानी से खेलते देखती। छठ पर्व पर कोयला घाट में लगने वाले मेले को याद करती। वह अपने को गंगा में तैरते दीपों को पकड़ते देखती। बहते फूलों को अपनी झोली में भरते हुए देखती।

तान्या के बाबा हर छठ पर कोयला घाट पर एक तख्त पर सफेद चादर बिछा कर पंचकला देवी का इन्तजार करते। पंचकला देवी बी.डी.ओ. थी। उन्होंने बाबा के छोटे भाई को पकड़वाकर अपनी बेटी से शादी करवा दी थी। ऐसी शादी को बिहार में पकड़उवा शादी कहते हैं। पहले तो बाबा उनसे बहुत नाराज रहते थे। बाद में उनके अन्दर कुछ-कुछ होने लगा था। पंचकला देवी थी तो उनकी समधिन लेकिन वह उन्हें कुछ अलग नजर से ही देखते थे। वे तीस साल पहले भागलपुर जैसे शहर में ट्रैक सूट पहनकर मार्निंग वॉक करने जाती थीं। भागलपुर जैसे सोये और मानसिकता से पिछड़े शहर में वे ट्राउजर और टी-शर्ट पहनने में भी गुरेज नहीं करती थी। उन्हें माडर्न औरत कहा जाता था।

छठ के मौके पर जब पंचकला देवी गंगा में पूजा करने आती थीं, तो बाबा उनकी सुरक्षा के लिए उनके आसपास डॉलफिन मछली की तरह तैरते रहते थे। इस चौकसी के साथ कि अगर उनका पैर फिसले तो वह उन्हें अपनी बाँहों में भरकर बचा लें। जब तक वह गंगा में अधे डूबे अर्घ्य दे कर नहीं निकलती थी, तब तक बाबा तैरते ही रहते थे।

तान्या और उसकी बहन ने पंचकला देवी का नाम फाइन आर्ट रखा था। तान्या के दादा और फाइन आर्ट दोनों ही थोड़ा ऊँचा सुनते थे। तान्या के पापा ने सुनने वाली मशीन दादा को लाकर दी थी, लेकिन वह हमेशा उसे लगाना भूल जाते थे।

फाइन आर्ट और दादा के बीच ऊँचा सुनने के कारण जो संवाद होते थे, वे बड़े मजेदार होते थे। तान्या उनको सुनकर मजा लेती थी और घर लौट कर अपनी मम्मी को बताती थी।

'समधी जी आज वेदर बहुत अच्छा हो रहा है।'—फाइन आर्ट बताती थी तो दादा जी कहते थे—'हाँ, आजकल बेटा लोग कहाँ माता-पिता को पूछते हैं।'

फाइन आर्ट कहती थी कि बारिश अच्छा हो तो चावल की खेती के लिए अच्छा होगा।'—इस पर दादा जवाब देते थे—'एटीएम है तो सब अच्छा है। जब चाहो निकाल लो पैसा।'

'समधी जी पटना वाली मिठाई कल भिजवाई थी। कैसी लगी?'

—दादा बोलते—'कौन सी घटना कैसी लगी?'

तान्या अपने दादा से हमेशा चिपकी रहती थी। जहाँ वे जाते, उनके साथ वह होती। किसी भी दुकान पर अड़ कर खड़ी हो जाती। जब तक दादा जी उसकी माँग पूरी नहीं करते वह वहीं खड़ी रहती।

ऐसे ही न जाने कितने खट्टे-मीठे अनुभवों को खिड़की पर बैठकर तान्या मन में दोहराती रहती—भूसे के गोदाम में महल बनाना और उसका ढहाना, फ्रिज से गुलाब जामुन चट कर बहन की शिकायत लगा देना, गंगा किनारे रेत से घर बनाना, पढ़ने के लिए पापा के बैठाने पर बाथरूम का बहाना कर कमरे में सो जाना।

उस दिन रात के खाने के समय उसके पापा ने तान्या को बताया—'मैंने तुम्हारी शादी एक सेना के कैप्टन से तय कर दी है। उसका नाम अभिषेक है। अपनी जाति का है। वह तुमसे फोन पर बात करेगा। ठीक से बात करना।'

इसी के साथ उन्होंने उसका नम्बर आगे बढ़ा दिया। तान्या ने कोई जवाब

नहीं दिया। दो-चार दिन बाद तान्या को अभिषेक का फोन आया। वह एक अननोन नम्बर था। तान्या ने फोन नहीं उठाया। दोबारा घंटी बजी तो उसे पापा की बात याद आयी। उसने पापा के दिये नम्बर से नम्बर मिलाया। अभिषेक का नम्बर था। इस बार तान्या ने फोन उठा लिया। उसने बहुत अच्छे से तान्या से बात की। उसके बारे में पूछा और अपने बारे में बताया।

उसके फोन आने का सिलसिला शुरू हो गया। अभिषेक करगिल में तैनात था। शुरूआत में तान्या उससे बेमन बात करती थी। लेकिन बाद में वह नॉर्मल हो कर उससे बात करने लगी। उसने सोचा कि शादी तो करनी है, तो अभिषेक से करने में क्या बुराई है। अब वह उससे हँस-हँस कर बात करने लगी और उसे अब अभिषेक के फोन का इन्तजार भी रहने लगा। दोनों की बात एक दिन में लगभग एक बार तो जरूर हो जाती थी। वह अभिषेक के साथ सपने सजाने लगी। उसकी बड़ी बहन की शादी हो चुकी थी। वह डॉक्टर थी। उसकी शादी भी एक डॉक्टर से हुई थी। दोनों भागलपुर में एक नर्सिंग होम चलाते थे। दहेज को लेकर अनबन होने के कारण अपने पति के कहने पर वह अपने मायके नहीं आती-जाती थी। छोटी बहन ने प्रेम विवाह किया था एक बंगाली इंजीनियर से। वह कोलकाता के शार्टलेक में रहती थी। दोनों खुश थे। थोड़े दिन तो पिता दूसरी जाति में शादी करने के लिए उससे नाराज रहे, लेकिन बाद में वह सामान्य हो गये थे। घर में लड़की के नाम पर अब अकेले तान्या ही बची थी। उसे लगता कि यदि उसके पापा उसे बोझ समझते हैं तो वह अभिषेक से शादी कर उनका बोझ उतार उऋण हो जायेगी।

शादी की तारीखें तय हो गयीं। तान्या के पापा के साथ बैठकर अभिषेक के पापा ने दिन और समय तय किया था। अभिषेक के पिता चाहते थे कि अभिषेक की शादी में जो दहेज मिलेगा, उससे वह अपनी बड़ी बेटी की शादी कर देंगे। अभिषेक की बहन उससे बड़ी थी। तीस पार कर चुकी थी। उसके लिए लड़का नहीं मिल रहा था। और जो मिलता था, वह बड़े दहेज की माँग करता था। इतने पैसे उनके पास नहीं थे कि वह दहेज का इन्तजाम कर सकें। अभिषेक के पिता की योजना थी कि बेटी के लिए लड़का मिलते ही अभिषेक की शादी कर देंगे। इसके लिए अभिषेक भी तैयार था। लेकिन अभिषेक की शादी तय होने के बाद भी उन्हें अपनी लड़की के लिए कोई लड़का नहीं मिला था। छोटे लड़के की शादी हो जाने और बड़ी बेटी के घर पर ही बैठे रहने के बाद तो समाज में थू-थू के डर से अभिषेक के पिता आशंकित थे। उन्होंने अपनी

चिन्ता से अभिषेक को अवगत कराया।

शादी की तारीख जब नजदीक आने लगी, तब एक दिन अभिषेक का फोन तान्या के पास आया—'हलो, कैसी हो?'

'मैं ठीक हूँ। कब आ रहे हो भागलपुर? खरीदारी वगैरह करनी है।'

तान्या ने जवाब देते हुए सवाल किया।

'मैं नहीं आ रहा हूँ।'

'क्यों? सीमा पर युद्ध छिड़ गया है क्या?'

'नहीं। जब तक मेरी बहन की शादी नहीं हो जाती, तब तक मैं शादी नहीं करूँगा।' अभिषेक ने तान्या की भावनाओं की परवाह किये बिना टका सा जवाब दिया।

यह सुनकर तान्या के पैरों तले की जमीन खिसक गयी। 'ये तो कोई बात नहीं हुई। ये तो पहले सोचना चाहिए था तुम्हें। अब सारी तैयारियाँ पूरी हो गयीं हैं।' तान्या की आवाज लड़खड़ा रही थी।

'मैं मजबूर हूँ।'

'इसमें मजबूरी की क्या बात है? शादी तो तुम्हारे कहने के बाद ही तय हुई है।'

'एक शर्त पर मैं शादी कर सकता हूँ! तुम अपने पापा से कहो कि वह मुझे पच्चीस लाख दे दें। मैं उससे अपनी बहन की शादी कर फिर तुमसे शादी कर लूँगा।'

यह सुनते ही तान्या के होश उड़ गये। उसे उसके चेहरे पर लालच के बड़े और नुकीले दाँत दिखने लगे। अचानक उसे अभिषेक का चेहरा खूँखार दिखने लगा। उसने गुस्से से फोन काट दिया। अभिषेक बार-बार फोन मिलाता रहा, लेकिन तान्या ने नहीं उठाया। पलटकर उसने उसे एसएमएस किया। 'गो टू हेल।'

तान्या अभिषेक की बात सुनकर आपे से बाहर हो गयी। वह सीधे अपनी मम्मी के पास गयी और लगभग चीखते हुए बोली—'आखिर अभिषेक अपने को क्या समझता है?'

'क्या बात हुई तान्या?'—उसकी मम्मी ने आश्चर्य के साथ पूछा।

तान्या ने अभिषेक के साथ हुई अपनी बातचीत दोहराते हुए कहा—'मम्मी, आप सब सुन लो, आज के बाद किसी ने मेरे से शादी की बात की तो मैं अपनी जान दे दूँगी। क्या समझ रखा है अभिषेक ने? मुझे मौका मिले तो मैं उससे भी बड़ा बन सकती हूँ। आखिर वह अपने को समझता क्या है? पैसा भी दो और

लड़की भी दो।' तान्या बिना रुके गुस्से में बोले जा रही थी। 'मम्मी मैं तुम्हारी तरह नहीं जी सकती हूँ। इतना पढ़ने के बाद भी जीरो। दहेज ले कर आयी थीं तुम। क्या मिला तुम्हें इस घर में। नौकरी की, बच्चे पैदा किये और खाना बनाया। बस अब और नहीं...'

तान्या के अन्दर पहली बार चील ने प्रवेश किया था।

तान्या की बगावत के बारे में जब उसकी मम्मी ने उसके पापा को बताया, तो वह सुन्न हो गये। अपने को कोसते हुए बोले—'किस घड़ी में इस लड़की को जन्म दिया। ऐसे दिन दिखायेगी, मुझे नहीं पता था। पैसे तो देने ही थे, पहले ही दे देते तो क्या हर्ज हो जाता।'

'लेकिन शादी की तारीख तय होने के बाद मना करना तो गलत बात है न। पैसे पहले और बाद में देने का सवाल नहीं है।' तान्या की मम्मी पहली बार अपने पति के सामने मुँह खोलते हुए बोली। 'उसकी बहन तीस पार कर गयी है। कौन करेगा उससे शादी? तान्या इन्तजार करते-करते चालीस पार कर जायेगी।'

दोनों के बीच तमाम तर्क-वितर्क हुए। अन्त में तय हुआ कि तान्या जो चाहेगी, हम वही करेंगे। हम उसके भविष्य से खिलवाड़ नहीं कर सकते हैं। तान्या तो अपना फैसला सुना चुकी थी। दो-चार दिन बाद भी उसकी माँ ने उसके फैसले के बारे में उससे पूछा था, लेकिन वह अटल थी।

दिन कट रहे थे। तान्या पहले से ज्यादा बिखर चुकी थी। उसे हर रास्ता बन्द दिख रहा था। वह दिल्ली वापस लौटना चाहती थी। उसने मन-ही-मन ठान लिया था कि अब वह खूब पैसे कमायेगी और खुल कर जिन्दगी जियेगी। अपने पैरों पर खड़ी होगी। किसी के पैसों का हर महीने की अन्तिम तारीख को इन्तज़ार नहीं करेगी।

दिल्ली लौटने का उसे रास्ता नहीं दिख रहा था। आखिर वह दिल्ली में एम.ए. की डिग्री लेकर क्या करेगी? स्कूल में टीचरी भी तो कोई नहीं देगा उसे। उसके पास पढ़ाने का न तो अनुभव है और न ही डिग्री। ऐसे सवाल उसके अन्दर उसे कमजोर बना रहे थे। इन्हीं सवालों के बीच उसने बीएड करने की सोची।

उसने भागलपुर में सबौर में बीएड की पढ़ाई के लिए खुले एक नये राजकमल कॉलेज ऑफ एजूकेशन में दाखिला ले लिया। कॉलेज का मैनेजिंग डायरेक्टर राजेश सक्सेना था। पेशे से वह इंजीनियर था। कुछ दिनों विदेश में रहकर पैसा कमा कर लौटा था। आनन-फानन में वह पैसा कमाना चाहता था। एजूकेशन सेक्टर उसे ऐसा ही लगा था। उसने पहले गंगा किनारे की गरीबों की जमीन हड़प कर

उसमें बारहवीं कक्षा तक का स्कूल खोला। उसने जिस जमीन पर स्कूल बनाया था, वहाँ रहने वाले गरीब लोगों से वायदा किया था कि वह उनके बच्चों को स्कूल में मुफ्त पढ़ायेगा और हर घर से एक आदमी को नौकरी देगा। ऐसे ही उसने शहर के कुछ लोगों को उसके प्रोजेक्ट में अपना धन लगाने के लिए प्रेरित किया। एजूकेशन का धन्धा चूँकि चलने वाला धन्धा हो गया है, इसलिए काफी लोगों ने उसमें पैसा लगाया।

स्कूल उसका चल निकला था। अगर कुछ नहीं हुआ तो बस, न तो जमीन देने वालों को उसमें नौकरी मिली थी और न ही उनके बच्चों का दाखिला। नतीजतन जमीन से बेदखल लोगों ने राजेश के खिलाफ मोर्चा खोल दिया और स्कूल के गेट पर धरने पर बैठ गये। राजेश शहर का बड़ा शिक्षा माफिया हो चुका था, तो उसके पास गुंडे-बदमाशों की भी कमी नहीं थी। उसने अपने लोगों से धरने पर बैठे लोगों को पिटवाकर वहाँ से बेदखल करवा दिया। पुलिस ने पैसा खाने के बाद कोई कार्रवाई नहीं की।

तान्या ने बीएड कॉलेज में दाखिला ले लिया था। उसकी पढ़ाई ठीक चल रही थी। इधर राजेश सक्सेना राजनीति में अपनी पैठ बनाने लगा था। उसने विधानसभा चुनाव लड़ने का फैसला किया। पैसा दे कर वह भगवा पार्टी का टिकट भी ले आया। भागलपुर में 1989 में हुए भयावह दंगों के बाद भगवा पार्टी का यहाँ ठीक-ठाक बोलबाला हो चुका था। भागलपुर के दंगों को याद कर आज भी मुस्लिम समुदाय में दहशत की लहर फैल जाती है। चारों तरफ लाशों से शहर पट गया था। आग-ही-आग और धुआँ-ही-धुआँ चारों तरफ फैला हुआ था। दोस्तों ने दोस्त को नहीं छोड़ा था। रामशिला पूजन यात्राओं को लेकर हुए मजबही दंगे ने शहर को बाँट दिया था। लम्बे समय से शहर के लोगों को बाँटने के लिए वहाँ मदरसे, मिशनरीज स्कूल और संघ परिवार के विद्यालय सक्रिय थे। इन स्कूलों की आड़ में विचारधारा के नाम पर लोगों को बाँटने का खेल हो रहा था। शहर दंगों से पहले ही दरक गया था। और इसे दरकाया था शिक्षा के मन्दिरों ने। कभी भागलपुर बिहार का एक बड़ा शिक्षा केन्द्र हुआ करता था। जिन शैक्षणिक केन्द्रों की वजह से वह बड़ा केन्द्र बना था, बाद में उन्हीं के कारण टूटा भी। कहें शिक्षा के अपराधीकरण के बाद शहर का भी अपराधीकरण हो गया था, तो गलत न होगा।

राजेश सक्सेना ने चुनाव जीतने के लिए सभी साजो-सामान जुटा लिया था। मीडिया से लेकर दबंगों की फौज उसकी तैयार थी। भागलपुर में दिल्ली के एक

बड़े अखबारी ब्रैंड का स्थानीय संस्करण था। वह अखबार काफी बिकता था। उसे उसने धन दे कर अपने कब्जे में कर लिया था। उस अखबार में उसकी तारीफ के अलावा कुछ और नहीं छपता था। अखबार को खरीदने की डील भी रात को गन्ने के खेतों के बीच हुई थी। दिल्ली से मीडिया मार्केटिंग के एक बड़े अधिकारी पूरे बिहार में उम्मीदवारों से विज्ञापन के नाम पर पैसा वसूली करने आये थे। खेतों में फारचूनर गाड़ियों की लाइट में डील हुई। दोनों तरफ के डाकू वहाँ जमा हुए। राजेश सक्सेना अपने बन्दूकधारी गुंडों के साथ था। मीडिया मार्केटिंग अधिकारी के साथ अखबार का स्थानीय सम्पादक और क्राइम रिपोर्टर भी था। डील कराने की जिम्मेदारी स्थानीय सम्पादक की थी। डील न होने पर उसकी विदाई तय थी। काफी मोलभाव के बाद मामला पचास लाख में तय हुआ। राजेश सक्सेना ने ब्रीफकेस में रखे रूपये स्थानीय सम्पादक को दे दिये। तय हुआ कि उसके खिलाफ कुछ नहीं छपेगा। विरोधियों के खिलाफ खबरें खोज-खोज कर छापी जायेंगी।

चुनाव जीतने के लिए सारी जरूरी चीजें राजेश सक्सेना ने मैनेज कर ली थीं। भगवा पार्टी, बड़े नेता, मीडिया, बूथ लुटेरे, शराब और रंडी का नाच आदि। बस उनसे मैनेज नहीं हुई थी तो भागलपुर की जनता। चुनाव परिणाम आये तो राजेश सक्सेना अपनी जमानत भी नहीं बचा पाये और एक बहुत ही पिछड़ी जाति गंगौत का व्यक्ति जीत गया। सब चीज का तोड़ था राजेश सक्सेना के पास लेकिन बिहार की हवा में तैरने वाले जातिवाद का तोड़ वह नहीं खोज पाया था। पिछड़ी जाति गंगौत के जीते उम्मीदवार का उसके विधानसभा क्षेत्र में खासा संख्या बल था। गंगौतों ने एकतरफा मतदान कर अपनी जाति के व्यक्ति को जिता दिया। उसमें यादवों और मुसलमानों के वोटों ने उसे भारी मतों से जिताने में दाल में तड़के का काम किया था।

बेशक राजेश सक्सेना चुनाव हार गया था। चुनाव लड़ कर उसने शहर में अपना हर तरह से दबदबा बना लिया था। पुलिस से लेकर कोर्ट-कचहरी तक वह सब कुछ खरीद सकता था। चुनाव के बाद शिक्षा माफिया के साथ उसकी एक बाहुबली नेता की इमेज भी भागलपुर में बन गयी थी।

पहली बीएड की परीक्षाएँ हो चुकी थीं। तान्या को सन्तोष था कि उसके सभी पेपर अच्छे हुए थे। उसे उम्मीद थी कि वह फर्स्ट डिवीजन में पास हो जायेगी। रिजल्ट का इन्तजार था। और रिजल्ट यूनिवर्सिटी डिक्लेयर ही नहीं कर रही थी। असल में कॉलेज के एफलिएशन के तीस लाख रुपये राजेश सक्सेना

ने नहीं जमा किये थे। यूनिवर्सिटी अधिकारियों की मिलीभगत के चलते वह मान्यता का टेम्परेरी सर्टिफिकेट तो ले आया था, लेकिन उसने उसकी लगने वाली फीस नहीं जमा की थी। उसी सर्टिफिकेट के आधार पर उसने छात्रों का दाखिला किया था।

छात्रों को भविष्य अन्धकारमय लग रहा था। फीस देने के बाद भी उन्हें डिग्री नहीं मिल रही थी। राजेश इस कोशिश में था कि यूनिवर्सिटी अधिकारी ले दे कर कम रुपयों में एफलिएशन सर्टिफिकेट दे दे। लेकिन यूनिवर्सिटी के नियमों के तहत ऐसा हो नहीं सकता था। लम्बा समय बीतता जा रहा था रिजल्ट के इन्तजार में। राजेश सक्सेना ने बीएड के छात्रों की अनदेखी शुरू कर दी। रिजल्ट के बारे में जब भी कॉलेज आफिस में पूछताछ करने के लिए कोई छात्र जाता तो उससे कह दिया जाता कि आ जायेगा। इतनी जल्दी क्या है।

तान्या रिजल्ट जल्द हासिल कर दिल्ली भागना चाहती थी। वहाँ उसे खूब पैसे कमा कर अपनी बिन्दास जिन्दगी जीनी थी। इसके लिए मम्मी-पापा को भी समझाना था। नहीं मानने पर उन्हें अपने अन्दाज में गोली दे कर यहाँ से निकलना था, हर हाल में। लेकिन बिना रिजल्ट के वह कुछ कर नहीं पा रही थी।

अन्ततः तान्या ने मोर्चा खोलने का मन बना लिया। उसने कॉलेज आफिस से अपने छात्रों के मोबाइल नम्बर हासिल किये। उसने मोबाइल नम्बरों में राजेश सक्सेना और कॉलेज के खिलाफ मैसेज भेजने शुरू किये। छात्रों से एकजुट हो कर लड़ने का आह्वान किया। नब्बे प्रतिशत से अधिक छात्रों का उसे कोई रिस्पांस नहीं मिला। उसे जिन छात्रों का रिस्पांस मिला उसने उन्हें सैंडीज कम्पाउंड में बुलाया। वहाँ उसने लम्बी-चौड़ी तकरीर दी।

'साथियो, अगर हम अब भी नहीं जागेंगे तो हमारा भविष्य अन्धकारमय हो जायेगा। हमारे माता-पिता के पैसे बर्बाद हो जायेंगे। हमें अपनी डिग्री के लिए सड़कों पर लड़ाई लड़नी होगी...'

तान्या के क्रान्तिकारी भाषण का वहाँ जमा हुए छात्रों में असर हुआ। सबने एक स्वर में कहा कि तान्या हम लड़ेगे। तय हुआ कि कल कॉलेज के बाहर बैनर ले कर प्रदर्शन किया जायेगा। अगले दिन प्रदर्शन हुआ, तो कॉलेज मैनेजमेंट ने उस पर तवज्जो नहीं दी। नारेबाजी करके ये छात्र लौट आये। अलबत्ता कुछेक अखबारों में प्रदर्शन की खबरें जरूर छपीं। उसका फायदा ये हुआ कि जो छात्र अभी तक सोये हुए थे, वे जाग उठे। रोज धरना-प्रदर्शन का सिलसिला शुरू हो गया। छात्रों की संख्या भी उसमें बढ़ने लगी। कुछ छात्र तो तान्या के कार्यक्रम

में इसलिए शामिल हो रहे थे, क्योंकि वे उसे भविष्य का अपना जीवन साथी मान कर चल रहे थे। ऐसे छात्रों का उत्साह चरम पर था। मैनेजमेंट को भी अब धीर-धीरे समझ आने लगा था कि यदि कुछ नहीं किया गया तो मामला बिगड़ जायेगा। अखबारों से प्रदर्शन को सपोर्ट मिल रहा था।

बिना छात्र संगठन के यह आन्दोलन भागलपुर के लिए एक अलग तरह की घटना थी। विभिन्न पार्टियों के छात्र संगठनों को लगा कि यदि इस आन्दोलन में हम लोग भाग नहीं लेंगे तो हमारी दुकान बन्द हो जायेगी। ऐसे छात्र संगठनों ने तान्या को समर्थन देना शुरू कर दिया। वे तान्या में एक भावी ग्लैमरस नेत्र देख रहे थे। उसकी सूझ-बूझ से ज्यादा उसका सौन्दर्य उनके लिए आकर्षण का विषय था। सारे संगठनों के प्रमुखों का मानना था कि यदि वह उसके संगठन में शामिल होगी तो उसका संगठन जिले में नम्बर एक हो जायेगा। तान्या तकरीर भी बढ़िया करती थी। आन्दोलन बड़ा होने लगा। एक दिन तान्या ने फैसला लिया कि वह कॉलेज में तालाबन्दी करेगी। छात्रों के कई जत्थे बनाये गये। अगले दिन सुबह जत्थे ताला लेकर कॉलेज के आफिसों में ताले जड़ने लगे। तालाबन्दी से परिसर में चल रहे स्कूल की पढ़ाई प्रभावित हुई। इस घटना के बाद राजेश सक्सेना के कान खड़े हुए। उसने पुलिस की मदद ली। कॉलेज के गेट के बाहर पुलिस फोर्स तैनात हो गयी। चूँकि आन्दोलन में राजनीतिक पार्टियों के छात्र संगठन शामिल थे, इसलिए पुलिस धरने को नहीं उठा पायी। उसे डर था कि यदि छात्रों के साथ जोर जबरदस्ती की तो आन्दोलन पूरे शहर के सभी शिक्षण संस्थाओं में फैल जायेगा। इसी डर से पुलिस ने शान्ति से तालाबन्दी खत्म करवा कर राजेश सक्सेना की अपनी चाकरी खत्म कर दी थी।

आन्दोलन को बढ़ते समर्थन और अखबारों में रोज अपनी छपने वाली तस्वीरों से तान्या और उत्साहित हुई। उसने कॉलेज के गेट के बाहर जोशीला भाषण किया। 'साथियों हमें जुल्म के आगे झुकना नहीं है। पुलिस हमारा कुछ नहीं कर सकती है...'

भाषण के बीच ही पुलिस-प्रशासन मुर्दाबाद। मुर्दाबाद। के नारे गूँजने लगे। नारे थमे तो तान्या ने आगे बोलना शुरू किया। 'हमें हर हाल में डिग्री चाहिए। अब हमारे पास करो या मरो का ही रास्ता बचा है। मैं आज से, अभी से अपने आमरण अनशन का ऐलान करती हूँ। बेशक मैं मर जाऊँगी, पर डिग्री लिए बिना यहाँ से नहीं उठूँगी।'

तान्या जिन्दाबाद। जिन्दाबाद। छात्र एकता जिन्दाबाद। जो हिटलर की चाल चलेगा, वो हिटलर की मौत मरेगा। जो हमसे टकरायेगा, चूर-चूर हो जायेगा,

राजेश सक्सेना मुर्दाबाद। एकता और मुर्दाबाद के नारों के बीच तान्या आमरण अनशन पर बैठ गयी। उसे अपना जीवन साथी बनाने वाले दो छात्रों को लगा कि ऐसे मौके पर यदि वह तान्या के साथ आमरण अनशन पर बैठ जाते हैं, तो तान्या की सहानुभूति उनके साथ हो जायेगी। विनय मुसहर और राजेश सिंह ने भी अपने आमरण अनशन का ऐलान कर दिया।

तम्बू-कनात लग गये। बीच तखत पर तीनों माला पहनकर बैठ गये। तखत के पीछे एक बैनर में लिखा था—आमरण अनशन। अनशन के दो दिन बीत गये। फ्रिज से आधा दर्जन गुलाब जामुन चुरा कर खा लेने वाली तान्या को भूख सताने लग गयी थी। उसके साथियों को भी भूख ने घेर लिया था। राजेश सिंह तो भूख बर्दाश्त नहीं कर सका और अनशन बीच से ही छोड़कर कहीं छुप गया। उसे तान्या ने खुजवाने की बहुत कोशिश की, लेकिन वह बिल से नहीं निकला। बाद में तान्या ने यह प्रचार कराया कि राजेश बीमार हो गया है और अस्पताल में है। भूख थी कि हर दिन पेट में अपनी आग बरसा रही थी। तान्या ने अपने पापा से कहा कि रोज हलका खाना ले आया करिए और हम दोनों रात को चोरी से खा लिया करेंगे।

खाना पेट में जाने लगा और अनशन आगे बढ़ने लगा। तान्या ने फिर फैसला किया कि पूरे शहर में सारे कॉलेजों के छात्रों को इकट्ठा कर मार्च निकालेंगे। मार्च निकला। मार्च में एक ही नारा था—राजेश सक्सेना हाय-हाय। पूरे शहर में राजेश की थू-थू होने लगी। उसे अपना साम्राज्य टूटता नजर आने लगा। जब उसे पानी सिर के ऊपर से जाता दिखा तो उसने तान्या को अपने गुंडों से धमकी भरा फोन करवाया—'मैडम ज्यादा स्मार्ट बनना आपको महँगा पड़ेगा। छः इंच कम कर देंगे तुम्हारे शरीर से। अपना ये अनशन-वनशन खत्म कर लो वरना...'

इस धमकी की तान्या ने पुलिस में रिपोर्ट दर्ज करा दी। धमकी का जब असर तान्या पर नहीं हुआ, तो राजेश सक्सेना अपने बन्दूकधारी बदमाशों के साथ अनशन स्थल पर खुद पहुँचा। उसने वहाँ जमा छात्रों को धमकाया—'ये कॉलेज का गेट है, यहाँ से हट जाओ। वरना हम तुम सबको उठाकर फिंकवा देंगे।'

'गेट से कैसे हट जायें। इसी गेट से फीस देने अन्दर गये थे।' तान्या ने सक्सेना के सामने आकर ललकारते हुए कहा।

'तो तुम लोग नहीं मानोगे। तो तैयार हो जाओ अपनी बर्बादी के लिए।' राजेश सक्सेना ने फिर धमकी दी और उसके गुंडों ने अपनी बदूकों की पोजिशन ले ली।

आप को जो करना हो करिएगा। लेकिन हम आपको बता दे रहे हैं कि कल से हम स्कूल में पढ़ाई भी नहीं होने देंगे। हर क्लास में ताले लगा देंगे, वरना हमारी डिग्री हमें दिला दें 'तान्या ने धमकी का प्रत्युत्तर इस तरह दिया। इस बीच छात्र राजेश सक्सेना हाय-हाय के नारे लगाने लगे। राजेश सक्सेना ने देखा कि उसकी धमकी काम नहीं कर रही है तो वह अपनी गाड़ियों के काफिले को लेकर वहाँ से चला गया।

आन्दोलन इस कदर बढ़ गया था कि यूनीवर्सिटी की भी बदनामी हो रही थी। यूनिवर्सिटी प्रशासन पर आरोप लग रहे थे कि बिना एफलिएशन फीस लिए राजेश सक्सेना को बीएड कॉलेज खोलने की इजाजत दे दी गयी। यूनिवर्सिटी अधिकारियों ने मामले में हस्तक्षेप किया और राजेश सक्सेना के साथ मीटिंग की। उन्होंने उसे बताया कि यदि आप फीस नहीं जमा करेंगे, तो भविष्य के लिए आपके कॉलेज को ब्लैक लिस्ट में डाल दिया जायेगा। फिर चाह कर भी आप मान्यता नहीं ले पायेंगे।

राजेश सक्सेना फायदे के चलते शिक्षा के धन्धे को छोड़ना नहीं चाहता था। उसने पैसा जमा करने के लिए एक हफ्ते का समय माँगा यूनिवर्सिटी अधिकारियों से। मामला तय होने के बाद यूनिवर्सिटी के कुलपति ने आकर अनशन स्थल पर एक हफ्ते में डिग्री देने का वायदा किया। कुलपति ने तान्या को जूस पिलाकर उसके अनशन तुड़वाने की पारम्परिक रस्म पूरी की।

हफ्ते भर बाद तान्या के हाथ में डिग्री थी। अन्दर से बाहर तक उसमें एक नयी चमक छलक रही थी। उसके पोर-पोर से खुशी टपक रही थी। वे दिल्ली के सपने देख रही थी—वहाँ जा कर खूब पैसा कमाऊँगी और अपनी शर्तों पर जिन्दगी जिऊँगी। किसी अभिषेक की तरफ मुड़कर नहीं देखूँगी। बस उसके पास होगी तो खुशी और सिर्फ खुशी। अपनी अर्जित खुशी। लेकिन उसके सामने यक्ष प्रश्न यह था कि वह दिल्ली के लिए अपने मम्मी-पापा को कैसे मनाये।

वह रोज नये-नये रास्ते खोजने में जुट गयी। एक दिन उसके पापा ने उससे कहा—'तान्या, अब तो तुम्हें पढ़ाने का लाइसेंस मिल गया है। टीएनबी कॉलेज में एक अस्थायी हिन्दी टीचर की नौकरी खाली है। उसके प्रिंसिपल अपने जानने वाले हैं। कहो, तो मैं उनसे बात कर तुम्हें वहाँ काम दिला दूँ?'

इस सवाल को सुनते ही उसके दिल्ली के सपने भरभराने लगे। उसे पिता के सवाल का कोई जवाब नहीं सूझा। दिमाग में काफी दम मार कर उसके मुँह से निकला—'मुझे भागलपुर में नहीं पढ़ाना है। आपने और मम्मी ने भी तो यहाँ

पढ़ाया। क्या मिला आपको? मुझे ऐसी कच्ची नौकरी नहीं करनी है। हमारे अन्दर टैलेंट है। अगर मुझे टीचर ही बनना होगा तो मैं आपको एक बेहतर टीचर बनकर दिखाऊँगी। वरना और भी रास्ते हैं दुनिया में।'

पिता ने तान्या पर जोर नहीं डाला कच्ची नौकरी के लिए। लेकिन वह सोचते रहे कि यदि वह खाली घर पर बैठेगी, तो रिश्ते-नातेदार बेवजह उँगली उठायेंगे। तरह-तरह की बातें बनायेंगे। शादी के लिए दोबारा उससे कहने की हिम्मत वह नहीं जुटा पा रहे थे। अभिषेक के साथ शादी से उसके मना करते वक्त उसने जिस तरह का तांडव किया था, वह उन्हें याद था।

तान्या दिल्ली जाने की अपनी जिद पर अड़ी थी। बस, उसे रास्ता नहीं दिख रहा था। एक दिन उसने सोचा क्यों न यूनिवर्सिटी से एमए की डिग्री लेने के बहाने से भागलपुर छोड़ा जाये। उसका ये फार्मूला हिट निकला। सुबह के समय चाय पर उसने अपने पापा से कहा—'पापा, यूनिवर्सिटी से डिग्री तो लानी पड़ेगी। यदि कहीं बड़े स्कूल में एप्लाई करना होगा तो डिग्री तो लगेगी।'

'तो क्या तुम्हारे यूनिवर्सिटी वाले डाक से डिग्री नहीं भेजते हैं?'

उसके पापा ने सवाल किया।

'नहीं। डिग्री के लिए बहुत सारी फारमल्टी करनी होती है, जो वहाँ जा कर ही करनी होती है।' तान्या ने समझाते हुए कहा।

'ठीक है। मैं ट्रेवेल एजेंट से तुम्हारे आने-जाने के टिकट के लिए बोल देता हूँ।'

'वापसी के टिकट के लिए नहीं कहिएगा। पता नहीं कितने दिन लग जायें, सारी फॉरमल्टी को पूरा करने में।'

विक्रमशिला एक्सप्रेस में तान्या सवार हो चुकी थी। उसका चेहरा खुशी से दमक रहा था। वह अनजान थी दिल्ली में होने वाले भावी संघर्ष से। हौसला उसके अन्दर था, इसलिए शायद वह डर नहीं रही थी।

यात्रा की शुरुआत ही अपशगुन से हुई। ट्रेन आधे घंटे लेट चली। स्टेशन धीरे-धीरे खिसक रहे थे। यात्री अपने को एडजस्ट करने में लगे थे। बिहार के लोग ट्रेनों में पूरी गृहस्थी ले कर चलते हैं। उनके सामान को देखकर लगता है कि अब वे लौट कर अपने घर नहीं आयेंगे और जहाँ जा रहे हैं, वहीं बस जायेंगे। सामान रखने को लेकर शुरुआत में यात्रियों में किचकिच तो होती ही है, लेकिन बाद में सब ठीक हो जाता है। जमालपुर से लेकर पटना तक ट्रेन में लोकल वेंडरों की आवाजाही खूब रहती है। उसके बाद दिन ढलने लगता है तो

वेंडर भी गायब होने लगते हैं।

तान्या लैपटॉप खोलकर बैठी थी। वह खोज रही थी कि दिल्ली में उसे कहाँ-कहाँ नौकरी मिल सकती है। उसने राज्यपाल से लेकर द्वारपाल तक की हर नौकरी में एप्लाई करने का मन बना लिया था। उसे दिल्ली पहुँचते ही छोटी-बड़ी कोई नौकरी हर हाल में चाहिए थी। उसे पता था कि जैसे ही वह अपने पिता से कहेगी कि अब वह वापस नहीं आने वाली है, तो उसकी पैसों की मदद बन्द हो जानी थी। कुछ-कुछ नौकरियों को वह चिन्हित कर उसे अपने फोल्डर में रखती जा रही थी। इसी बीच जमालपुर स्टेशन में कुछ वेंडर डिब्बे में घुसे—'चोमस, वेज चोमस। गरम चोमस। बोलियेगा चोमस-चोमस।'

'कटलस। ताजा कटलस। गरम कटलस।' दूसरे वेंडर ने आवाज लगाई।

चाऊमीन को वेंडर के चोमस और कटलेट के कटलस उच्चारण पर तान्या के होंठों में हलकी मुस्कान आ गयी। लखीसराय में नये वेंडर घुसा। वह प्लास्टिक की किताब बेच रहा था। 'न फटने वाली। पानी में भीगने के बाद भी फिट रहने वाली किताब। बच्चों को ककहरा पढ़ाओ, चाहे एबीसीडी। सिर्फ दस रुपये में, सिर्फ दस रुपये में।' उसके पास घड़ियाँ भी थीं। पानी में भिगोकर वह घड़ियाँ भी दिखा रहा था—वाटर प्रूफ घड़ी। हलकी इतनी कि हाथ को भी न पता लगे कि उसे घड़ी पहनाई गयी है। मस्तानी घड़ी।

तान्या को वेंडरों के सामान बेचने के अन्दाज में मजा आ रहा था। वह सोचने लगी, उसे भी दिल्ली में पहुँचकर अपनी योग्यता को इसी तरह बेचना है। ऑफिस-ऑफिस और स्कूल-स्कूल। बढ़ईया में उसके कान में झाल-मूड़ी वाले की आवाज सुनाई दी। उसके मुँह में पानी आ गया। उसने पाँच रुपये की झाल-मूड़ी ली। उसके पीछे एक दूसरा वेंडर रसगुल्ले बेच रहा था।

'बोलियेगा, बढ़ईया के मशहूर रसगुल्ले। दस में दो उजला, एक काला। बोलियेगा।' बढ़ईया के रसगुल्ले मशहूर थे। उसने वेंडर से दस रुपये में तीनों सफेद वाले रसगुल्ले देने के लिए कहा। वेंडर ने बिना रुके उसे दे दिये।

चीनिया बादाम, कचरी, दाल और आलू बड़े, लिट्टी-चोखा, मधू के पेड़े, समोसे, टमाटो सूप, कॉफी न जाने कितने तरह के वेंडर। ऐसा लग रहा था ट्रेन में किसी कस्बे का मेला उतर आया हो, जिसमें दुनिया भर की खाने की चीजें बिकती हैं। हर वेंडर के बेचने का अन्दाज़ अलग था।

पटना और मुगलसराय तक तरह-तरह के वेंडर डिब्बे में आते-जाते रहे। तान्या लैपटाप में नौकरियों की पहचान करती रही। बीच-बीच में वेंडरों के बेचने

के अन्दाज को देखकर अन्दर-अन्दर हँसती रही।

मुगलसराय में ट्रेन लगभग नौ बजे पहुँची। डिनर का टाइम हो गया था। लोग खाने-पीने में लग गये। झाल-मूड़ी और रसगुल्ले खाने के बाद तान्या को भूख नहीं लग रही थी। अलबत्ता उसकी माँ ने डिनर के लिए उसे पूरी-भुजिया और आम का अचार टिफिन में पैक कर दिया था। उसने डिनर न करने का मन बनाया। ट्रेन मुगलसराय से कानपुर की ओर बढ़ने लगी। खाना खाने के बाद लोग सोने की तैयारी में जुट गये। तान्या के बगल वाली बर्थ में एक काला-मोटा आदमी था। उसकी बड़ी-बड़ी मूँछें थीं। लेटने के दस मिनट बाद ही उसने खर्राटे भरने शुरू कर दिये। खर्राटे वह इतनी जोर से मार रहा था कि आसपास के लोगों को परेशानी हो रही थी। तान्या खर्राटे के समय उसके मुँह से निकलने वाली हवा से उसकी हिलती मूँछें देखकर मन-ही-मन मुस्कुरा रही थी। उसे वह काला आदमी गैंडे की तरह दिख रहा था, जिसे अपने आसपास की हलचल से कोई लेना-देना नहीं होता है। तान्या को लगा कि खर्राटों की आवाज आये या जाये, सोना तो फिर भी पड़ेगा। दस-ग्यारह घंटे की यात्रा बाकी थी। तान्या ने अपने केबिन की लाइट बन्द की और सोने की कोशिश करने लगी। खर्राटे उसको सोने नहीं दे रहे थे। कानपुर भी निकल गया और वह सोयी नहीं। फिर उसे नींद का एक झटका लगा और वह बेसुध हो कर सो गयी। उसकी नींद तब ही खुली जब दिल्ली के आनन्द विहार स्टेशन पर उसने कुली-कुली की आवाजें सुनीं।

सुबह के नौ बजे थे। तान्या के लिए वह एक नयी सुबह थी। ट्रेन से उतरकर उसने आकाश की ओर देखा। सूरज चमक रहा था। तान्या भी वैसे ही चमकना चाहती थी। उसने सूर्य की तरफ देखा और नमन की मुद्रा में उससे आशीर्वाद माँगा। 'अपनी थोड़ी ऊर्जा इस बच्ची को भी देना ईश्वर। मैं निराश नहीं करूँगी आपको।'

तान्या स्टेशन से आटो लेकर दिल्ली युनिवर्सिटी के पास स्थित मुखर्जी नगर अपनी सहेली अंगिका राय के कमरे में पहुँची। अंगिका उसके साथ ही पढ़ती थी और लखीसराय की रहने वाली थी। उसने उसे अपने आने की सूचना पहले ही मोबाइल पर दे दी थी।

चाय-वाय पी कर जब दोनों आमने-सामने बैठीं, तो तान्या ने अपनी भावी योजना का खुलासा किया–'अंगिका, मैं लौटने के लिए दिल्ली नहीं आयी हूँ। जब तक मैं तुम्हारे साथ रहूँगी, तब तक में आधा पैसा दूँगी। नौकरी मिलते ही फिर मैं अपना अलग इन्तजाम कर लूँगी।'

'ठीक है तान्या। इसमें कौन सी बड़ी बात है। वो सब हम कर लेंगे।'

अंगिका ने सोचा एक से भले दो और पैसे भी बचेंगे। बात आगे बढ़ाते हुए उसने पूछा–'आखिर तुम्हारी योजना क्या है?'

'नौकरी और बस नौकरी खोजना। खूब पैसा कमाना और अपनी मर्जी से जीना।' तान्या ने आत्मविश्वास के साथ जवाब दिया।

अंगिका जानती थी कि तान्या जो सोचती है, वह करके दिखा देती है। वह किसी भी हाल में पीछे नहीं हटती है। उसने विक्ट्री का निशान तान्या को दिखाते हुए आशीर्वाद की मुद्रा में कहा 'विजयी भव।'

॥ सात ॥

सोफिया स्कूल उन दिनों तान्या मैम को काटने लगा था। पेड़ों की आड़ में लुका-छिपी खेलते बच्चों को कहानी सुनाना भी उन्हें अच्छा नहीं लगता था। उनके सपनों में तितलियों और पतंगों ने आना बन्द कर दिया था। नीला आकाश उन्हें पीला दिखता था। हरे भरे पेड़ सूखे ठूँठ की तरह दिखते। स्कूल की घंटी की आवाज उन्हें कर्कश लगती। स्कूल के जर्रे-जर्रे से प्यार करने वाली तान्या मैम को स्कूल खँडहर में बदलता हुआ दिखाई दे रहा था। उन्हें लगने लगा था कि अब शायद स्कूल में उनकी उलटी गिनती शुरू हो गयी है।

उन्हें पहली बार शायद अहसास हो रहा था कि आसपास का वातावरण सोच को प्रभावित करता है। पहली कक्षा के सलमान के बारे में सोच कर अब उन्हें लगता था कि कश्मीर घाटी से लौटकर उसे चारों तरफ खून क्यों दिखता था? उसके शोर से कान क्यों फटने लगते थे? वह कश्मीर की आजादी क्यों चाहता था? वह एके 47 से सबको क्यों भून देना चाहता था?

उस दिन मैम स्कूल खत्म होने के बाद अपने नन्हे और मासूम बच्चों को याद करने पहली क्लास में गयी थीं। उन्हें खाली चेयरों में सुप्रिया, सारन्या, सायोना, उदय प्रकाश, राइसा, सैम सब के सब बच्चे बैठे दिख रहे थे। वह अपने चेहरों पर भोली मुस्कान बिखेर रहे थे। वह सोचने लगीं अपर सेक्शन के बच्चों से कितने भिन्न हैं ये बच्चे। अपनी दुनिया में मस्त। दुनिया से बेखबर। छल-कपट, मोह-माया, लूट-खसोट और निन्दा-चालाकी से कोसों दूर। बच्चों का आभासी रूप देखकर तान्या मैम की आँखें छलछला गयी थीं। उनकी आँखों से गंगा-जमुना बहने लगी थीं। तभी तान्या मैम को अहसास हुआ कि एक लड़का उनके आँसू पोंछ रहा है। वह लड़का और कोई नहीं सलमान था। उसने मैम से प्यार के साथ पूछा—'मैम, आप रो क्यों रही हैं?'

तान्या मैम ने कोई जवाब नहीं दिया। वह सिर्फ सलमान को सुनती रहीं। 'मैम, आप तो बस हँसते हुए अच्छे लगते हो। रोना बुरी बात होती है, यह तो

आप ही कहते हो न। आप मुझे बताओ कि आपको किसने दुख पहुँचाया है। मैं कश्मीर से असली वाली एके 47 लाऊँगा और उसको मार डालूँगा।'

इस बातचीत के बाद उन्हें सारे बच्चों की आवाजों का कोरस सुनाई पड़ने लगा था। उन्हें लगा कि शोर से उनका कान फट जायेगा। वह जब अपने में लौटीं, तो उन्होंने देखा कि क्लास में तो कोई बच्चा ही नहीं है। कोई शोर भी नहीं है। चारों तरफ सन्नाटे का राज है। सलमान भी वहाँ नहीं है। वह अकेली हैं। उनके साथ कोई नहीं है। खाली क्लास उन्हें मुँह चिढ़ा रहा था।

स्कूल में धीरे-धीरे टीचर उनसे किनारा करने लगे थे। पायल रोहतगी ने भी उनसे दूरी बना ली थी। उन्हें अपने ग्रुप की चेयरमैनी से भी बेदखल कर दिया गया था। दूसरे ग्रुप के टीचरों की सिम्पैथी जरूर उनके साथ थी, लेकिन वे उनके साथ खड़ा नहीं होना चाहते थे। तान्या मैम टेम्परेरी टीचर थीं। हायर और फायर का नियम उन पर लागू होता था। शायद इसलिए यह सब हो रहा था।

अकेलेपन के उन्हीं दिनों में एक दिन पायल के पति पवन वर्मा का फोन उसे जरूर आया था। पायल ने पवन को तान्या के बारे में बताया था। पवन ने फोन कर तान्या मैम से कहा था–'तान्या मैं तुम्हारे साथ हूँ। घबराने की कोई बात नहीं है। तुम मेरे घर आ जाओ। हम, तुम और पायल साथ रह लेंगे। पायल को कोई ऐतराज नहीं होगा। मैं उसे अच्छी तरह से जानता हूँ। और फिर तुम उसके लिए अजनबी तो हो नहीं।'

पवन वर्मा की हिम्मत और उसकी इस बेहूदी पेशकश के जवाब में तान्या मैम ने सिर्फ इतना कहा था– 'थैंक्स, आपकी इस सोच के लिए। मैं अपना रास्ता खुद खोज लूँगी। मुझे आप जैसे किसी इंसान का साथ नहीं चाहिए।'

ऐसे वक्त पूरे सोफिया स्कूल में सिर्फ पल्लवी गुप्ता ने हिम्मत दिखाई थी। वह उसके साथ मुस्तैदी के साथ खड़ी हुई थी। पल्लवी के ऊपर परिवार की बड़ी जिम्मेदारियाँ थीं। वह रोहिणी में रहती थी। उसके माता-पिता व्यापार में सब कुछ लुटा चुके थे। घर के नीचे छोटी सी परचून की दुकान उनकी थी। वह भी ज्यादा नहीं चलती थी। उसके दो भाई थे। एक भाई कोचिंग में पढ़ाता था और दूसरा बारहवीं बोर्ड की परीक्षा दे रहा था। पूरे परिवार की जिम्मेदारी पल्लवी के कन्धों पर थी। वह परिवार का दबाव झेल कर बेहद मजबूत हो गयी थी। तान्या मैम और उसकी दोस्ती एक अलग तरह की दोस्ती थी। पल्लवी को न तो तान्या से कुछ पाने की चाहत थी और न ही तान्या को। दोनों अक्सर घूमने-फिरने जाते। अपने दिल की बातें साझा करते। दोनों का संघर्ष अपने-अपने तरह का

था। लेकिन संघर्ष दोनों के हिस्से आया था। संघर्ष ने उन दोनों की दोस्ती को मजबूत बना दिया था।

पल्लवी कभी-कभी अपने प्यार के बारे में भी तान्या से बात करती थी। उसे साहिल से प्यार था। वह एक विज्ञापन एजेन्सी में कंटेंट राइटर था। पल्लवी के अलावा उसकी और भी दो सहेलियाँ नताशा व निकिता थीं। पल्लवी साहिल पर अपना हक जमाने की कोशिश करती थी। उसके साथ रातों में घूमती-फिरती और पब्स में बीयर पीती। उसका हर तरह से साथ देने की कोशिश करती, लेकिन वह उसे खास भाव नहीं देता था। शायद पल्लवी उसे एकतरफा प्यार करती थी। उसने कभी खुलकर उससे अपने प्यार के बारे में कहा भी नहीं था।

साहिल समलैंगिकों के अधिकारों के आन्दोलन का एक्टिविस्ट भी था। समलैंगिकों की उसके घर में नाइट पार्टियाँ भी होती थीं। पल्लवी भी उसमें शिरकत करती थी। उसे उस पार्टी में अच्छा नहीं लगता था, लेकिन वह साहिल को पाने के लिए उनमें जाती थी। इस भाव के साथ कि उसके हर अच्छे-बुरे काम के साथ वह उसके साथ है। एक बार तो बाराखम्भा रोड पर समलैंगिकों के प्रदर्शन में उसने भी मुखौटा लगाकर भाग लिया था। पल्लवी की मानें तो साहिल समलैंगिक नहीं था। बस, वह उनके आन्दोलन का समर्थन करता था। तान्या मैम जब भी पल्लवी से यह सवाल पूछती थीं कि यदि वह समलैंगिक नहीं है तो अपने घर में उनकी पार्टियाँ क्यों करता है? 'किसी आन्दोलन का समर्थन करना एक अलग बात होती है'? इस सवाल का पल्लवी कभी कोई तार्किक उत्तर नहीं दे पायी थी उन्हें। उसने यह जरूर बताया था कि एक लड़की ने एक बार उससे उसका पार्टनर बनने के लिए उसी पार्टी में प्रस्ताव रखा था, जिसे उसने यह कहते हुए साफ मना कर दिया था कि मैं साहिल की दोस्त हूँ। समलैंगिक तो कतई नहीं हूँ।

पल्लवी तमाम तरह के झंझावातों से घिरी थी। परिवार को ठीक से वह पाल नहीं पा रही थी। साहिल उससे दूर होता जा रहा था। वह बीच चौराहे पर अपने को खड़ा देखती थी। इस सबके बावजूद वह पूरे आत्मविश्वास के साथ रहती थी। उसकी दृढ़ता में कोई कमी नहीं थी। अच्छे-बुरे फैसले लेने में उसे देर नहीं लगती थी।

सोफिया स्कूल में तान्या मैम को नौकरी बड़े संघर्षों के बाद मिली थी। इस पहली नौकरी से पहले उन्होंने कम पापड़ नहीं बेले थे। जब वह भागलपुर से दिल्ली आयी थीं, तो उनके नजदीक के रास्ते भी लम्बे हो गये थे। घर से

लाया गया पैसा भी खत्म हो गया था। उनकी सहेली और रूम पार्टनर अंगिका राय उनका हौसला बनाये रखने की कोशिश करती थी। कई बार वह टूटती भी थीं और बिखरती भी थीं, लेकिन फिर अगली सुबह जद्दोजेहद के लिए तैयार हो जाती थीं।

यूनिवर्सिटी एरिया में चल रहे कोचिंग सेंटरों से लेकर स्कूलों तक के तान्या मैम चक्कर लगा रही थीं। सफलता थी कि उन्हें मिल नहीं रही थी। तभी उनके एक सहपाठी ने उन्हें बताया कि एक पब्लिकेशन जीके (जनरल नॉलेज) पर एक किताब निकाल रहा है और उसे डाटा कलेक्टर की जरूरत है। वह उस पब्लिकेशन के मालिक से मिली। तीन महीने के प्रोजेक्ट के लिए उसने पच्चीस हजार की पेशकश की। तान्या मैम के सामने कोई रास्ता नहीं था, उन्होंने उसे स्वीकार लिया। चलते वक्त जब पब्लिकेशन के मालिक ने उनसे ये कहा कि ये रकम पच्चीस से पचास हजार भी हो सकती है, बस पार्टी-सार्टी में कभी-कभी मेरे साथ चलना होगा। यह कहते हुए पब्लिकेशन मालिक के मुँह में लार भर आयी थी और उसकी आँखें चमकने लगी थीं। तान्या मैम उसे सोच कर बताने की बात कहकर वहाँ से निकल आयी थीं। वह मजबूर थीं जरूर, लेकिन इतनी लाचार भी नहीं कि कुछ भी करने के लिए तैयार हो जायें। वह ऐसी ही बातों के लिए प्रो. विनीत कुमार को भी सबक सिखा चुकी थीं। सजा के तौर पर उन्हें सात दिन यूनिवर्सिटी से सस्पेंड भी होना पड़ा था।

खोज उनकी जारी थी। एक दिन खान कोचिंग सेंटर में उन्होंने दस्तक दी। खान सर की क्लासेस यूनिवर्सिटी इलाके में मशहूर थीं। आईएएस के छात्र उसमें पढ़ने आते थे। खान सर की कोचिंग में रिसर्चर की जगह खाली थी। ऐसा उसके एक मित्र ने बताया था। खान सर ने जब तान्या मैम का इंटरव्यू लिया था, तो वह उनसे प्रभावित हुए थे। तान्या मैम अंग्रेजी माध्यम से भागलपुर के मशहूर सेंट असीसी में पढ़ी थीं। हिन्दी में एमए करने के बाद भी उनकी अंग्रेजी जबर्दस्त थी। वैसे भी आजकल विक्टोरियन एजूकेशन सिस्टम में हिन्दी भी अंग्रेजी में पढ़ाई जाती थी। हिन्दी क्या कोई भी भाषा या विषय हो, सबको अंग्रेजी में पढ़ाना होता था। दिल्ली में किसी भी नौकरी के लिए गिटर-पिटर तो चाहिए ही था और इसमें तान्या मैम का हाथ तंग नहीं था।

दस हजार रुपये महीने में उनकी बात पक्की हो गयी। वह खुशी-खुशी कोचिंग से बाहर निकलीं। सीधे हनू के पास गयीं। हनू बोले तो हनुमान जी। वहाँ उन्होंने उनका शुक्रिया अदा किया और प्रसाद लेकर कमरे में पहुँची। अंगिका ने

जब यह खबर सुनी तो उसने उन्हें गले से लगा लिया।

कोचिंग में काम करने के साथ वह इंटरव्यू भी देती रहीं। इंटरव्यू के चलते अक्सर वह कोचिंग से बंक मार देती थीं। खान सर बंक मारने के उनके बहाने सुनते-सुनते जब आजिज आ गये, तो उन्होंने एक दिन तान्या मैम को नमस्ते कह दी। तान्या मैम ने सुधरने के तमाम वायदे खान सर के सामने किये, लेकिन वे नहीं माने। अन्ततः दो माह से पहले ही उनकी दस हजार की नौकरी चली गयी थी।

वह लगातार विभिन्न स्कूलों में इंटरव्यू दे रही थीं। सोफिया इंटरनेशन स्कूल भी उनमें से एक था। पहले इंटरव्यू के एक हफ्ते बाद उन्हें वहाँ से फिर फोन आया कि आपका फाइनल इंटरव्यू और क्लास प्रजेंटेशन दो दिन बाद है। सुबह ठीक दस बजे स्कूल रिसेप्शन पर पहुँच जाइयेगा। फाइनल इंटरव्यू और प्रजेंटेशन के बाद जब उन्हें रुकने के लिए कहा गया था, तब ही उन्हें लग गया था कि अब ये स्कूल उनका अगला ठिकाना होने वाला है। तान्या मैम की सोच सही निकली। ग्रेड के अनुसार उन्हें चालीस हजार रुपये प्रतिमाह की नौकरी मिल चुकी थी।...तो सोफिया इंटरनेशनल स्कूल में उन्हें दिल्ली में तमाम संघर्षों के बाद नौकरी मिली थी। इसीलिए वह उन्हें प्यारी थी। नौकरी ने उनके आत्मविश्वास को मजबूत किया था। इसी नौकरी ने उन्हें अपने माता-पिता के सामने सम्मान के साथ खड़ा कर दिया था। जब नौकरी की सूचना उसने अपने पापा को दी थी, तो उन्होंने मान लिया था कि सचमुच उनकी बेटी के अन्दर कुछ खास बात है।

अरब सागर में चक्रवात की खबर थी। मुम्बई के तटवर्ती इलाकों में बीस-बीस फीट ऊँची लहरें उठ रही थीं। समुद्र का पानी सड़कों पर भर गया था। शुक्र था कि मुम्बई में बारिश के दिन नहीं थे। वरना तो तबाही हो जाती। चर्च गेट पर तूफानी लहरों का मजा उठाने के लिए मजमा जमा हो गया था। समुद्री तूफान का असर उत्तर भारत में भी पड़ा था। बेमौसम बारिश हो रही थी। बारिश ने दिल्ली के पारे को काफी कम कर दिया था। बारिश के बाद प्यासी धरती की अबुझी प्यास ने खास तरह की गर्मी वातावरण में पैदा कर दी थी। ताप को तो दिल्ली वाले झेल लेते हैं हर साल, लेकिन बेमौसम बारिश के बाद चिपचिपी गर्मी उनको अच्छी नहीं लगती है।

बेमौसम बारिश के समय ही उस दिन एकेडमिक हेड इशीता पास्ता ने लंच के बाद तान्या मैम को अपने कमरे में बुलाया था। 'प्लीज सिट डाउन।'

तान्या मैम को माजरा कुछ समझ नहीं आया था। ऐसा कुछ भी नहीं था

कि उन्हें वह बुलाये। अब बुलाया था, तो वे मिलने पहुँची थीं। चेयर पर उनके बैठने के बाद पास्ता ने उनसे कहा–'तान्या, तुम एक अच्छी टीचर हो। लेकिन आयरनी है कि तुम प्राइमरी सेक्शन में ही पढ़ाती हो।'

'जी मैम।' तान्या मैम कहते हुए सोचने लगी कि आखिर आज इन्हें मेरी तारीफ क्यों सूझ रही है। हमेशा डाँट-फटकार करने वाली इतने प्रेम से क्यों बोल रही है? उनके अन्दर आशंका के बादल छाने लगे। एक बात और उनके अन्दर आयी कि हो सकता है कि उनके परफारमेंस के चलते वह उनका प्रमोशन करने वाली हो। लेकिन उन्हें इस बात पर भरोसा नहीं हुआ। अभी स्कूल में न जाने कितनी पुरानी टीचरें थीं, जिन्हें सालों से कोई प्रमोशन नहीं मिला था।

'तान्या जिन्दगी में तरक्की आसानी से नहीं मिलती है। अगर आप कुछ पाना चाहते हैं, तो उसके लिए देना भी पड़ता है। देखो, मैं कितने कम समय में एकेडमिक हेड बन गयी। अगर तुम इस बात का मर्म समझ लोगी, तो समझो तुमने जिन्दगी की आधी जंग जीत ली।' पास्ता ने तान्या मैम को समझाते हुए कहा।

'मैं कुछ समझी नहीं मैम। आप क्या कहना चाहती हैं?' तान्या मैम ने न समझने का भाव प्रदर्शित करते हुए कहा। हालाँकि वह इतनी बच्ची भी नहीं थी कि वह पास्ता की बात न समझे। वह उसकी बात के अर्थ खोजने लगी। उसे कुछ-कुछ समझ भी आने लगा। फिर भी मासूमियत के साथ वह न समझने का बहाना करते वहाँ बैठी रही।

'इसमें समझने जैसा तो कुछ है नहीं। मैं चाहती हूँ कि तुम सीनियर क्लासेस को पढ़ाओ। इससे तुम्हारा ग्रेड भी बढ़ जायेगा।' पास्ता ने अपने पत्ते खोलते हुए कहा।

'ये तो मैम बहुत अच्छी बात है। मैं इसके लिए तैयार हूँ। इस स्कूल में मेरा प्रजेंटेशन टेस्ट भी दसवीं की क्लास के छात्रों के साथ हुआ था। मुझे खुशी होगी सीनियर क्लासेस पढ़ाने में। मैं आपको निराश नहीं करूँगी।' तकरीर की शैली में तान्या मैम ने पास्ता का जवाब दिया।

'लेकिन तान्या ये सब इतना आसान नहीं है। चेयरमैन अमित जैन भी तुम्हारे टीचिंग स्टाइल के कायल हैं। थोड़े दिन उनके साथ मिलो-जुलो। तुम्हारा काम हो जायेगा।' तान्या कोई सवाल करती कि उससे पहले ही पास्ता ने कहा। 'स्कूल क्लासेस की चिन्ता मत करना। उनसे मिलने के लिए मैं तुम्हें आफिशियल छुट्टी दे दूँगी।'

तान्या मैम को काटो तो खून नहीं। वे सारा माजरा समझ गयी थीं। वह

पहले ही समझ गयी थीं, लेकिन वह पूरी तरह से आश्वस्त नहीं थीं। तान्या मैम के मुँह से बोल नहीं फूट रहे थे। उन्हें फिर बोर दोपहरिया और लम्बी सड़कें दिखने लगीं थीं, जिनमें रोशनी तो थी लेकिन उनमें कुछ दिखता नहीं था। रोशनी में अँधेरा।

'मैं तुम्हें वक्त देती हूँ। तुम सोच कर अपना प्रोग्राम बता दो।' तान्या मैम को हतप्रभ देखकर पास्ता ने यह कहते हुए उन्हें वहाँ से विदा कर दिया।

तान्या मैम को कुछ सूझ नहीं रहा था। इशीता पास्ता को भी समझ नहीं आ रहा था कि उसका तीर निशाने पर लगा है कि नहीं। तान्या मैम वहाँ से उठकर सीधे अपनी क्लास में आ गयी थीं, वहाँ वह फूट-फूट कर रोयीं। उन्हें रोते हुए कुछ लोगों ने देखा भी।

तान्या मैम का एकाध बार मन डोला। लेकिन उन्होंने अपने दिल पर पत्थर रख कर तय किया कि नौकरी के लिए वह अमित जैन के मनोरंजन का सामान नहीं बनेगी। इससे तो बेहतर होगा कि अपने घर भागलपुर लौट जाऊँगी। आखिर वहाँ हमें कमी ही क्या है? मैं इसलिए तो दिल्ली आयी नहीं थी?

इसी के बाद से सोफिया स्कूल की हर चीज उन्हें डराने लगी थी। हरे-भरे पेड़, जिनके पीछे लुका-छिपी करके वह कहानियाँ सुनाया करती थी। क्यारियों के रंग-बिरंगे फूल, बदरंग और सूखे हुए दिखने लगे थे। क्लास काटने लगा था। मुस्कुराते बच्चे शोर मचाते दिखते थे। सलमान की तरह उन्हें हर बच्चे के हाथ में एके 47 दिखने लगी थी। गोलियाँ चलती थीं, जिसमें वे ही बार-बार मर रही थीं और जी रही थीं। हर आदमी उन्हें सन्दिग्ध लगने लगा था।

तान्या मैम के दिन स्कूल में यूँ ही कट रहे थे। इशीता पास्ता उनसे नजरें चुराने लगी थी। ये बात तान्या मैम ने सिर्फ पल्लवी को बताई थी। बाकी कोई शायद उनकी इस बात को वहाँ समझने वाला नहीं था। पल्लवी को पास्ता के इस आचरण पर बहुत गुस्सा आया था। आवेश में उसने तान्या मैम से कहा था। 'चलो मीडिया को बुलाकर इशीता पास्ता और स्कूल की ऐसी-तैसी करते हैं।'

'मीडिया कौन सा दूध का धुला है। ये पैसे वाले लोग हैं, सब मैनेज कर लेंगे। उलटे बदनामी हमारी ही होगी' तान्या मैम ने तुर्कमान गेट स्थित सरकारी गर्ल्स स्कूल की टीचर उमा के स्टिंग आपरेशन का जिक्र करते हुए कहा—'उस पर मीडिया ने अपने स्कूल की लड़कियों को वेश्यावृत्ति के धन्धे में ढकेलने का आरोप लगाया था। बाद में जब जाँच-पड़ताल हुई तो वह बेगुनाह साबित हुई। उसको कैमरे के सामने भीड़ ने पीटा। उसकी हर तरह की दुर्गति की गयी।

पल्लवी को तान्या मैम का तर्क समझ आया। तान्या मैम ने उससे कहा कि 'जो होगा, देखा जायेगा। मैं न तो डरने वाली हूँ और न पास्ता के आगे झुकने वाली। साली, आख़िर क्या करेगी? नौकरी ही से तो निकालेगी। दुनिया में बहुत सारी नौकरियाँ हैं।' सोफिया में काम कर वह स्कूली दुनिया को काफी समझ गयी थी। उसे इस बात का भी अहसास हो गया था कि अच्छे टीचर को देर-सबेर काम मिल ही जाता है।

और दो-चार हफ्तों के बाद वह दिन आ ही गया। सुबह का वक्त रहा होगा। तान्या अपनी क्लास की ओर बढ़ रही थी। उसे एक चपरासी ने रास्ते में टोका— 'मैम, बड़े बाबू ने आपको आफिस में बुलाया है।'

तान्या मैम समझ गयी कि उनके साथ वहाँ क्या होने वाला है। वह आफिस में पहुँचीं, तो बड़े बाबू ने उनकी तरफ एक लिफाफा बढ़ाते हुए कहा—'मैम, आज से आपकी नौकरी खत्म हो गयी है। आपके पूरे हिसाब का चेक इसमें है।'

तान्या मैम को अन्दर से कँपकँपी महसूस हुई। पूरा बदन पसीने से तर हो गया। लेकिन उन्होंने अपने को सँभालते हुए बड़े बाबू से कहा—'निकालने में थोड़ी देर हुई। मैं तो जानती थी कि मुझे निकाला जाने वाला है। फिर भी हिसाब-किताब का चेक देने के लिए आपका धन्यवाद।'

तान्या मैम बिना किसी से कोई बात किये स्कूल के पास स्थित अपनी पीजी में आ गयी। धीरे-धीरे ये खबर पूरे स्कूल में आग की तरह फैल गयी। पल्लवी को जब ये खबर लगी, तो उसने आव देखा न ताव वह सीधे इशीता पास्ता के चेम्बर में घुस गयी। वह उस पर बरस पड़ी—'कैसी हैं मैम आप? टीचर की शक्ल में दलाल दिखती हैं। तान्या मैम का क्या दोष है, जो आपने उन्हें निकाल दिया। सिर्फ इसीलिए न कि उन्होंने अमित जैन के हाथों का खिलौना बनने से इंकार कर दिया था। आप लोगों को तो चकले में बैठना चाहिए और अमित जैन के लिए लड़की खोजनी चाहिए, न कि स्कूल में।'

ये सब कहने के बाद पल्लवी ने पास्ता की टेबिल पर पड़े एक कागज को उठाया और उसमें अपना इस्तीफा लिखकर उसके मुँह पर फेंक दिया।

॥ आठ ॥

रियान को सुनाने के लिए उसके दादा के. के. कोहली के पास कहानियाँ नहीं बची थीं। किस्सागो तो थे नहीं वे जो नई कहानी गढ़ देते। कहानियाँ न होने के कारण रियान दादा जी के पास आता नहीं था। दादा जी इस दूरी से दुखी रहते थे। बेशक वह अपनी थियेटर की गतिविधियों में समय गुजारते थे, लेकिन रियान की दूरी उन्हें खलती थी। उन्हें लगता था कि जैसे उनका बेटा उनसे दूर चला गया है, कहीं रियान भी उनसे दूर न हो जाये। उनके बेटे और बहू को फुर्सत नहीं थी, जो दादा जी के साथ थोड़ा समय गुजारते। उनकी अपनी दुनिया थी। उस दुनिया में रियान भी नहीं था। कई बार उन्होंने अपनी सुनाई कहानियाँ थोड़ा बदलकर रियान को सुनाई थीं, लेकिन रियान ने उन्हें पकड़ लिया था। 'सुनी-सुनाई कहानी फिर। मुझे नहीं सुननी है आपसे कहानी।' यह कह कर रियान भाग जाता।

दादा जी अपने बेटे से तो दूरी बर्दाश्त कर सकते थे, लेकिन रियान से किसी भी कीमत पर नहीं। दादा जी भी हार मानते नहीं दिख रहे थे। वे रोज नयी कहानी बनाने की कोशिश करते, लेकिन वे बना नहीं पाते थे। दादा जी की रिक्वेस्ट पर दोनों के बीच समझौता हो गया था कि पार्क में खेलने जाने से पहले वह उनके पास थोड़ी देर जरूर बैठेगा।

एक दिन रियान दादा जी से बोला—'आपने हमें बहुत कहानियाँ सुनाई हैं। आज मैं आपको एक कहानी सुनाता हूँ।'

'कौन सी कहानी?' दादा जी ने आश्चर्य से उससे पूछा था।

'अपनी टीचर की कहानी। तान्या मैम की कहानी।' रियान ने यह जवाब देते हुए कहानी शुरू कर दी थी। 'तान्या मैम हमारी बहुत अच्छी टीचर थीं। बहुत प्यारी। उनकी आँखें नीली थीं। बाल रेशम की तरह थे। बहुत लम्बे। हँसती थीं तो झरना बहने लगता था। परियों की तरह सुन्दर थीं। रोज कहानी सुनाती थीं। थोड़े दिनों बाद वह हमें छोड़कर दूसरे क्लास में पढ़ाने चली गयी। हम सब बच्चों

को बहुत दुख हुआ। बाद में उन्हें स्कूल से निकाल दिया गया। उनसे बुरी-बुरी टीचर अभी भी स्कूल में हैं। देखने में वे भद्दी तो हैं ही और कहानी भी नहीं सुनाती हैं। बताओ दादा जी, उन्हें क्यों निकाल दिया गया?'

'ये कैसी कहानी है? इसका तो न सिर है न पैर। मैं भला कैसे बता सकता हूँ कि उन्हें क्यों निकाल दिया गया?'

'यही बात तो आपको बतानी है। असल में ये कहानी नहीं पहेली है। आपको तो बूझनी ही होगी।' रियान ने दादा जी से जिद करते हुए कहा।

'तुम्हारी तान्या मैम क्यों निकाली गयीं ये तो मैं नहीं बता सकता हूँ, लेकिन तुम कहो तो आज तुम्हें मैं एक नयी कहानी सुना सकता हूँ।'

'नयी होगी तभी सुनूँगा, वरना भाग जाऊँगा।' रियान ने शर्त रखते हुए कहा। दादा जी को तान्या मैम के स्कूल से निकाले जाने की बात पर ये कहानी याद आयी थी। ये कहानी उन्होंने अब तक रियान को सचमुच नहीं सुनाई थी। कहानी हिन्दुस्तानी पाकिस्तानी की थी या कि पाकिस्तानी हिन्दुस्तानी की थी। दादा जी इस सवाल को अभी तक हल नहीं कर पाये थे। पाकिस्तान से कहानी जुड़ी होने के कारण उन्हें यह कहानी याद रह गयी थी। दादा जी हिन्दुस्तानी हो कर भी अभी तक पाकिस्तान में अपनी मिट्टी को भुला नहीं पाये थे। वे हिन्दुस्तानी होने के बाद अब भी शायद अपने को शरणार्थी ही समझते थे। उन्हें अपनी जन्मभूमि की याद हमेशा सताती थी। इसीलिए वे बार-बार रियान से भी कहते थे कि बेटा जब तुम बड़े होना तो एक बार रावलपिंडी जरूर जाना।

लन्दन में उनकी मुलाकात पाकिस्तानी नागरिक सुल्ताना मिर्जा से हुई थी। सुल्ताना दादा जी की भूतनी यानी उनकी पत्नी रीता की दोस्त थी। पाकिस्तान से नफरत तो नहीं करती थी, लेकिन वह भारत को ही अपना घर मानती थी। उत्तर प्रदेश के आजमगढ़ में वे बड़े जमींदार के घर में पैदा हुई थी। उसके भाई शाहिद मिर्जा कानपुर में चमनगंज में रहते थे। माता-पिता बचपन में ही चल बसे थे। उसके भाई उसे डॉक्टर बनाना चाहते थे और वह बनना नहीं चाहती थी। उसके भाई ने उसका दाखिला बारहवीं के बाद इलाहाबाद यूनिवर्सिटी में बी.एस.सी. में करा दिया था। वह साइंस की बँधी-बँधाई डिसप्लिन में नहीं रहना चाहती थी। वह खुद भी खिलंदड़ किस्म की थी। नया सोचना। नया करना। उसकी इस तरह की सोच ही हमेशा साइंस से नफरत करने का सबब बनती थी। वह साइंस से किसी तरह अपना पिंड छुड़ाना चाहती थी।

सुल्ताना इलाहाबाद में यमुना नदी के किनारे बलुआ घाट के पास रहती थी।

उसके किसी रिश्तेदार का बंगला था वह। उसी के एक कमरे में उसका आशियाना था। बंगले की चारदीवारी से कुछ दूर ही यमुना बहती थी। यमुना, गंगा की तरह हाहाकार करते नहीं बहती थी इलाहाबाद में। यमुना बेहद शान्ति से बहती थी। कहते हैं कि इलाहाबाद के बलुआ घाट में यमुना की गहराई कई हाथी डुब्बाओ थी। बलुआ घाट से दो किलोमीटर की दूरी में यमुना का अस्तित्व गंगा में मिलकर खत्म हो जाता था। सुल्ताना यमुना की तरह गंगा में मिलकर अपना अस्तित्व नहीं खत्म करना चाहती थी। साइंस उसे गंगा लगती थी और खुद अपने को वह यमुना समझती थी।

सुल्ताना की चारदीवारी के बाहर मल्लाहों की खेती थी। रात को अक्सर कलुवा किसी न किसी की फसल में आग लगाकर आनन्द लेता था। आग को देखकर नाचता था। एक दिन मल्लाहों ने फसल जलाते हुए कलुवा को पकड़ लिया। उसको खूब पीटा। शोर-शराबा सुनकर सुल्ताना यमुना की तरफ की चारदीवारी के पास खुलने वाले बंगले के गेट के पास पहुँची। उसने कलुवा को पिटते देखा, तो भीड़ को उसने रोकने की कोशिश की। वह कलुवा को भीड़ से छुड़वाकर बंगले के अन्दर ले आयी। कभी-कभी कलुवा बंगले के बगीचे के रख-रखाव के लिए वहाँ आता-जाता था। सुल्ताना की नजर में कलुवा एक मेहनती आदमी था। बंगले के अन्दर ले जाते वक्त उसने कलुवा से पूछा कि आखिर तुम लोगों की फसल क्यों जलाते हो, तो उसने जवाब दिया था। 'मालकिन, ये सब मेरे ऊपर हँसते हैं। मैंने इनका कुछ नहीं बिगाड़ा है, फिर भी हँसते हैं। मेरा मजाक उड़ाते हैं। इसमें मेरी तो कोई गलती है नहीं कि मैं चमार जाति में जन्मा हूँ। मैं अपना काम मेहनत से करता हूँ। अपनी मजदूरी की कमाई से ही अपना निवाला खाता हूँ। मुझे अपने आसपास नहीं फटकने देते। और मजदूरों की तरह मुझे मजदूरी नहीं देते हैं, जबकि मैं पूरी मेहनत से काम करता हूँ। चमार हूँ तो हूँ।'

'तुम्हारी सारी बात सही है। लेकिन इससे फसल जलाने का क्या सम्बन्ध है? सुल्ताना ने फिर कलुवा से पूछा।

'है मालकिन। मुझे इनकी फसलें जलाकर आनन्द आता है। फसलें जलती देख में आनंदित हो कर नाचता हूँ। इनसे मैं बदला तो ले नहीं सकता हूँ। यही इनसे मेरा बदला है। अगर ये मुझे अपने जैसा मानते, तो मैं फसलें न जलाता। रेत में मैं भी तो इनकी ही तरह खटता हूँ। मजदूरी करता हूँ, तो ऐसा बर्ताव ये मेरे साथ क्यों करते हैं?'

कलुवा की बातें सुनकर सुल्ताना सोचने लगी कि इंसान के साथ इंसान ऐसा

व्यवहार क्यों करता है? उसका यही दोष है न कि वह चमार जाति में पैदा हुआ है। उसके मुँह से निकल गया। 'छिः-छिः।'

फसलें जलाने का सिलसिला कलुवा के पिटने के बाद भी नहीं थमा। वह जलाता रहा फसलें। आग देखकर नाचता रहा। पिटता रहा। फिर भी जलाता रहा।

कछार में फसलों में लगने वाली आग को हमेशा सुल्ताना छत से खड़े हो कर देखती रही। आग की चमक सुल्ताना की आँखों में धीरे-धीरे बैठती जा रही थी। वह भी कलुवा की तरह आग से खेलना चाहती थी। आग लगाकर वह आनन्द नहीं उठाना चाहती थी, बल्कि अपनी मुक्ति चाहती थी। उसके मन में आया कि आग का खेल ही उसे साइंस से छुटकारा दिला सकता था।

उसने आग के खेल के लिए एक तरीका निकाला। एक दिन केमेस्ट्री लैब में वहाँ रखे सभी केमिकल को एक बड़े बीकर में डाल कर उसने उसमें आग लगा दी। जोर से धमाका हुआ। पूरी लैब धुआँ-धुआँ हो गयी। सुल्ताना बाल-बाल बच गयी, लेकिन लैब में आग लग गयी। आग बुझाई गयी और आग के कारणों की तलाश शुरू हुई। इस तलाश में उसका नाम तो आना ही था। उसने डरकर यूनिवर्सिटी जाना बन्द कर दिया। और एक दिन उसने फैसला किया कि वह बनारस जायेगी और वहाँ पढ़ेगी। बनारस पहुँचकर वहाँ भी वह अपने एक रिश्तेदार के घर ठहरी। बनारस हिन्दू यूनिवर्सिटी में दाखिले बन्द हो गये थे। किसी तरह उसे कला संकाय दाखिला मिल गया था। इस तरह आग ने उसका साइंस से पीछा छुड़वा दिया था।

अब दादा जी कहानी सुनाएँ और देश विभाजन की बात न आये तो भला उनकी कहानी पूरी कैसे हो। उन्होंने विभाजन के समय हुए मजहबी दंगों से ही अपनी कहानी को उठाया। 'बात 1947 की थी। शाहिद मिर्जा को हिन्दुस्तानी पसन्द नहीं थे। वह लम्बा-चौड़ा शख्स था। उसकी आँखें कंजी और बाल घुँघराले थे। दंगों की आग देश में जगह-जगह फैल रही थी। दंगों की आँच कानपुर भी पहुँची। चमन गंज मुस्लिम इलाका था। कनपुरियों की भाषा में कहें तो कानपुर का वह पाकिस्तान था। सँकरी गलियाँ। एक-दूसरे से जुड़े घर। छत-ही-छत कई किलोमीटर जाया जा सकता था। चमन गंज में सबकी जान के लाले पड़े थे। देश के मुसलमानों की ही तरह चमन गंज के मुसलमान भी दहशत में थे। बच्चा हो या जवान सबके चेहरे पर आशंका की इबारत पढ़ी जा सकती थी। देश में मुसलमानों को मारे जाने की खबरें अखबारों में छप रही थीं। उर्दू अखबार उन्हें

और बढ़ा-चढ़ा कर पेश कर रहे थे। शाहिद इन खबरों को पढ़कर बहुत उद्वेलित था। पुलिस शान्ति-व्यवस्था के लिए कानपुर में फ्लैग मार्च कर रही थी। प्रतिरोध के रूप में चमन गंज में फ्लैग मार्च कर रहे पुलिस दल के एक सिपाही पर शाहिद ने पत्थर फेंक कर मारा। पत्थर सिपाही के सिर के बीचोबीच लगा था। उसके सिर से खून बहने लगा। पुलिस वालों ने पोजीशन ले ली। वे घरों के दरवाजे पीटने लगे। घरों में घुसकर उन्होंने कुछ लोगों को बाहर निकालकर मारा-पीटा। उनमें बच्चे और महिलाएँ भी थीं। तब शाहिद पत्थर फेंककर छत-ही-छत भाग निकला था। वहाँ से वह भागता रहा। भागता रहा। वह पाकिस्तान जाना चाहता था और मुस्लिमों को मारने वाले हिन्दुस्तानियों से बदला लेना चाहता था। कराँची में उसका ननिहाल था। उसके नाना बहुत रईस आदमी थे। उनके आगे-पीछे कोई नहीं था। उनका एक बड़ा प्राइवेट बैंक था। शाहिद भागता रहा। कानपुर से आगरा, दिल्ली फिर अमृतसर। वाघा बार्डर से अन्ततः वह लाहौर में घुस गया। लाहौर पहुँचकर उसने चैन की साँस ली थी। लाहौर में भी हिन्दुओं पर हमले हो रहे थे। उसे जाना था कराँची अपने नाना के पास। उत्तर से उल्टी दिशा दक्षिण में। उसने ट्रेन ली। ट्रेन उन दिनों अस्त-व्यस्त चल रही थीं। उसके पास इसके अलावा कोई चारा नहीं था। उसे पेशावर की ट्रेन मिली और फिर वहाँ से उसने करांची की सीधी ट्रेन पकड़ी। तीस घंटे से अधिक लम्बा सफर कर वह कराची पहुँचा। वहाँ वह हिन्दुओं को मारने की प्लानिंग करने लगा। उसके नाना ने उसे बहुत समझाया कि इस सबमें कुछ नहीं रखा है। अब तो देश बँट ही गया है। हमें अब अपनी तरक्की के बारे में सोचना चाहिए। तुम बैंक को सँभालो। मैं बूढ़ा हो रहा हूँ। तुम बैंक की और शाखाएँ खोल कर बड़े आदमी बन सकते हो...'

'क्या दादा जी, फिर आप दंगे और मारपीट की कहानी सुना रहे हैं। आपकी कहानी में दंगे और लाशें जरूर होती हैं। मुझे इनसे डर लगता है।'

रियान ने दादा जी को बीच में टोकते हुए कहा।

'तुम्हीं तो कहते हो कि डराने वाली कहानी सुनाओ। भूत-भूतनी की कहानी सुनकर तुम्हें डर नहीं लगता है?' दादा जी ने उससे सवाल किया।

'उससे डर नहीं लगता है। सबको पता है कि भूत-भूतनियाँ नहीं होते हैं। वैसी कहानी सुनकर मजा आता है।' रियान ने जवाब दिया।

'चलो दंगे की कहानी बन्द करते हैं। सुल्ताना की कहानी सुनाते हैं। वह कैसे अपने भाई से अलग थी। और कैसे पाकिस्तानी होने के बाद भी हिन्दुस्तानी बनी रही।'

'सनाइये।' रियान को लगा, ये कहानी कुछ तो अलग होगी।

'...सुल्ताना बनारस में पढ़ रही थी। उसके भाई ने उसे कराची बुलाया। लेकिन वह नहीं गयी। वह आजमगढ़ जा कर अपने पिता की जमींदारी से मिलने वाले पैसों से पढ़ती रही। उसे संगीत-साहित्य से भी प्यार था। खाली समय में वह सितार सीखने लगी। कुछेक कहानियाँ भी उसने लिखीं। ग्रेजुएट होने के बाद उसने एमए उर्दू से करने की सोची। दाखिला ले लिया उर्दू में। आजमगढ़ में जब लोगों को यह पता लगा कि सुल्ताना के परिवार में अब उसके अलावा कोई नहीं बचा है, तो लोग उसकी जमीनें हड़पने लगे। महलनुमा पुश्तैनी घर के किरायेदारों ने किराया देना भी बन्द कर दिया। उसे पढ़ाई जारी रखने में दिक्कतें आने लगीं। भाई से उसने पैसा मँगवाया। भाई पैसा तो भेज देता था लेकिन भारत छोड़ने के लिए उस पर दबाव बनाता था। एक बार उसे उसके भाई ने कराँची का एयर टिकट भेजा और पाकिस्तान आने के लिए कहा। सुल्ताना ने सोचा कि यहाँ अकेले वह कब तक लड़ेगी और उसने कराची जाने का फैसला कर लिया। बनारस से उसने बम्बई की ट्रेन ली। फिर वहाँ से कराची हवाई जहाज से कराची चली गयी। वहाँ दो-चार साल बाद उसके भाई ने उसकी शादी एक बैंकर से करा दी। उनकी शादी ढाका (अब बांग्लादेश) में हुई। सुल्ताना के अच्छे दिन गुजरने लगे। तभी 1971 के आसपास ढाका में हलचल होने लगी। देश की सत्ता में भागीदारी के लिए आवाज उठाने वाले पूर्वी पाकिस्तान के बंगाली मुस्लिमों पर सेना ने अत्याचार करना शुरू कर दिया। लाखों निहत्थे लोगों को मौत के घाट उतार दिया गया। पाकिस्तान सीधे-सीधे पूर्वी पाकिस्तान और पश्चिमी पाकिस्तान में बँट गया था। बंगाली मुस्लिम सिपाही पाकिस्तानी सेना छोड़ने लगे। ऐसे सैनिकों ने मुक्ति वाहिनी बना कर पाकिस्तानी सेना से लोहा लेना शुरू किया। बांग्लादेश की आजादी का शंखनाद हो चुका था। सेना के अत्याचार के कारण बंगाली मुस्लिम बड़ी संख्या में भारत में शरण ले रहे थे। ठीक वैसे ही जैसे हम लोग भारत के विभाजन के समय दिल्ली आये थे...'

'फिर दादा जी आपने मरने-मारने की बात शुरू कर दी। आप सीधे सुल्ताना की कहानी सुनाइये। दंगे-फसाद हो रहे थे तो उससे सुल्ताना का क्या लेना-देना था?' रियान ने दादा जी को फिर टोका।

'लेना-देना था। वे लोग पश्चिमी पाकिस्तान के थे। उसके परिवार को ढाका में खतरा था। उनकी जान पर बन आयी थी। जान की खैर मनाते हुए सुल्ताना का परिवार अपना सब कुछ वहीं छोड़ कर रातोंरात कराची के लिए निकल

गया। कराची आने के थोड़े दिनों बाद बांग्लादेश बन चुका था। पाकिस्तान का विभाजन हो गया था। उसके परिवार की सारी सम्पत्ति वहीं लुट चुकी थी। बांग्लादेश में लुटे ऐसे परिवारों को पाकिस्तानी सरकार ने मुआवजा दिया था। कराची में सुल्ताना का मन नहीं लग रहा था। वहाँ के संस्कार शायद उसकी सोच से मेल नहीं खा रहे थे। सुख-सुविधा तो थी, लेकिन सुकून उसे नहीं मिल रहा था। उसने पाकिस्तान छोड़ने का मन बना लिया।

मुआवजा लेकर सुल्ताना अपने पति के साथ लन्दन आ गयी। सुल्ताना ने पाकिस्तान वापस न जाने का फैसला लिया था। वेस्ट लन्दन के इलिंग ब्राडवे इलाके में उसने घर लिया। इलिंग ब्राडवे लन्दन का पॉश एरिया था। चारों तरफ हरियाली ही हरियाली थी। वैसे भी लन्दन में चारों तरफ हरा-ही-हरा है। थोड़ी सी भी गर्मी पडती है, तो बारिश हो जाती है। सुल्ताना के घर के बाहर एक बड़ा प्लैटनस का पेड़ था। छत पर वोगनवेलिया फैली थी। वोगनवेलिया के फूल तो कई रंग के होते हैं, लेकिन सुल्ताना के घर की वोगनवेलिया के फूल गुलाबी में हलका सफेद रंग लिए हुए थे। घर के सामने जाने वाली सड़क पर दोनों तरफ गुलमोहर के फूलों से लदे पेड़ थे। घर के पीछे एक ठीक-ठीक लान थी। उसमें रशियन घास लगी थी। क्यारियों में स्वीट पी, मेरी गोल्ड, जीनिया, लेडी लेस के पौधे थे।

बेहतरीन घर था उसका। वह अपने पति, बेटे और उसके बेटे के साथ रहती थी उसमें। उसके पति और उसका बेटा अपने बैंकिंग के काम में लग गये। बेटे के बेटे फिरोज को वह रोज स्कूल छोड़ने जाती थी। फिरोज नर्सरी में पढ़ता था। उसको दाखिला इलिंग ब्राडवे पब्लिक स्कूल में मिला था। स्कूल का वातावरण अद्‌भुत था। हर बच्चे पर नजर रखी जाती थी। उन्हें हर तरह की आजादी दी जाती थी। आसमान से पाताल तक का ज्ञान स्कूल में देने की कोई कोशिश नहीं होती थी। रटने-रटाने का धन्धा तो बिल्कुल नहीं था। उन्हें एक बेहतर इंसान बनाने के सारे उपक्रम वहाँ होते थे।

लन्दन में रहते हुए सुल्ताना समाज सेवा से जुड़ी एक संस्था से जुड़ गयी। अपने खाली समय में वह बूढ़ों की देखभाल और मानसिक विकलांग बच्चों के बीच आने-जाने लगी। इलिंग ब्राडवे में वह धीरे-धीरे जानी-पहचानी जाने लगी। उसकी लोकप्रियता को देखते हुए लेबर पार्टी के लोगों ने उससे सम्पर्क किया। वह लेबर पार्टी की सदस्य बन गयी। पार्टी के सोशल विंग में वह हर मुश्किल काम करती, जिससे और सदस्य कतराते थे। कुछ सालों बाद उसे ब्रिटिश नागरिकता भी मिल

गयी। लेबर पार्टी के टिकट से उसने काउन्सिलर के लिए चुनाव लड़ा और वह जीत कर लन्दन की पहली एशियन महिला काउन्सिलर बनी। उसने भारतवासियों की एक साहित्यिक संस्था भी बनाई। वह अपने को पाकिस्तानियों से अधिक भारतीयों के नजदीक समझती थी। उसके पति को यह बात जँचती नहीं थी। वह भारत और वहाँ के लोगों से नफरत करता था। लेकिन सुल्ताना इस सबसे बेखबर भारतीयों के साथ उठती-बैठती थी। वह भारतवासियों के हर कार्यक्रम में भाग लेती। होली-दीवाली के आयोजनों में उसकी खासी भूमिका होती।

सुल्ताना भारत भी कई बार गयी। उसे उस वक्त बहुत दुख हुआ था जब भारत की उसकी पहली यात्रा के लिए उसे वीजा लेना पड़ा था। अपनी ही जन्मभूमि में जाने के लिए वीजा लेना उसे कचोट गया था। वह पाकिस्तानी नागरिक भी रह चुकी थी, इसलिए उससे अनेक सवाल किये गये थे। उसके साथ आतंकवादियों जैसी पूछताछ की गयी थी, जबकि वह आजमगढ़ जा कर अपनी 'जन्मभूमि को सजदा करना चाहती थी...'

'तो क्या दादा जी, हम भी जब अपने पूर्वजों की धरती रावलपिंडी देखने जायेंगे तो हमें भी इन सब चीजों से गुजरना होगा?' रियान ने आश्चर्य भरे भोलेपन के साथ सवाल किया।

'हाँ।' दादा जी ने जवाब देते हुए कहा—'अब पाकिस्तान दूसरा देश है। वह भारत का हिस्सा नहीं है। वहाँ के नियमों का तो हमें पालन करना ही होगा। बेशक वह दूसरा देश हो गया हो, लेकिन रावलपिंडी तो वहीं रहेगा। देश बँट सकते हैं, लेकिन भूगोल नहीं बदला जा सकता है। और दिल तो कभी न बँट सकता है और न ही बदला जा सकता है।'

॥ नौ ॥

तान्या मैम एक बार फिर उस अँधेरी गुफा में थीं, जिसमें रोशनी थी। घुप अँधेरा नहीं था उसमें। भागलपुर से दिल्ली जब आयी थीं, तो उस गुफा में सिर्फ अँधेरा-ही-अँधेरा था। रोशनी का नामोनिशान दूर-दूर तक नहीं था। इस बार वह गुफा में जरूर थीं, लेकिन उसमें उनके अनुभवों की रोशनी थी। हवा में हाथ-पैर मारने वाली स्थिति नहीं थी। अँधेरे में रोशनी जरूर थी, पर उससे कोई रास्ता नहीं निकल रहा था। आत्मविश्वास भी दरका हुआ था। सोफिया स्कूल से निकाले जाने के बाद भी उन्होंने स्कूल के पास वाला पीजी नहीं छोड़ा था। नौकरी की तलाश में वे रोज घर से निकलती थीं। स्कूल के सामने से गुजरते हुए वह उससे नजर चुराती थीं। उस दिन सुबह जब मेट्रो स्टेशन जाने के लिए आटो रिक्शा की तलाश में निकलीं थीं, तो सोफिया स्कूल के क्लीनिंग इंचार्ज ठाकुर साहब मेन गेट पर ही खड़े थे। उन्होंने उन्हें नमस्ते भी किया था। लेकिन वे उनसे नजरें चुराकर आगे बढ़ गयी थीं।

मेट्रो की अनावश्यक यात्राएँ कर रही थीं तान्या मैम। अक्सर बिना किसी काम के वे आईएसबीटी मेट्रो स्टेशन पर पल्लवी से मिलतीं। पल्लवी विपरीत दिशा में रहती थी। इसलिए दोनों के लिए आईएसबीटी स्टेशन लगभग बीच में पड़ता था। वहाँ दोनों कैफे कॉफी होम में घंटों आगे के भविष्य के बारे में सोचतीं और रणनीति बनातीं। किसी भी स्कूल में नौकरी का विज्ञापन देखतीं, तो अगले दिन वहाँ धमक जातीं। चील की तरह शिकार की तलाश में वह घूमतीं। उनका तितलीपन अनमनी दोपहरियों और थकान में झुलस रहा था। वह अपने तितलीपन को सँभालने की कोशिश करती थीं। कामयाब भी होती थीं।

मेट्रो के लेडीज कोच में जब भी वह बैठतीं, तो कामकाजी महिलाएँ उन्हें चिढ़ाती हुई महसूस होतीं। उन्हें लगता कि हर कामकाजी महिला उन्हें ही घूर रही है। उन्हें हर एक की जुबान से एक ही आवाज सुनाई-सी महसूस होती थी—'बेचारी, देखो कैसे भटक रही है। भगवान इसकी मदद करे।'

ऐसी आवाजों की गूँज, अनुगूँज में बदल गयी थी। यह अनुगूँज उन्हें सोते-जागते और उठते-बैठते हर वक्त सुनाई पड़ती थी। वह इस बार बेसुध और बदहवास नहीं थी। पल्लवी का साथ था उनके साथ, जिसने अपनी नौकरी तान्या मैम को निकाले जाने के विरोध में छोड़ी थी। उसकी यह बात तान्या मैम की जबर्दस्त तरीके से हौसला अफजाई करती थी।

पल्लवी और तान्या मैम ने ढेरों स्कूलों में एप्लाई कर दिया था। इंटरव्यू का सिलसिला भी जारी था। अजीबोगरीब अनुभवों से उन्हें गुजरना पड़ रहा था। हैप्पी वैली स्कूल में तान्या मैम को नौकरी मिल कर भी हाथ से निकल गयी थी। वह चाहती तो कुछ कम पैसों में उसमें पढ़ा सकती थीं। आखिर खान सर की कोचिंग में उन्होंने दस हजार में काम तो किया था पहले। लेकिन उनकी आत्मा ने गवारा नहीं किया। हुआ यूँ था कि इंटरव्यू के बाद हैप्पी वैली स्कूल के प्रबन्धक ने उनसे कहा था–'मैडम, आपको हम पूरे ग्रेड की सैलरी देंगे, लेकिन उसमें से आपको हर माह पन्द्रह हजार वापस करने होंगे।'

'मतलब?' तान्या मैम ने भौंहें सिकोड़ते हुए पूछा था।

'मतलब साफ है। हम आपको चालीस हजार का चेक देंगे और आपको उसमें से पन्द्रह हजार वापस करने होंगे। वह भी नकद।' प्रबन्धक ने बात को साफ करते हुए कहा था।

'सर, हमें तो पहले भी पूरा ग्रेड मिलता था। मुझे आपका यह प्रस्ताव मंजूर नहीं है।' तान्या मैम ने ग्रेड के लिए अपना तर्क रखते हुए कहा था।

'माफ कीजिए मैडम, हम आपको नौकरी नहीं दे पायेंगे। दिल्ली में टीचरों का अकाल नहीं पड़ा है। बहुत-सी मिल जायेंगी।' प्रबन्धक ने तान्या मैम से दो टूक शब्दों में कहा था।

तान्या मैम के हाथ से हैप्पी वैली स्कूल की नौकरी इस तरह निकल गयी थी। प्रबन्धक के कमरे से बाहर निकलकर वह उदास मन से मेन गेट की ओर मुड़ने ही वाली थीं कि उन्हें दो चपरासियों की गुफ्तगू सुनाई दी–'आज तो मैनेजर सर की आफत आने वाली ही है, तभी तो शिक्षा विभाग से कुछ लोग बही खातों की जाँच-पड़ताल करने आये हैं।'

दूसरा चपरासी जो कुछ ज्यादा ढीठ किस्म का था, हँसते हुए बोला–'सब एकदम फिट हो रहा है। ये जो बच्चों की लम्बी-लम्बी फीसों से अपनी जमीन पर किलेनुमा बिल्डिंग बनाते जा रहे हैं और हम स्टाफ वालों को कम तनख्वाह हाथ में देकर कागजों पर पूरी चढ़ाते हैं। आज उसका हिसाब भी हो जायेगा।'

'कोई स्टाफ वाला मुँह खोलेगा, तब ना। क्या तुम जो इतनी शेखी भरी बातें कर रहे हो, बता सकोगे!

तान्या मैम के कदम पूरी तरह रुक गये। उनके भीतर की चील इस गलत काम का भांडा फोड़ने को बेचैन हो रही थी।

ट्रे लेकर जाते इनमें से एक चपरासी के पीछे-पीछे वह भी चलने लगी। दो-चार कदम बाद ही चपरासी के साथ-साथ उन्होंने भी अन्दर कदम रखा।

स्टाफ की तीन-चार टीचर्स वहाँ खड़ी थीं, जिनसे उनकी तनख्वाह की सही जानकारी लेने की कोशिश हो रही थी।

तान्या मैम ने देखा कि उसका इंटरव्यू लेने वाली प्रिंसिपल और मैनेजिंग डायरेक्टर भी वहाँ थे। प्रिंसिपल की आँखें जिस तरह उन चारों टीचर्स पर गड़ी थीं, उससे साफ लग रहा था कि उनमें से कोई भी सच्चाई शायद न बता सके। उन्हें 'यू कैन गो' कहने की जल्दबाजी प्रिंसिपल साहिबा करती कि तान्या मैम सीधे उन अधिकारियों से मुखातिब हो गयी। 'सर, आप इनसे जो सच्चाई उगलवाना चाहते हैं, उसे ये जरूरतमन्द टीचर्स मैनेजमेंट के खौफ से नहीं बता पायेंगी। मैं मिस तान्या, अभी आधा घंटा पहले इंटरव्यू के लिए बुलाई गयी थी, जहाँ मुझे कागजों पर पूरा ग्रेड दिये जाने की बात कर मुझसे पन्द्रह हजार नकद उन्हें वापस करने की बात की गयी थी। तान्या मैम ने बिना रुके ही अपनी बात जारी रखी—ये बेईमानी की दुकान चलाते हैं, सर। विद्या का मन्दिर नहीं। बच्चों की फीसों से अपनी बिल्डिंग खड़ी करते हैं और बच्चों के जीवन को सुधारने वाले टीचर्स को आधी सैलरी देकर बेवकूफ बनाते हैं।'

तान्या मैम ने गुस्से में और भी न जाने क्या-क्या कहा। बस, वह तब शान्त हुईं, जब उसने देखा कि मैनेजिंग डायरेक्टर अपना पसीना पोंछ रहे हैं और अधिकारी वर्ग उसे 'थैंक्यू-थैंक्यू' कह रहे हैं।'

तान्या मैम के भीतर की चील ने आज फिर एक अन्याय को रोकने के लिए अपने डैने फैलाये और जब वह स्कूल के मेन गेट से बाहर निकलीं तो उनके अन्दर फिर से आ बैठी तितली मुसकरा रही थी।

नौकरी जाने के बाद तान्या मैम के पापा-मम्मी अपने पुराने व्यवहार पर उतर आये थे। पापा ने पैसों की मदद करने से इन्कार कर दिया था। मम्मी रोज फोन कर घर वापस लौटने के लिए दबाव बना रही थीं—'दिल्ली में रहकर कौन सा तीर मार लोगी तुम। वहाँ धक्के खा रही हो। खाना भी नहीं मिलता होगा। घर का खाना तुम पर भारी पड़ रहा है क्या?'

मम्मी की बात सुनकर तान्या मैम को हमेशा यह लगता कि आखिर ये कैसे टीचर हैं, जो अपने बच्चे से इस तरह बात करते हैं। मुसीबत में साथ छोड़ देते हैं। उसे अपने यूनिवर्सिटी के दिनों की बात भी याद आ जाती, जब उसके पापा रोज फोन कर एक ही सवाल पूछते थे–'पढ़ाई कैसी चल रही है?'

इस सवाल के बाद हर बार वह यही सोचती थी कि क्या दुनिया में पढ़ाई के अलावा और कोई चीज नहीं है? किसी के इंसान होने का कोई मतलब है या नहीं? शायद इसी दबाव के चलते वह न तो अपने दोस्तों के साथ खुलकर घूम फिर पातीं और न ही गर्मजोशी से पढ़ाई ही कर पातीं।

तान्या मैम को कई बार लगता कि वह पढ़ते-पढ़ाते और नौकरी करते हुए भी कभी अपने तरह से जी नहीं पायीं। एक ही तरह की मानसिकता से उन्हें जूझना पड़ता था। घर-परिवार और अपने आसपास से जंग करती हुई वह पीछे हटने के लिए तैयार नहीं थीं। पल्लवी के साथ उनकी नौकरी पाने की जंग जारी थी।

इस बीच उन्हें एक दिन पल्लवी ने खबर दी कि उसे डीएवी स्कूल में नौकरी मिल गयी है। वह भी पक्की नौकरी। डीएवी स्कूल में टीचरों को पूरी ईमानदारी से ग्रेड से सैलरी दी जाती है और किसी को परेशान कर के निकाला भी नहीं जाता है। तान्या मैम खुशी से झूम उठीं। दोनों ने पार्टी की। पल्लवी ने तान्या मैम के कमरे में दो कैन बीयर गटकी। पल्लवी के जाते ही तान्या मैम की खुशी काफूर हो गयी। वह अपने बारे में सोचने लगीं कि अब उन्हें अकेले ही जूझना पड़ेगा। वैसे उनकी नौकरी भी उनसे दूर नहीं थी। महादेवा इंटरनेशनल स्कूल, रोहिणी में उनकी बात अन्तिम चरण पर थी। महादेवा दिल्ली के महँगे स्कूलों में था। उसमें डोनेशन फीस दिल्ली के अन्य स्कूलों से ज्यादा थी। स्कूल की प्रिंसिपल सुनीता प्रकाश अंग्रेजी की टीचर थीं। उन्होंने पन्द्रह साल अंग्रेजी पढ़ाई थी। उनकी योग्यता के कारण ही उन्हें यह पद मिला था। संवेदनशील थीं। उम्र और उनके अनुभव की झलक उनके चेहरे और बालों पर छलकने लगी थी। मोटी लाल गोल बिन्दी माथे पर लगाती थीं। एक से बढ़ कर एक तात कॉटन की साड़ियाँ पहनती थी। स्कूल फंक्शन के दिन लाल किनारे या गोल्डन किनारे वाली सिल्क की साड़ी पहनती थी। सोफिया इंटरनेशनल स्कूल की प्रिंसिपल सुमेधा कौल से उनकी तुलना किसी भी तरह नहीं की जा सकती थी।

...वह दिन आ गया, जब तान्या मैम को महादेवा इंटरनेशनल स्कूल में नौकरी मिल गयी। उनको दिखने वाली गुफा अँधेरे से मुक्त हो गयी। उसमें चारों तरफ प्रकाश फैल गया। और वह तितली के चोले में फिर लौट आयीं। महादेवा स्कूल

में टीचरों के लिए ड्रेस कोड था। टीचरों को साड़ी पहननी पड़ती थी। तान्या मैम ने कभी साड़ी पहनी नहीं थी। उन्हें साड़ी बाँधना भी नहीं आता था। साड़ी बाँधने की ट्रेनिंग के लिए वे पल्लवी की माँ के पास गयी। उनसे उन्होंने साड़ी बाँधना सीखा और उन्हीं से दो साड़ियाँ यह कहकर ले आयी कि अगले हफ्ते जब वे साड़ी खरीदेंगी, तो वापस कर जायेंगी।

साड़ी पहनकर जब पहले दिन वह स्कूल गयी, तो वह उनसे सँभल नहीं रही थी। उनका पूरा ध्यान उसे साधने में लगा हुआ था। साड़ी में वह अपने को असहज महसूस कर रही थीं। लेकिन अब साड़ी तो उनको पहननी ही थी। स्कूल में वह सबसे युवा टीचर थीं। उसकी वजह थी कि जो भी महादेवा स्कूल में पढ़ाने आता था, वह वहाँ बस जाने के इरादे से आता था। सैलरी, इंक्रीमेंट और प्रमोशन सब समय पर होते थे। अधिकांश टोचरें आंटी हो चुकी थीं और कुछ होने की ओर बढ़ रही थीं। उनके बीच बातें भी आंटियों जैसी ही होती थीं। घर में क्या पका, क्या नहीं पका। कौन सी फिल्म देखी और क्या खरीदा। स्टाफ रूम या स्कूल के किसी भी हिस्से में टीचरों को पढ़ाई-लिखाई से सम्बन्धित बातें करते देखना आश्चर्यजनक अनुभव से गुजरने की तरह था। ये आंटी टीचरें सदियों पुराने लिखे नोट्स हर साल नये बच्चों को परोस कर अपनी टीचरी का कर्तव्य पूरा कर लेती थीं। नोट्स रजिस्टर भी तौबा कर चुके थे। उनके पन्ने पीले और जर्जर हो गये थे। लेकिन उसमें जोड़ने-घटाने के लिए टीचरों के पास वक्त नहीं था।

एक दिन ज्योति मदान की क्लास में एक लड़का नोट्स की इमला न तो सुन रहा था और न ही उसे लिख रहा था। वह अपने में मस्त था, बल्कि दूसरे बच्चों के साथ मैडम की नजर हटते ही छेड़खानी भी कर रहा था। ज्योति मदान एक खड़ूस टीचर थीं। पंजाबी उच्चारण था और वह हिन्दी पढ़ाती थीं। हिन्दी को पंजाबी की तरह बोलती थीं। उनके गाल धँस गये थे। बालों की चाँदनी पूरे शवाब में थी। आँखों के चारों ओर काला घेरा अपना आकार बढ़ा रहा था। वही तान्या मैम की एचओडी भी (हेड ऑफ डिपार्टमेंट) थीं।

नोट्स न लिखने वाला लड़का क्लास के शैतान लड़कों में एक था। उसका नाम था मयंक ग्रोवर। वैसे इस दसवीं क्लास के सभी लड़के एक से बढ़ कर एक थे। पूरा स्कूल शैतान लड़कों से भरा था। असल में महादेवा स्कूल में अधिकांश बच्चे पढ़ने कम टाइम पास करने ज्यादा आते थे। प्रॉपर्टी डीलरों और बिजनेसमैनों के बच्चे होते थे। ऐसे बच्चों का टारगेट पढ़ाई नहीं बिजनेस होता

था। पढ़कर भी उन्हें अपने बाप-दादों का ही काम सँभालना था। इसलिए पढ़ना उनके लिए ज्यादा मायने नहीं रखता था। स्कूल में नौकरी पेशा लोगों के बच्चों की संख्या न के बराबर थी।

'मयंक, तुम नोट्स क्यों नहीं लिख रहे हो?' ज्योति मदान ने गुस्से से घूरते हुए उससे पूछा था।

'मैम, ये नोट्स पहले से ही मेरे पास हैं।' मयंक ने सहज भाव से जवाब दिया था।

'तुम तो नौवीं पास कर इस क्लास में आये हो, तो तुम्हारे पास नोट्स कहाँ से आ गये?'

'मैम, मेरा भाई पिछले साल इसी क्लास में था। उसके पास नोट्स हैं। इसमें आपने कुछ नया तो जोड़ा नहीं है। मैं उसे ही पढ़ लूँगा। बिना बात मेहनत करने से क्या फायदा?'

मयंक के इस जवाब के बाद पूरे क्लास में ठहाका गूँज गया। ज्योति मदान को यह अच्छा नहीं लगा और वह चिल्लाते हुए बोली–'मैं तुम्हारे पैरेंट्स से शिकायत करूँगी। कल अपने पापा को लेकर आना।'

ज्योति मदान अपने को किसी बड़े तीरंदाज से कम नहीं समझती थी। उसे लगता था कि उससे बेहतर टीचर इस दुनिया में नहीं है। उसे दुनिया में टीचिंग के जो नये मैथेड आ रहे थे, उसकी न तो उसे कोई जानकारी थी और न ही कभी उन्हें जानने की कोशिश ही की थी। कम्प्यूटर को वह छुआछूत की बीमारी की तरह मानती थी। मोबाइल फोन भी उनका बहुत बेसिक फोन था। अपने डिपार्टमेंट की टीचरों पर वह हमेशा डींगें मारती थी। एक दिन उसने तान्या मैम से पंजाबी एक्सेंट में कहा 'तान्या तेरे अन्दर नोलेज की कमी नहीं है। अभी तेरे पास एक्सपीरियंस नहीं है। वैसे तू सब समझ जाती है।'

ज्योति मदान जो भी बातें तान्या को बताती थी, उनमें अधिकांश गलत होती थीं। लेकिन तान्या मैम उसकी बातों पर ज्यादा तवज्ज़ो नहीं देती थी। उसकी हर बात में हाँ में हाँ मिला देती थीं, यह सोच कर कि कौन इससे उलझे। असल में वह आत्ममुग्ध थी।

महादेवा स्कूल में हिन्दी विभाग की सारी टीचरें एक-से-एक नमूना थीं। तान्या मैम नये मैथेड से बच्चों को पढ़ाने की कोशिश करती थीं। उनके तौर-तरीकों की सारी हिन्दी टीचरें आलोचना करती थीं। बच्चों को उनका मैथेड पसन्द आता था, लेकिन उनकी भी पढ़ने-लिखने से ज्यादा रुचि शैतानियों में थी। तान्या मैम

को कई बार लगता था कि उनका एक्सपीरिएन्सल लर्निंग का तरीका महादेवा स्कूल में फेल हो रहा है।

सोफिया स्कूल की तरह ही महादेवा स्कूल में भी उनके दुश्मनों की लम्बी फेहरिस्त होती जा रही थी। हिन्दी टीचरें आपस में बतियातीं कि थोड़े दिन में ये भी हमारी तरह हो जायेगी। अभी जवानी का जोश है। घर-गृहस्थी बसाने के बाद लाइन में आ जायेगी। वे लोकप्रिय हो रही थीं स्कूल के बच्चों में। प्रिंसिपल सुनीता प्रकाश भी उनके पढ़ाने के तरीके से खुश थी।

दसवीं क्लास के अधिकांश बच्चे तान्या मैम को लाइन मारते थे। तान्या मैम को वे हमउम्र समझते थे। देखने में भी वे उन्हीं की हमउम्र लगती थीं। साड़ी उन्हें जरूर थोड़ा बड़ा बना देती थी। शनिवार के दिन ड्रेस कोड स्कूल में नहीं था। उस दिन वह अक्सर जींस-टॉप पहनती थीं। उन्हें देखकर लड़के आपस में बात करते थे कि तान्या मैम बड़ा सही माल है। लड़कों को पता होता था कि तान्या मैम ने आज नया क्या पहना है? उनके पास कौन सा मोबाइल है? कब नयी सैंडल पहनीं? वगैरह-वगैरह। ऊपर से नीचे तक बच्चों की उन पर नजर रहती थी।

उनके क्लास के बच्चों की बातें बड़ी अलग थीं। वैभव चावला क्लास में घुसते ही डांस करने लगता था। तान्या मैम उसे जब डांस न करने की नसीहत देते हुए नैतिकता भरा भाषण देती थी, तो वह बोलता—'पढ़-लिख कर क्या करेंगे? करनी हमें प्रॉपर्टी डीलिंग ही है। देखिये हमारे पास कितना पैसा है। हमारे खानदान में किसी ने दसवीं नहीं पार की है। मेरे पापा भी दसवीं फेल हैं। मैं अपने खानदान में पहला ऐसा आदमी बनना चाहता हूँ, जो दसवीं पास हो।'

'ज्यादा पढ़कर तुम अपने काम को और अच्छे तरीके से कर सकते हो।' तान्या मैम उसे समझातीं।

'छोड़िये मैम, पढ़ाई-वढ़ाई में कुछ नहीं रखा है। बाप न भइया, सबसे बड़ा रुपैया होता है। आप देखिये कितना घटिया मोबाइल लिए हैं। मेरा मोबाइल देखिये। पैंतीस हजार का है। गॉड प्रामिस मैम, जब मैं कमाऊँगा, तो पहली कमाई से आपको एक स्मार्ट फोन दिला दूँगा।'

उनके क्लास के लड़कों के बीच की लड़ाइयाँ भी कम डरावनी नहीं होती थीं। एक दिन हरजिंदर सिंह और विमलेश गोयल आपस में लड़ रहे थे। एक दिन क्या क्लास में ऐसी लड़ाइयाँ किसी न किसी के साथ रोज होती थीं। 'ओए खोते औकात में रह, वरना क्लास में ही गाड़ देंगे। हरजिंदर ने विमलेश से कहा

था। इसी के साथ उसने विमलेश का कालर पकड़ लिया था।

'अपने बाप की हमेशा धमकी देता है। मेरा बाप भी तेरे बाप से कम पैसे वाला नहीं है।' विमलेश ने पलटकर कहा था।

'तू अभी मेरे बाप को नहीं जानता है साले। महादेवा के गेट से ही उठवा लेगा। उसे आने की भी जरूरत नहीं पड़ेगी।'–हरजिंदर ने विमलेश को धमकी देते हुए कहा था। लड़ाई का एक और नमूना।

बलविंदर संधू पढ़-लिख कर डॉन बनना चाहता था। फिल्मों का उस पर जबर्दस्त प्रभाव था। कभी-कभी चोरी से अपने पापा की मोटी सोने की चैन पहनकर आता था। अपनी कॉलर खड़ा कर और शर्ट के ऊपर के दो बटन खोल कर बच्चों को ढकेलते हुए प्रेयर की लाइन में सबसे आगे खड़ा हो जाता था। विरोध करने वाले बच्चे को डॉन बन कर डराता।

'अबे मैं डॉन हूँ। डॉन जहाँ खड़ा होता है, लाइन उसके पीछे से शुरू होती है। जानता है डॉन को कई मुल्कों की पुलिस खोज रही है।'

बलविंदर संधू ने कई बार तान्या मैम से भी डॉनगिरी की थी। वह तान्या मैम को लव करने लगा था। वह अपने दोस्तों से कहता कि मैं तान्या मैम से सच्चा वाला लव करता हूँ। उससे शादी करूँगा। नहीं मानेगी तो उठा ले जाऊँगा। उसने एक बार मैम को आँख भी मारी थी। लेकिन तान्या मैम ने अनदेखी कर दी थी। तान्या मैम के प्रति उसकी दीवानगी बहुत बढ़ गयी थी। वह उन्हें महँगे-महँगे गिफ्ट देता। कोई मौका उनके नजदीक रहने का वह खोता नहीं था। एक बार उसके पक्के दोस्त हरजिंदर सिंह ने तान्या मैम को मस्त माल कह दिया था, तो उसने उसकी जमकर धुनाई की थी और उसे समझाते हुए बोला था–'तान्या मैम मेरा लव है। उनकी तरफ नजर भी उठाई तो तेरी हत्या कर दूँगा।'

उस दिन तो स्कूल में हंगामा ही मंच गया था, जब बलविंदर संधू ने क्लास में तान्या मैम का हाथ पकड़कर उनको चूम कर बोला था। 'आई लव यू डार्लिंग।'

इसके बाद तान्या गैम आग बबूला हो गयी थीं। उन्हें आज तक किसी ने इस तरह से नहीं छुआ था। वे सीधे प्रिंसिपल सुनीता प्रकाश के पास गयी थी और सात दिन के लिए बलविंदर संधू को स्कूल से सस्पेंड करवाने के बाद ही मानी थीं।

महादेवा स्कूल में तान्या मैम के दिन ठीकठाक कट रहे थे। उन्होंने वसन्त कुंज वाला अपना पीजी छोड़कर रोहणी में ही एक स्टूडियो अपार्टमेंट ले लिया था। धीरे-धीरे उन्होंने अपनी गृहस्थी में फ्रिज, वाशिंग मशीन, माइक्रावेव, सोफा

आदि रोजमर्रे की जरूरी चीजें खरीद ली थीं। किचेन भी पूरी तरह सेटअप कर दिया था। नौकरी मिलने के बाद एक बार फिर उनके मम्मी-पापा के सुर बदल गये थे। पल्लवी उनके घर से ज्यादा दूर नहीं रहती थी। अक्सर वह छुट्टियों में उनके घर पर ही पड़ी रहती। बीयर-सियर पीती और तान्या मैम से मीट बनाने की जिद करती। एक बार वह अपने ब्वॉय फ्रेंड साहिल के साथ उनके घर पहुँच गयी थी। कई घंटे रुकने के बाद जब वह वहाँ से गयी थी, तो उसने तान्या मैम को साहिल के घर होने वाली नाइट पार्टी का निमंत्रण दिया था। साहिल का उसके घर लाना और पार्टी का उन्हें निमंत्रण देना अच्छा नहीं लगा था। उन्होंने उससे फिर भी कुछ नहीं कहा था। अब धीरे-धीरे वह पल्लवी से कटने लगी थीं। उसके फोन को या तो वह उठाती नहीं थीं या फिर उठाने पर कह देतीं कि वह घर पर नहीं है। पल्लवी भी समझने लगी थी कि तान्या मैम अब उससे दूरी बना रही हैं। थोड़े दिनों बाद इस तरह दोनों के रास्ते अलग हो गये थे। उनके बीच फोन का सिलसिला भी बन्द हो गया था।

तान्या मैम के दोस्तों की लिस्ट बदल रही थी। महादेवा की इंगलिश टीचर रोहिला सरकार से उनकी अच्छी बनने लगी थी। उसके पति इंडोनेशिया में एक फाइव स्टार होटल में चीफ शेफ थे। रोहिला अपने बेटे के साथ दिल्ली में रहती थी।

रोहिला सरकार एक अच्छी टीचर थी। उसने अपनी आँखें खोल रखी थीं। ज्योति मदान की तरह कूप-मंडूप नहीं थी। वह अपने बच्चे को प्ले स्कूल में नहीं डालना चाहती थी। वह चाहती थी कि वह स्वाभाविक रूप से बढ़े। उसने एक आया उसकी देखभाल के लिए घर पर रख रखी थी। उसके पति का दबाव था कि वह उसे प्ले स्कूल में डाले। वह पसोपेश में थी कि क्या करे? उसने बातचीत में अपने बच्चे का जिक्र हटाते हुए तान्या मैम से इस बारे में राय लेनी चाही–'आखिर हम हिन्दुस्तानी अपने बच्चे का स्वाभाविक विकास क्यों नहीं होने देते हैं?'

'इसलिए कि हम उन्हें पैसा कमाने की मशीन बनाना चाहते हैं। चलता-फिरता एटीएम। इसीलिए बचपन से ही हम उसे पढ़ाई की भट्ठी में झोंक देते हैं।'–तान्या मैम ने उसके गम्भीर सवाल का चलताऊ ढंग से जवाब दिया था।

'हम उन्हें अच्छा इंसान क्यों नहीं बनाना चाहते हैं?' रोहिला ने बातचीत को और गम्भीर बनाते हुए पूछा।

'आप सही कह रही हैं। हर चीज को हजम कर जाने की होड़ वाली दुनिया में लोग अपने बच्चों को पीछे नहीं रहने देना चाहते हैं। इसीलिए वह अपना पेट

काट कर अपने बच्चों की पढ़ाई पर खर्च करते हैं और अनपढ़ स्कूल चलाने वालों के पेट भरते हैं।' अब तान्या मैम भी गम्भीर होते हुए बोली।

'हम अपने बच्चों को डेढ़ साल की उम्र में ही स्कूल में डाल देते हैं। योरोप में छः साल के बाद बच्चों को स्कूल भेजा जाता है। क्या उनके माता-पिता पर दबाव नहीं होता है?' रोहिला ने तर्क के साथ फिर पूछा।

'बिकाज अवर जॉब। और हमारे जॉब हमारी ईएमआई से रिलेटेड हैं। हम जॉब नहीं करेंगे, तो अच्छा जीवन कैसे जियेंगे? इसलिए हम बच्चों को अपने से दूर रखते हैं। अपने जॉब के लिए समय निकालने के लिए हम कम उम्र में ही उन्हें स्कूल में ढकेल देते हैं। स्कूल के बाद क्रेच।' तान्या मैम ने बात को नया मोड़ देते हुए कहा।

'आपाधापी में हमसे सब कुछ बिछड़ता जा रहा है। कितने सालों से मैंने किसी पेड़ को भरपूर नहीं देखा। किसी परिंदे को उड़ान भरते हुए जी भर कर देखना तो दूर, उसे ही नहीं देखा...'

'हम मशीन हो गये हैं। हम बच्चों को भी रोबोट बनाना चाह रहे हैं। उन्हें हम न्यूक्लियर साइंस से लेकर पियानो, स्वीमिंग हर चीज सिखा देना चाहते हैं। क्रिकेट का मौसम आता है तो हम उनके अन्दर एक सचिन देखते हैं और फीफा वर्ल्ड कप के मौसम में हम उनके अन्दर रोनाल्डो देखने लगते हैं। हमने दोस्ती से लेकर दुश्मनी तक हर चीज के मानदंड तय कर दिये हैं। तान्या मैम ने रोहिला की बात काटते हुए कहा।'

'सही कह रही हो तान्या। हम दोस्ती के लिए भी एक ब्रैकेट तय कर देते हैं। पड़ोस में रहने वाली गरीब महिला से हम इसलिए दोस्ती नहीं करते हैं क्योंकि वह गरीब है। यह जानने के बाद भी कि वह एक अच्छी इंसान है फिर भी हम पॉश इलाके ग्रेटर कैलाश के कार-बंगले वाले को दोस्ती के लिए खोजते हैं। अपने बच्चों को हम थर्ड ग्रेड अंग्रेज की तरह देखना चाहते हैं।'

रोहिला गुस्से भरी खीज से कहती है।

'हमने अपने बच्चों का बचपन छीन लिया है। खेलकूद क्या होता है, उनको पता ही नहीं है। खिलौने तो हम उन्हें महँगे से महँगे ला कर दे देते हैं, लेकिन उनमें उनको फन की बजाय हिंसा और रफ्तार सीखने को मिलती है। बच्चे आभासी दुनिया में मस्त हैं। वे बचपन की अठखेलियों से महरूम हो गये हैं। तान्या मैम ने यह कहते हुए रोहिला की खीज और बढ़ा दी।

'चाहे जो हो जाये मैं अपने बच्चे को प्ले स्कूल में नहीं डालूँगी। उसे

उसके बचपन को जीने का मौका दूँगी, ताकि वह भी गुल्ली-डंडा, कंचे, ढिबरी, छुपा-छुपौव्वल खेल सके। 'रोहिला ने तान्या मैम से बात करते हुए अपना यह फैसला सुनाया।

'मैं भी सोच रही हूँ कि नौकरी छोड़ कर अपने हस्बेंड के पास इंडोनेशिया चली जाऊँ। वहाँ मैं उनकी भी देखभाल करूँगी और बच्चे की भी।'

'हम टीचर हैं। हमें तो कुछ प्रयोग अपने घर में ही करने चाहिए। आपने सही फैसला लिया है मैम। आखिर यूरोप में भी तो बच्चे छः साल के बाद स्कूल का मुँह देखते हैं तान्या मैम ने उसके फैसले पर मोहर लगाते हुए कहा।

तान्या मैम और रोहिल सरकार के बीच अक्सर इस तरह की बातचीत होती थी। तान्या मैम को उसकी दोस्ती के बाद लगने लगा था कि अच्छा हुआ जो पल्लवी गुप्ता से पीछा छूट गया।

क्रिसमस का दिन था। बच्चे मैदान में जमा हुए थे। सान्ता क्लाज के आने का इन्तजार हो रहा था। उसी दिन कॉरीडोर में तान्या मैम की मुलाकात प्रिंसिपल सुनीता प्रकाश से हुई थी। उन्होंने उसे बताया था कि आज टाइम्स ऑफ इंडिया में ब्रिटिश टीचिंग इंस्टीट्यूट की स्कॉलरशिप का विज्ञापन छपा है। बड़ी प्रेस्टीजियस स्कॉलरशिप है। उन्होंने तान्या मैम से कहा था–'यह स्कॉलरशिप किसी भी टीचर के कैरियर के लिए महत्त्वपूर्ण होती है। लन्दन में तीन माह का पूरा खर्च इंस्टीट्यूट उठाता है। मुझे लगता है कि तुम इंट्रेस एग्जाम निकाल सकती हूँ।'

'मैं आज ही घर पर विज्ञापन को देखती हूँ। लेकिन एक बात है मैम मुझे स्कॉलरशिप के लिए नौकरी छोड़नी पड़ेगी? तान्या मैम ने प्रिंसिपल से पूछा। 'यदि ये स्कॉलरशिप तुम्हें मिल जायेगी, तो मैं मैनेजमेंट से तीन माह की लीव विदआउट पे दिला दूँगी। इससे हमारे स्कूल का भी नाम होगा कि हमारे पास एक ऐसी टीचर भी है, जिससे दुनिया के नये टीचिंग मैथेड का ज्ञान है। हम बाद में उसी पैटर्न में स्कूल के टीचरों के लिए एक वर्कशॉप तुमसे करवा सकते हैं। प्रिंसिपल ने तान्या से छुट्टियों के लिए प्रॉमिस करते हुए कहा।

इस छोटी सी बातचीत के बाद दोनों मैदान में आ गये, जहाँ सान्ता क्लाज के इन्तजार में स्कूल के बदमाशों की फ़ौज हो-हल्ला कर रही थी। प्रिंसिपल को देखते ही बच्चों ने शोर मचाना बन्द कर दिया था। काफी समय गुजर जाने के बाद जब सान्ता नहीं आया, तब प्रिंसिपल ने चीफ एकाउंटेंट से पूछा था कि कहाँ चला गया सान्ता? उसने प्रिंसिपल को बताया कि सान्ता के दाढ़ी फिट नहीं हो रही है। वह कोशिश कर रहा है कि किसी तरह से उसके दाढ़ी फिट हो जाये।

बीते दो साल से क्रिसमस पर सान्ता क्लाज स्कूल का एक क्लर्क बन रहा था। अन्ततः स्पीकर में जिंगल बेल-जिंगल बेल गाते हुए सान्ता बच्चों के बीच में प्रकट हुआ। वह अपने पॉकेट से टॉफियाँ निकालकर बच्चों को बाँट रहा था। उसके हाथ में एक झोला भी था। उसमें भी टॉफियाँ थीं। आधे बच्चों को टाफियाँ बाँटने के बाद उसकी झोली खाली हो गयी। बच्चे नाराज हो गये। उन्होंने सान्ता पर चढ़ाई कर दी। सान्ता को चारों तरफ से घेर लिया। उसके कपड़े फाड़ दिये। उसको बीच में घेर कर बच्चे उसके ऊपर चढ़ गये। बच्चे चीख रहे थे कि अबे संटे टॉफियाँ कम क्यों लाया? उसके मुँह से जिंगल बेल का गीत बन्द हो चुका था, क्योंकि बच्चों ने उसकी खुद की घंटी बजा दी थी।

प्रिंसिपल ने बच्चों को माइक लेकर रोकने की बहुत कोशिश की। लेकिन वे सान्ता की ड्रेस के लत्ते हाथों में लेकर मजा लेने में मस्त रहे। उन्होंने प्रिंसिपल की अनसुनी कर दी। किसी तरह स्कूल की अन्य टीचरों के हस्तक्षेप के बाद बच्चे माने। सान्ता की दुर्गत हो चुकी थी। फटेहाल सान्ता प्रिंसिपल के पास पहुँचा। 'मैडम, अब मैं कभी सान्ता नहीं बनूँगा। पिछले साल भी इन्होंने हमारे साथ बदतमीजी की थी। चाहे आप मेरी नौकरी ले लें, लेकिन मैं अब कभी सान्ता नहीं बनूँगा।'

महादेवा स्कूल में शैतानों के दादा पढ़ते थे। फिर भी स्कूल की रैंकिंग दिल्ली के अन्य बड़े स्कूलों की ही तरह थी। बिजनेसमैन के बच्चों के अलावा जो दूसरे बच्चे थे, उनकी प्रतिभा के दम पर स्कूल को रैंकिंग मिल जाती थी। प्रतिभाशाली बच्चों के लिए स्कूल डोनेशन में भी छूट देता था। स्कूल के अधिकांश बच्चों की परवरिश आरामदायक माहौल में हुई थी। स्कूल को सेंट्रली एयरकंडीशन करने के लिए पैरेंट्स का ही दबाव था। इसके लिए व्यापारी मैनेजमेंट ने पैरेंट्स से डोनेशन ली थी, और उन्होंने खुशी-खुशी दी भी थी। मतलब हींग लगे न फिटकरी और रंग चोखा।

स्कूल के बच्चों का गुस्सा उनकी नाक में रहता था। हिंसा का पाठ उन्हें नहीं पढ़ाया गया था, लेकिन उसमें वे पीएचड़ी थे। बच्चों को मारना-पीटना प्रतिबन्धित था। तान्या मैम इस प्रतिबन्ध से अन्जान थीं। प्रिंसिपल के अतिरिक्त सपोर्ट के चलते वे अपने को एक कड़क टीचर के रूप में क्लास में पेश कर रही थीं। सोफिया स्कूल की तरह बच्चों के प्रति उनका दोस्ताना व्यवहार नहीं था। वह मानती थी कि यदि महावीर स्कूल के बच्चों के साथ वे दोस्ताना व्यवहार करेंगी, तो उन्हें बच्चे चौराहे में खड़ा कर बेच देंगे और रसीद भी नहीं देंगे। इस सबके

बावजूद वह ज्योति मदान की तरह बच्चों से खड़ूस व्यवहार नहीं करती थीं। उनके अन्दर की तितली उन्हें चील जैसा व्यवहार करने नहीं देती थी।

शायद एग्जाम के दिन नजदीक थे। बच्चों की फाइनल तैयारी की जाँच-परख उन दिनों क्लास में चल रही थी। कुछेक बच्चों की गजब तैयारी थी। कुछेक की सामान्य। विभाशु वर्मा पूरे सेशन में पढ़ाई से कन्नी काटे हुए था। कहीं खोया-खोया रहता था। अक्सर क्लास बंक करना उसकी आदत का अहम हिस्सा था। उसका क्लास की रिया अरोड़ा से नैन मटक्का चल रहा था। रिया देखने में सुन्दर थी और पढ़ने में भी बुरी नहीं कही जा सकती थी।

दोनों के बीच नजदीकियाँ ज्यादा हो गयी थीं। घूमते-फिरते। अकेले में मिलते-जुलते। रिया की मम्मी नहीं थीं और उसके पापा की बजाज स्कूटर की एजेन्सी थी। रिया अक्सर घर में अकेले रहती थी। विभांशु उसके घर आता-जाता था। उनके बीच शारीरिक सम्पर्क हो चुका था। उसी का नतीजा था कि रिया गर्भवती हो गयी थी। विभांशु को सूझ नहीं रहा था कि आखिर वह क्या करे? उसने एक-दो नर्सिंग होम्स में रिया का गर्भ गिरवाने की कोशिश भी की थी। बड़ी रकम और एक रात नर्सिंग होम में रुकने की बात पर वह पीछे हट गया था। वैसे पैसा उसके लिए समस्या नहीं थी।

रिया बहुत परेशान थी। पढ़ाई में उसका मन नहीं लग रहा था। वह अपने बढ़ते हुए पेट को देखती तो परेशान हो उठती। उसे छिपाने की वह तमाम कोशिशें करती। तीन माह के गर्भ को यूँ आसानी से छिपाया नहीं जा सकता था। तान्या मैम उसके इस परिवर्तन को देख और समझ रही थीं। उन्हें दाल में कुछ काला लगा। एक दिन उन्होंने रिया की काउंसिलिंग की। बातचीत में उसने सब कबूल दिया।

अब बारी थी विभांशु की। विभांशु साफ-साफ झूठ बोल गया। उसने कहा कि मैम मुझे नहीं पता कि रिया के साथ ये सब किसने किया है। तान्या मैम ने सच पूछने की उससे बहुत कोशिश की। लेकिन सच उसने बोला नहीं। अन्त में तान्या मैम ने उसे थर्ड डिग्री देने की सोची और दो-तीन थप्पड़ उसके चेहरे पर जड़ दिये। थप्पड़ पड़ते ही उसने तमाशा खड़ा कर दिया। स्कूल में हंगामा मच गया। तान्या मैम से जलने वाली टीचरों ने भी बात का बतंगड़ बनाने में कोई कोर कसर नहीं छोड़ी। तान्या मैम की प्रिंसिपल के सामने पेशी हुई। तान्या मैम को लगा कि उनकी नौकरी गयी। प्रिंसिपल ने तान्या मैम से कहा—'आज के पैरेंट्स अलग तरह के हैं। उनके बच्चे हत्या भी कर दें, तो वे चाहते हैं कि

उन्हें कुछ न कहा जाये। हम ऐसी तमाम चीजों को दबाने की कोशिश करते हैं, लेकिन पैरेंट्स आकर लड़ते हैं।'

अगले दिन विभांशु के पापा प्रिंसिपल से शिकायत करने पहुँचे। तान्या मैम को भी बुलाया गया।

'तो आपने मेरे बच्चे की पिटाई की है? पिटाई के लिए तो हमने स्कूल में बच्चे को नहीं भेजा है? आपको पीटने का लाइसेंस प्रिंसिपल ने दिया है क्या?' प्रिंसिपल की ओर देखते हुए विभांशु के पिता ने तान्या मैम से पूछा।

'आप सुनेंगे, तो शायद आप अपने बच्चे को घर से ही निकाल दें। तान्या मैम ने रिया की पूरी कहानी सुना दी।

कहानी सुनने के बाद भी विभांशु के पापा लड़ने के लिए तैयार थे।

'एक तो हमारा बच्चा ऐसा कर नहीं सकता है और दूसरा यदि ऐसी कोई बात हुई भी है तो हम दोनों परिवार के लोग बैठकर तय कर लेते। आप कौन होती हैं उसे मारने वाली?'

काफी देर तक विभांशु के पापा तान्या मैम और प्रिंसिपल से लड़ते रहे। प्रिंसिपल के काफी समझाने-बुझाने के बाद वे वहाँ से गये। उनके जाने के बाद प्रिंसिपल ने तान्या मैम से कहा—'आपको स्कूल के कायदे-कानून से पढ़ाना चाहिए। हमारे यहाँ बच्चों को मारने पर प्रतिबन्ध है।'

'जी मैम, मैं इस घटना के लिए सॉरी बोलती हूँ। आइन्दा मैं इस बात का ध्यान रखूँगी।'

तान्या मैम की जाती हुई नौकरी तो बच गयी थी। लेकिन वह सोच रही थीं कि अब रिया का क्या होगा?

॥ दस ॥

तान्या के दिमाग से अभी रिया की बात उतरी भी नहीं थी कि थोड़े ही दिनों बाद सुबह के अखबार में महेन्द्र भरतिया की हत्या की खबर ने उसे चौंका दिया था। उसे समझ नहीं आ रहा था कि सच्चाई किस ओर है। दिल्ली इंटरनेशनल पब्लिक स्कूल (डीआईपीएस) विवादों के घेरे में आ गया था। स्कूल के अभिभावकों का दबाव था कि भरतिया की हत्या के जुर्म में स्कूल के चेयरमैन राघव गोयल को गिरफ्तार किया जाये। डीआईपीएस दिल्ली के बड़े स्कूलों में शुमार किया जाता था। स्कूल में बड़े अधिकारियों, न्यायाधीशों, सेना के अफसरों और राजनीतिज्ञों के बच्चे पढ़ते थे। इनके एडमिशन के लिए स्कूल में बाकायदा कोटा भी था। वैसे संस्कार और देसाई पब्लिक स्कूल में भी ऐसा कोटा था। तीस प्रतिशत से भी कम जनरल कैटेगरी में भर्ती होती थी।

गोयल का सोसायटी के बड़े-बड़े लोगों के साथ उठना-बैठना था। तमाम कोशिशों के बावजूद वह बचने का तरीका नहीं खोज पा रहे थे। संस्कार और देसाई पब्लिक स्कूल के चेयरमैन प्रकाश पात्रा और बजू भाई बाला गोयल साहब के साथ खड़े थे। सबने अपनी ताकत गोयल साहब को बचाने में लगा दी थी।

उधर भरतिया की हत्या के विरोध में आन्दोलन बढ़ता ही जा रहा था। डीआईपीएस की एक के बाद एक ब्रांच में अभिवाहक मैनेजमेंट के खिलाफ एकजुट होते जा रहे थे। शहर के शिक्षा के क्षेत्र में काम करने वाले अनेक स्वयंसेवी संगठन और राजनीतिक पार्टियों के नेताओं ने आन्दोलन में शामिल हो कर उसे विकराल रूप दे दिया था। अखबार के पहले पन्ने से भरतिया मर्डर की खबर उतर ही नहीं रही थी।

बड़े स्कूलों के चेयरमैन इस कोशिश में थे कि दूसरे इंटरनेशनल और पब्लिक स्कूल के प्रबन्धकों को भी इस लड़ाई में शामिल किया जाये। लेकिन वे उनके साथ खड़े होने के लिए तैयार नहीं थे। उनके मसलों पर ये बड़े स्कूल अतीत में हमेशा कन्नी काटते रहे थे। गोयल की गिरफ्तारी के लिए पुलिस और प्रशासन पर दबाव

बढ़ रहा था। गोयल ने अग्रिम जमानत की याचिका हाईकोर्ट में दाखिल की, लेकिन वहाँ उन्हें राहत मिलने के बजाय निचली अदालत का दरवाजा खटखटाने की सलाह दी गयी।

मामला था भी पेचीदा। भरतिया की बेटी पंकजा डीआईपीएस में पढ़ती थी। बैक डोर से मोटे डोनेशन के बाद उसका दाखिला हुआ था। पढ़ने में वह अव्वल थी। लेकिन इन पब्लिक स्कूलों को इससे फर्क नहीं पड़ता है। बच्चा प्रतिभाशाली हो या कमजोर, उन्हें तो बस अपनी कमाई से मतलब था। वायदे के अनुसार पंकजा को मिलने वाली सुविधाएँ नहीं दी जा रही थीं। उससे बस, बिल्डिंग, हाईजीन और न जाने कितने तरह-तरह के मदों में पैसों की माँग की जा रही थी। मर-पिट कर भरतिया ने पंकजा के भविष्य के लिए डोनेशन का इन्तजाम किया था। पैसे न जमा करने पर पंकजा को क्लास में बैठने नहीं दिया जा रहा था। शिकायत के साथ भरतिया जब स्कूल मैनेजमेंट के पास पहुँचे थे, तब वहाँ भी उन्हें निराशा ही हाथ लगी थी। भरतिया स्कूल के चक्कर लगा रहे थे। एक दिन उन्होंने स्कूल के चेयरमैन राघव गोयल, जो बड़े बिल्डर भी थे, के कमरे में घुसकर हंगामा किया। उसने चेयरमैन को धमकी दी कि वह स्कूल में चलने वाले डोनेशन और अन्य गोरखधन्धों का प्रेस के सामने खुलासा कर देंगे। इस पर गोयल आपे से बाहर हो गये थे। भरतिया का हाथ पकड़ कर खींचते हुए उन्होंने उसे अपने कमरे से निकालते हुए धमकी दी थी—'साले मरवा दूँगा और किसी को कानोंकान खबर भी नहीं मिलेगी। घर वाले लाश के लिए भी तरस जायेंगे।'

गोयल की इस धमकी को स्कूल के सभी स्टाफ ने सुना था। वैसे वह था भी विचित्र सोच का आदमी। अधिकांश स्टाफ उसके स्कूल में कांट्रेक्ट में था या फिर डेली वेजेस में। बीस-बीस साल काम करने वाले कर्मचारी भी परमानेंट नहीं हुए थे। उनका ईएसआई और पीएफ भी काट कर नहीं जमा किया जाता था।

गोयल की इस धमकी के अगले दिन महेन्द्र भारतिया की हत्या हो गयी थी। इसे संयोग भी कहा जा सकता था कि गोयल की धमकी के बाद उसकी हत्या हुई थी। वैसे और कोई कारण था भी नहीं, जो उसकी हत्या की जाती। हर तरह से शक की सुई गोयल की ओर ही जाती थी। इसी आधार पर उनकी गिरफ्तारी और हत्या की सीबीआई जाँच की माँग हो रही थी।

गोयल की दादागिरी के और भी किस्से थे। वह स्कूल में हर क्लास में निर्धारित संख्या से अधिक बच्चों को भरता था। हर क्लास बच्चों का गोदाम

जैसा दिखता था, जिसमें बच्चे ठूँस-ठूँस कर भर दिये जाते थे। इतने बच्चे कि एक अकेला टीचर उसे नहीं सँभाल पाता था। बच्चे टीचरों को पढ़ाते वक्त चबा कर खा जाते थे और उन बेचारों को उनकी हड्डियाँ भी नहीं मिलती थीं क्लास खत्म होने के बाद। शिक्षा निदेशालय में उसके खिलाफ कोई शिकायत नहीं सुनी जाती थी। ऊपर से नीचे तक नजराना मिलता था सबको। निदेशालय के रजिस्टर दिल्ली के स्कूलों की शिकायतों से भरे थे, लेकिन मिलीभगत के कारण कोई कार्रवाई नहीं होती थी। फिर मामला राघव गोयल का हो तो उसकी दबंगयी के आगे कार्रवाई के बारे में कोई सोचता भी नहीं था। उसके स्कूल की गवर्निंग बॉडी में केन्द्रीय मन्त्री से लेकर हर पार्टी के बड़े नेता थे।

दिल्ली के पब्लिक स्कूलों का अजब-गजब सिस्टम था। हर स्कूल की अपने तरह की सेटिंग थी सरकार और प्रशासन के साथ। जिस इलाके में स्कूल है, उस इलाके के दरोगा, ट्रैफिक इंस्पेक्टर और डीसीपी का दाखिला के लिए कोटा निर्धारित था। इसके अलावा उन सबका कोटा होता था, जो स्कूल को प्रभावित कर सकते थे। नेता, पुलिस, दबंग शिक्षा अधिकारियों और मैनेजमेंट की गजब जुगलबन्दी थे दिल्ली के पब्लिक स्कूल।

भरतिया मर्डर का मामला तो चल ही रहा था कि इस बीच दिल्ली से सटे गाजियाबाद में अभिभावकों ने फीस दोगुनी करने के लिए मैनेजमेंट की घेराबन्दी शुरू कर दी थी। जिले के कलेक्टर ने स्कूलों को फीस वापस करने के लिए अनुरोध किया था। लेकिन उन्होंने कलेक्टर की अनसुनी करते हुए उलटे अभिभावकों को उनके बच्चों का भविष्य खराब करने की धमकी देना शुरू कर दिया था। गाजियाबाद में भी पब्लिक स्कूलों के खिलाफ असन्तोष बहुत बढ़ गया था। कलेक्टर ने गाजियाबाद डीआईपीएस के वाइस चेयरमैन और प्रिंसिपल को गिरफ्तार कर लिया था। अब बारी थी, बी ग्रेड के पब्लिक स्कूल के चेयरमैनों की।

उधर दिल्ली के पब्लिक स्कूल के मैनेजमेंट हाईकोर्ट से लेकर सुप्रीम कोर्ट में नर्सरी दाखिले की गाइड लाइन्स बदले जाने के खिलाफ मुकदमा लड़ रहे थे। तारीख पर तारीख के चलते नर्सरी में दाखिले नहीं हो रहे थे। अभिभावक अपने बच्चों को लेकर परेशान थे, तो मैनेजमेंट धन्धा ठप होने से।

स्कूल मैनेजमेंट को नर्सरी गाइड लाइन्स बदलने से ज्यादा तकलीफ नहीं थी, उन्हें मैनेजमेंट कोटा खत्म और कुछ अन्य कोटों को संशोधित करने से कष्ट था। ये कोटे ही उनके धन्धे की जान थे और पैसा कमाने के साधन। वैसे धाँधली करने

में इन स्कूलों का कोई सानी नहीं था। मिलीभगत से चलने वाले शिक्षा के इस धन्धे में स्कूल मैनेजमेंट को हर तरह की छूट थी। वे गरीब बच्चों को भी नहीं छोड़ते थे। आर्थिक रूप से कमजोर बच्चों (ईडब्लयूएस) के कोटे में वे डोनेशन देने वाले बच्चों को दाखिला देते थे। और उसे कानूनी रूप यह कहकर दे देते थे कि किसी गरीब बच्चे ने दाखिले के लिए प्रवेश फार्म भरा ही नहीं। विपरीत इसके सच्चाई यह थी कि ऐसे बच्चों के अभिभावकों को स्कूल की चारदीवारी में घुसने ही नहीं दिया जाता था। बच्चे योग्य हैं या अयोग्य, इस बात की कोई जाँच-पड़ताल नहीं की जाती थी। बच्चों के इंटरव्यू की जगह उनके अभिभावकों के इंटरव्यू लिए जाते थे। उसमें उनकी आर्थिक स्थिति की पड़ताल की जाती थी कि वह डोनेशन देने की स्थिति में हैं कि नहीं।

ये तो कोटे से कमाई की बात थी। इसके अलावा लाखों रुपये बच्चों को पास कराने और सुनिश्चित मार्क्स दिलाने के नाम पर भी ये स्कूल कमाते थे। मनमाफिक मार्क्स और हर हाल में पास होने की गारंटी चाहने वाले बच्चों को वे स्कूल बेस सिस्टम के तहत दाखिला देते थे, जिनके पेपर भी स्कूल ही बनाते थे और सेंटर भी उन्हीं के यहाँ होता था। ब्लैक बोर्ड में उत्तर लिखकर मॉस कापिंग कराई जाती थी। यही नहीं पैसे के दम पर ये स्कूल बोर्ड की परीक्षा देने वाले छात्रों का सेंटर भी अपने ही स्कूल में बनवा देते थे। हर बात पर उनकी मर्जी चलती थी। लेकिन कोर्ट की पहल के बाद उनकी मर्जी पर खतरा मँडरा रहा था।

हाईकोर्ट की सख्ती के बाद दिल्ली का शिक्षा निदेशालय भी हरकत में आ गया था। अभिभावकों और मैनेजमेंट के बीच चल रहे मुकदमे के बीच निदेशालय में नये निदेशक वीएल कुट्टी ने कार्यभार सँभाला था। कुट्टी थोड़ा सख्त किस्म के निदेशक थे। पूर्व निदेशक रमेश बवेजा की तरह खाने-पीने वाले नहीं। कुट्टी ने निदेशालय के कर्मचारियों को अपनी जद में रहने का निर्देश दिया था। इसके बाद वे स्कूल मैनेजमेंट पर लगाम डालने लगे थे।

भरतिया मर्डर, हाईकोर्ट का मुकदमा और नये शिक्षा निदेशक की नियुक्ति ने ए, बी और सी ग्रेड के सभी स्कूलों के मालिकों को एकजुट कर दिया था। वे अपने भेदभाव भूलकर एक साथ लड़ाई लड़ने के लिए एक मंच पर आ गये थे। सभी स्कूलों ने दिल्ली-एनसीआर पब्लिक स्कूल मैनेजमेंट संघर्ष समिति बना ली थी।

संघर्ष समिति की पहली बैठक मलेशिया की राजधानी कुआलालमपुर में करने की योजना बनायी गयी। बैठक के साथ मौज-मस्ती भी हो जाये तो हर्ज क्या था

इन्हें। हराम के पैसों की इनके पास कमी नहीं थी। एक चार्टर्ड प्लेन बुक करने के साथ कुआलालमपुर सिटी सेंटर के नजदीक फाइव स्टार होटल शंगरीला की बुकिंग कर दी गयी। धार्मिक ट्रस्ट द्वारा चलाये जाने वाले कुछ स्कूल प्रबन्धकों ने कुआलालमपुर में बैठक किये जाने का विरोध किया। बाद में समझाने-बुझाने के बाद वे मान गये।

शंगरीला होटल का दरबार हाल। मंच पर डीआईपीएस के चेयरमैन राघव गोयल, संस्कार के प्रकाश पात्रा, देसाई स्कूल के बजू भाई बाला और बी ग्रेड स्कूल जिंगल बेल के प्रवीण तिवारी विराजमान थे। बैठक में लोगों की रुचि कम दिख रही थी। वे बैठक खत्म कर जल्द से जल्द शवाब और शराब में डूब जाना चाहते थे। कुआलालमपुर शवाब और शराब की खुली मंडी थी। औपचारिकता के लिए फिर भी बैठक तो करनी ही थी।

'गोयल साहब, हम नेता से लेकर अभिनेता, पुलिस से लेकर अफसर तक के बच्चों को मुफ्त एडमिशन देते हैं। आज हमें उनकी जरूरत पड़ी है, तो देखेंगे कहकर किनारा कर रहे हैं।' सेंट एनी स्कूल के चेयरमैन प्रवीण शुक्ला बोले।

'अरे शुक्ला, इसमें उन जजों का भी तो नाम जोड़िए, जिनके बच्चों को हम एडमिशन देते हैं। आज हमारे ऊपर आयी तो आँखें दिखा रहे हैं।'

नेहरू शिक्षा समिति के चेयरमैन चौधरी रामफल सिंह ने कहा।

'पहले हमें नये शिक्षा निदेशक कुट्टी का इन्तजाम करना चाहिए। मिठाई भेजी तो लेने से मना कर दिया। पहले वाले बवेजा जी कितने अच्छे थे। हर काम को कर देते थे। हैप्पी पब्लिक स्कूल के बलराज साहनी ने अपनी बात गुस्से में रखते हुए कहा।

'हमें एक नहीं कई मोर्चे पर लड़ाई लड़नी चाहिए। हमारे रास्ते में जो भी आये, हमें उसका इन्तजाम करने का रास्ता खोजना चाहिए। चाहे इसके लिए...' सेंट टेरेसा स्कूल के चेयरमैन महेश भाई सुखाड़िया बोल ही रहे थे कि उनकी बात काटते हुए देसाई पब्लिक स्कूल के चेयरमैन बजु भाई सुखाड़िया मंच से बोले—'हमें अपनी भाषा को कंट्रोल में रखना चाहिए। दीवारों के भी कान होते हैं।'

बैठक में गरमागरम बहस चल रही थी कि मिनरवा स्कूल के चेयरमैन रंगीला लाल बीच में बोले—'चर्चा तो होती रहेगी। कुछ आचमन का इन्तजाम भी कीजिए। आचमन के साथ मीटिंग चलती रहेगी।'

किसी निर्णय पर बैठक को न पहुँचता देख बजू भाई बाला ने वेटर को ड्रिंक लाने का इशारा करते हुए कहा—'हम मुसीबत में हैं। हमें पूरे मसले को गम्भीरता

से लेना चाहिए। वरना हम सबको धन्धे में अपने घर से पैसे लगाने पड़ेंगे। धन्धा बचेगा तो पूरी जिन्दगी पड़ी है मौज-मस्ती के लिए।'

बजू भाई बाला के यह कहने के बाद बैठक का माहौल एक बार फिर संजीदा हो गया।

'हमें अपने स्कूलों से वीआईपी लोगों का कोटा खत्म कर देना चाहिए।' हम उनके बच्चों को इसीलिए तो एडमिशन देते हैं कि आड़े वक्त में काम आयें। ग्रीन फील्ड स्कूल के इस्माइल अंसारी ने सुझाव रखते हुए कहा।

'वीआईपी कोटा खत्म करने से तो और मुसीबत बढ़ जायेगी। ये हमारे बही-खाते से लेकर सीबीएसई की मान्यता में हेर-फेर के सारे कागज खंगाल डालेंगे।' न्यू हेराल्ड स्कूल के माइकल जोसफ ने अंसारी की बात काटते हुए कहा।

'तो हम लोगों को क्या करना चाहिए?' मीरा कानवेंट स्कूल के सुनील पराशर ने सवाल पूछते हुए कहा—'हम हाथ में हाथ धरे तो बैठ नहीं सकते हैं। अगर ऐसे ही चलता रहा तो हमारी दुकानें बन्द हो जायेंगी और हम सड़क पर आ जायेंगे।'

दो-दो और कुछ के तो तीन-तीन जाम अन्दर उतर चुके थे। चर्चा मारपीट, कत्ल, रिश्वत देने आदि पर टिक गयी थी। ठोस सुझाव नहीं आ रहे थे। राघव गोयल समझ रहे थे कि यदि कोई फैसला नहीं लिया गया, तो ये बैठक शराब और शवाब में डूब कर खत्म हो जायेगी। यही सोच कर उन्होंने कुछ सुझाव पेश किये 'सबसे पहले हमें दिल्ली के शिक्षा मन्त्री को शिक्षा निदेशक वीएल कुट्टी की सुपारी दे कर उसका तबादला कराना होगा।'

सबसे पहले गोयल ने यह सुझाव इसलिए दिया था, चूँकि बी ग्रेड स्कूल वालों को उससे ज्यादा तकलीफ हो रही थी। एकजुटता बनाये रखने के लिए उनका यह दाँव सही निशाने पर बैठा। पूरी बैठक में इस प्रस्ताव के आने के बाद खुशी की लहर दौड़ गयी। सबने प्रस्ताव का तालियाँ बजाकर स्वागत किया।

'हमारे स्कूलों में जजों के जो बच्चे पढ़ते हैं, हम उनसे मिलने जायें और हाईकोर्ट बेंच पर उनसे दबाव डलवायें। दूसरा प्रस्ताव रखते हुए गोयल अभी अपनी बात कह ही रहे थे कि बीच में मिनरवा स्कूल के रंगीला लाल बोल पड़े। 'गोयल साहब, जजों और आईएएस अधिकारियों के बच्चे तो डीआईपीएस, संस्कार और देसाई स्कूलों में ही पढ़ते हैं। हमारे ऐसे नसीब कहाँ कि ऐसे बच्चे हमारे यहाँ पढ़ें। आप ऐसे लोगों की पहचान कीजिए, जहाँ चलना होगा हम सब आपके पीछे खड़े रहेंगे।'

गोयल ने स्वीकारोक्ति में सिर हिलाते हुए तीसरा प्रस्ताव रखा—'इसके लिए हमें बहुत धन की जरूरत पड़ेगी। हमें एक कोष बनाना चाहिए। मुँह बन्द करने के लिए हम मुँह माँगी रकम देंगे।'

'गोयल साहब हम पैसों की कमी नहीं आने देंगे। लोग अपने फायदे के लिए खून की नदियाँ बहाते हैं, हम पैसों का समुद्र बहा देंगे। बस, आप एक आवाज भर देना।' दारू के प्रभाव में हैप्पी पब्लिक स्कूल के बलराज साहनी बोले।

चौथा और अन्तिम प्रस्ताव रखते हुए गोयल साहब काफी गम्भीर हो गये थे। उन्होंने पूरे दरबार हाल में चारों कोनों में नजर दौड़ाई। उन्हें कोई सन्दिग्ध व्यक्ति नहीं दिखा। दबी जुबान में वे बोले—'इसके लिए हमें किसी को निपटाना पड़े तो निपटाना भी पड़ेगा। इसके लिए भी हमें तैयार रहना होगा। वैसे रुपया इतनी बड़ी चीज है कि बड़े से बड़े के होश उड़ जाते हैं। ऐसा कुछ करने की शायद नौबत न आये।'

इसी के साथ बैठक खत्म हो चुकी थी। ज्ञान के विक्रेता नाच-गाने और शराब में डूबने-उतराने लगे थे। कुछ खिलाड़ी किस्म के लड़कियों की तलाश में ट्विन टॉवर के लिए टैक्सी से निकल गये थे।

अगले दिन शाम की चार्टर्ड फ्लाइट थी। सभी देर से उठे और लंच के बाद अपने बैग एंड बैगेज सँभालने लगे। इस बीच संस्कार स्कूल के प्रकाश पात्रा अपने आका को मीटिंग की रिपोर्टिंग कर चुके थे। उन्होंने पूरी मीटिंग की कार्रवाई अपने मोबाइल में रिकॉर्ड कर ली थी। पुख्ता सबूत था उनके पास राघव गोयल के खिलाफ। गोयल और पात्रा का पुराना झगड़ा था। एक बार गोयल ने पात्रा को ऐसे पुलिसिया लफड़े में फँसाया था कि उससे उसका निकलना वैसे ही मुश्किल हो गया था, जैसे भरतिया मर्डर केस से उसका निकलना। बड़ी मुश्किल से वे दिल्ली पुलिस कमिश्नर को मोटी भेंट चढ़ा कर बचे थे। तभी पात्रा ने निर्णय लिया था कि वह गोयल को सबक जरूर सिखायेंगे। बस, उन्हें तलाश थी तो मौके की। शंगरीला में हुई मीटिंग ने उन्हें इसका मौका दे दिया था। वक्त के साथ पात्रा ने गोयल को महसूस ही नहीं होने दिया था कि उसके दिल में उसके प्रति कोई नफरत है।

उधर दिल्ली में गोयल के खिलाफ आन्दोलन हिंसक हो गया था। स्कूल की बसों और बिल्डिंग के शीशों को तोड़-फोड़ दिया गया था। आगजनी की भी कोशिश हुई थी, लेकिन पुलिस के समय पर पहुँच जाने के बाद आगजनी नहीं हो पायी थी। कुआलालमपुर बैठक की जानकारी भी छन कर लोगों तक पहुँच

गयी थी। आन्दोलनकारी पुलिस की मिलीभगत का आरोप लगा रहे थे। दिल्ली के मुख्यमन्त्री आन्दोलन से परेशान थे। उन्होंने पुलिस कमिश्नर को सख्त निर्देश दिये कि किसी भी हाल में गोयल को गिरफ्तार कर फिलहाल मामले को ठंडा किया जाये।

चार्टर्ड प्लेन दिल्ली के अन्तरराष्ट्रीय हवाई अड्डे पर रात करीब आठ बजे उतर चुका था। टी-3 के निकासी गेट पर भारी पुलिस बन्दोबस्त था। डीसीपी मौके पर खुद मौजूद थे। स्कूल मालिकों का जत्था जब गेट से निकला तो डीसीपी की नजर राघव गोयल को तलाशने में लगी थीं। तभी पात्रा के साथ वह गेट के नजदीक आते दिखे। वहीं डीसीपी ने उन्हें रोक लिया—मिस्टर गोयल, आपको गिरफ्तार किया जाता है।

किस जुर्म में?—डीसीपी कुछ बताते कि उससे पहले ही गोयल ने उनसे पूछा।

भरतिया मर्डर के मामले में।—डीसीपी ने जवाब देते हुए उनका हाथ पकड़ लिया था।

'आपके पास क्या सबूत है? मैंने किसी का कोई मर्डर नहीं किया।'

—लगभग गिड़गिड़ाते हुए अपनी सफाई पेश करते हुए गोयल ने कहा।

सब सबूत हैं। आपने किया या करवाया, ये तो आप बतायेंगे। पुलिस स्टेशन में आपको सबूत भी पेश कर देंगे। चलिए, तमाशा करने की कोशिश न करिए।'

गोयल अपने साथियों की ओर मदद के लिए देखते रहे। कोई भी पुलिसया लफड़े में फँसना नहीं चाहता था, इसलिए सब धीरे-धीरे वहाँ से निकल लिए। प्रकाश पात्रा और बजू भाई बाला भी।

डीआईपीएस के स्टाफ को राघव गोयल की गिरफ्तारी की जब खबर लगी, तो चमचे किस्म के कुछ कर्मचारी गोयल की हौसलाअफजाई के लिए पुलिस स्टेशन के बाहर इकट्ठा हो गये। स्कूल मैनेजर ने गोयल को छुड़वाने के लिए डीसीपी से भिड़ने की कोशिश भी। लेकिन डीसीपी ने जब उससे कहा कि यदि आप हमारे काम में बाधा पहुँचायेंगे, तो आपको भी हम यहीं बैठा लेंगे।

गोयल का कभी पुलिस से इस तरह सामना नहीं हुआ था। उसने बड़े-बड़े पुलिस अधिकारी को अपने बच्चे के एडमिशन के लिए रिक्वेस्ट करते ही देखा था। गोयल के पसीने छूट गये थे। पसीने से उसकी शर्ट गीली हो गयी थी।

'तो गोयल साहब, आप खुद बतायेंगे कि हमें और कुछ करना पड़ेगा?

—डीसीपी ने धमकाते हुए कहा।

'मैंने कोई हत्या नहीं की है। आपके पास इसका क्या सबूत है कि मैंने हत्या की है?'

'लीजिए सुनिए।'—डीसीपी ने सबूत के तौर पर उनकी आवाज सुना दी। मीटिंग में वह बोल रहे थे—'इसके लिए हमें किसी को निपटाना पड़े तो निपटाना भी पड़ेगा। इसके लिए भी हमें तैयार रहना होगा। वैसे रुपया इतनी बड़ी चीज है कि बड़े से बड़े के होश उड़ जाते हैं...'

गोयल की गिरफ्तारी के बाद अभिभावकों का आन्दोलन शान्त हो गया था।

॥ ग्यारह ॥

सर्दी में लन्दन की रातें बड़ी हो जाती हैं और दिन छोटे। कई-कई दिन तो सूरज के दर्शन तक नहीं होते हैं। सूरज कभी निकलता भी है तो उसकी उम्र तीन घंटे की भी नहीं होती है। आसमान में धुआँ मिला हुआ कोहरा मन में खास तरह की बेचैनी पैदा करता है। अलबत्ता बीच-बीच में बर्फ की फुहारें जरूर वातावरण को थोड़ा रोमांटिक बना देती हैं।

चेलसी ने रोज की तरह उस दिन भी खिड़की खोल कर बाहर देखा था। उनका चेहरा विषाद से भर उठा था। आसमान में कोहरे की चादर थी। सूरज नहीं निकला था। दिन में अँधेरा देखकर उन्होंने अपनी आदत के अनुसार खिड़की बन्द कर दी थी और किचेन में ब्लैक कॉफी बनाने चली गयी थीं।

लम्बी रातें और कड़कती ठंड लन्दन में अकेले रहने वाले बुजुर्गों के मन में एक खास तरह का अवसाद पैदा करती है। ठंड उन्हें डराती है। उनके जीवन का अँधेरा और सघन कर देती है। अक्सर एकाकीपन का अँधेरा उन्हें आत्महत्या के लिए प्रेरित करता है।

चेलसी के चेहरे की झुर्रियाँ उनके सफेद हो गये बाल उनकी उम्र की दास्ताँ कहते थे। अकेलेपन ने उनको थोड़ा ज्यादा ही उम्रदराज बना दिया था। वैसे वह एक जहीन महिला थीं। लन्दन के गुजरात कहे जाने वाले वेम्बले एरिया में रहती थीं। यहाँ गुजराती फाफड़ा से लेकर जलेबी तक हर चीज मिलती थी। नवरात्रि के दिनों में डांडिया रास की बहार भी देखने को मिलती थी।

रिटायर होने से पहले चेलसी ब्रिटिश सरकार के रोड सेफ्टी डिपार्टमेंट में काम करती थीं। नौकरी के दौरान ही उनके पति हार्ट अटैक से मर गये थे। उनके एक बेटा भी था। जब तक वह अपनी माँ के साथ रहा, तो उनके खर्चे पर ही पलता रहा। बाद में शादी कर वह घर छोड़ कर चेलसी को अकेला छोड़ कर चलता बना। वैसे उनके पास किसी चीज की कमी नहीं थी। कमी थी तो उनकी देखभाल करने वाले की। अकेलेपन को बाँटने वाले की।

रोज की तरह उस दिन भी उन्होंने सुबह पूरब की ओर खुलने वाली अपनी खिड़की खोली थी। आसमान में बादलों के पीछे से सूरज चमक रहा था। उनके चेहरे पर मुस्कान तैर गयी थी। काफी देर तक वह सूरज को देखती रही थीं। सूरज की उपस्थिति से उनमें आयी ऊर्जा को उनके चेहरे पर साफ देखा जा सकता था। आज उनको ब्लैक कॉफी बनाने की जल्दी नहीं थी। वह सूरज को लगातार देखकर अपने अन्दर के अँधेरे को ढाँपना चाहती थीं।

तान्या मैम जब से चेलसी के घर में आयी थीं, उन्होंने उनको इस तरह खुश नहीं देखा था। उनके आने से जरूर वह कुछ ज्यादा सक्रिय हुयी थीं। तान्या मैम स्कॉलरशिप इंट्रेंस एग्जाम पास कर तीन माह के लिए लन्दन आयी थीं। इंटरनेट के जरिए उन्होंने चेलसी की पेइंग गेस्ट एकोमडेशन की तलाश की थी। वैसे चेलसी पेइंग गेस्ट के मामले में काफी चूजी थी। पैसों के लिए वह पेइंग गेस्ट नहीं रखती थीं। पेइंग गेस्ट रखने से पहले वह लम्बा इंटरव्यू करती थीं। बात उन्हें समझ आ गयी तो ठीक, वरना जयराम जी कर देती थीं।

तान्या मैम उन्हें पहली नजर में ही भा गयी थीं। तान्या मैम थीं ही ऐसी। वैसे तो वह सबसे पच्चीस पाउंड प्रतिदिन का लेती थीं, लेकिन तान्या मैम को उन्होंने स्टूडेंट के नाते बीस पाउंड में कमरा दे दिया था। इसमें सुबह का नाश्ता और रात का डिनर भी शामिल था। हफ्ते भर रहते हुए तान्या मैम चेलसी के काफी नजदीक आ गयी थीं। तान्या मैम जब घर में रहतीं तो चेलसी की छोटी-छोटी बात का ध्यान रखने लगी थीं। कॉफी बनाने से लेकर डिनर की तैयारी करवाने तक। तान्या मैम का उन्हें मॉम कहकर पुकारना भी बहुत अच्छा लगता था। माँ शब्द सुने उन्हें कई साल गुजर गये थे।

उस दिन सूरज को देखने के बाद चेलसी की मुस्कान का तान्या मैम मायने खोज रही थीं। लेकिन उन्हें उसका उत्तर नहीं मिल रहा था। उन्होंने चेलसी से ही पूछा था—'आप आज बहुत खुश दिख रही हैं?'

'ऐसा तुम्हें लग रहा है?' चेलसी ने सवाल पर सवाल करते हुए कहा था—'वैसे तुम जब से आयी हो मैं खुश ही हूँ।'

'नहीं, कोई बात तो है मॉम?' तान्या मैम ने उन्हें कुरेदते हुए फिर पूछा था।

'मुझे अँधेरे से बहुत डर लगता है। सर्दी की ऐसी ही एक रात में मेरे हस्बैंड को हार्ट अटैक हो गया था। मैंने हेल्प लाइन पर फोन कर मदद के लिए एम्बुलेंस बुलाई थी। उस दिन चारों तरफ घना कोहरा था। एम्बुलेंस बहुत धीरे चल रही थी रास्ते को टोहते हुए। उसे आने में देर हो गयी थी और मेरे हस्बैंड गॉड को

प्यारे हो गये थे...'

'सॉरी मॉम, मुझे नहीं पता था। तान्या मैम ने कहा था।

'कोई बात नहीं मेरे बच्चे। मुझे जब सूरज दिखता है, तो मेरे अन्दर जीने की इच्छा बढ़ जाती है। लम्बी रातें काटे नहीं कटती हैं सर्दियों में। मैं गहरे डिप्रेशन में आ जाती हूँ। लगता है जैसे पृथ्वी से दिन रूठ गये हों। इसीलिए जब मैं सूरज को खिलखिलाता देखती हूँ, तो मुझे लगता है कि अभी आशा बाकी है।'

तान्या मैम ने माहौल को गम्भीर होते देख बोला—'मॉम, ब्लैक कॉफी पीजिएगा?'

चेलसी ने 'हाँ' में सिर हिला दिया था। इसके बाद तान्या मैम किचेन से कॉफी बनाकर ले आयी थी। कॉफी पीते हुए उस दिन दोनों के बीच में कोई बात नहीं हुई थी। वैसे अक्सर कॉफी पर चेलसी तान्या मैम से तरह-तरह की बातें करती थी।

तान्या मैम का इंस्टीट्यूट हैरो में था। वह रोज सुबह वेम्बले पार्क रेलवे स्टेशन से ट्रेन लेती थीं। इंस्टीट्यूट में स्कॉलरशिप पाने वाले कई देशों के टीचर थे। कोर्स काफी थका देने वाला और कठिन था। लन्दन में रहकर भी वह इधर-उधर घूम फिर नहीं पा रही थीं। इंस्टीट्यूट से घर और घर से इंस्टीट्यूट यही उनका रुटीन था। घर पर भी पढ़ने से फुर्सत नहीं मिलती थी। वे यह डिप्लोमा अच्छे नम्बर से पाना चाहती थीं। उनके अन्दर एक अच्छे टीचर बनने का जज्बा था। इसी के चलते वह लन्दन घूम नहीं पा रही थीं। वह यही सोच कर पढ़ाई में जुट जाती थीं कि कोर्स खत्म होने के बाद और इंडिया जाने से पहले मिलने वाले पाँच दिनों में वह खूब घूमेंगी।

घर लौटते या कभी-कभी इंस्टीट्यूट जाते वक्त अक्सर चेलसी के बगल वाले घर में रहने वाली नन्दिनी बेन ठक्कर से उनकी आँखें चार हो जाती थीं। पहले तो तान्या मैम सवाल पूछती नन्दिनी बेन की आँखों को अपनी नजरें झुका कर नजरअन्दाज कर देती थीं। लेकिन बाद में वह उनकी घूरती आँखों का मुस्कराकर जवाब देने लगी थीं। नन्दिनी बेन ब्रिटिश नागरिक थीं और गुजरात के भावनगर की रहने वाली थीं। उनकी उम्र चालीस से ऊपर थी। उनके पति से उनका तलाक हो गया था और वह गुजरात लौट गया था। वहीं वह बच्चों के साथ अपना धन्धा करने लगा था। लेकिन निन्दनी बेन वापस नहीं गयी थीं और लन्दन के हेरो में एक छोटा सा स्टोर चलाती थीं। स्टोर की देखभाल का जिम्मा उन्होंने एक गुजराती को दे रखा था। महीने के अन्त में घर आकर वह हिसाब-किताब कर

देता था। वैसे बदलाव के लिए कई बार वह स्टोर चली भी जाती थीं।

तान्या मैम लन्दन में अपने एक माह के प्रवास के दौरान अपनी रुटीन से परेशान हो उठी थीं। न कोई दोस्त न कोई पार्टी। बस, पढ़ाई और बोरियत भरी ट्रेन यात्रा। तान्या मैम का बिना घूमे-फिरे पेट ही नहीं भरता था। एक दिन उन्होंने चेलसी को सरप्राइज देने की सोची। उस दिन मौसम काफी खुला था। धुन्ध आसमान में नहीं थी। चेलसी को भी ऐसा मौसम पसन्द था। उसने पिकाडली नाइट बस सर्विस के दो टिकट खरीदे थे। घर पर आकर चेलसी से बड़े अधिकार के साथ बोली थीं—'मॉम, जल्दी तैयार हो जाइये। हम बाहर घूमने जा रहे हैं।'

अब तक चेलसी और तान्या मैम के रिश्ते नजदीकी में बदल गये थे। उन्होंने चेलसी पर माँ की तरह अपना अधिकार जमाना शुरू कर दिया था। चेलसी को भी उनका इस तरह अधिकार जमाना अच्छा लगता था। वह जब भी अधिकार जमाते हुए चेलसी से कुछ कहती थीं, तो वह उसे मान लेती थीं।

'आज ऐसा क्या हो गया, जो तुम्हें रात को घूमने की सूझी। आज तुम्हारा बर्थ डे है क्या?' चेलसी ने तान्या मैम से घूमने के सवाल पर पूछा था।

'ऐसा ही समझ लीजिए। बस आप तैयार हो जाइये जल्दी। रात आठ बजे कॉलेज स्ट्रीट से बस चलेगी। 'तान्या मैम ने चेलसी पर चलने के लिए दबाव बनाते हुए कहा था—'और हाँ, जरा बढ़िया वाला गाउन पहनियेगा। ओवरकोट पहनना न भूलियेगा। बाहर काफी ठंड है।'

चेलसी तान्या मैम की जिद के आगे झुकते हुए तैयार होने चली गयी थीं। लिपस्टिक लगाते हुए वह सोच रही थीं कि कितने साल हो गये बाहर गये। किसी ने इस तरह कहा भी तो नहीं। वे अपने बेटे को याद करने लगीं। उनकी आँखें डबडबा रही थीं—'लन्दन में ही रहता है और माँ से मिलना तो दूर कभी फोन पर हालचाल भी नहीं लेता है।'

चेलसी ने अपने को सँभालते हुए ओवरकोट पहना। परफ्यूम स्प्रे किया। फिर शीशे के सामने आकर अपने को भरपूर निहारा। वे लम्बे समय बाद अपने को इस तरह तैयार देखकर खुश थीं। उन्हें याद आ रही थीं अपनी लेट नाइट पार्टियाँ, जब ऑफिस के बाद वे अपने दोस्तों के साथ उनमें जाती थी। डांस करती थीं। खुली हवा में जी भर कर साँस लेती थीं। वाइन पीने के बाद परिन्दों की तरह उड़ने की कोशिश करती थीं...

चेलसी और तान्या मैम घर के बाहर थीं। चेलसी ने खुली हवा में एक लम्बी साँस भरी और ताजी हवा को अपने अन्दर भरने की कोशिश की। टैक्सी आ

चुकी थी कॉलेज स्ट्रीट के लिए। जरूरत पड़ने पर कई सालों से अब्दुल कबीर करीमजादा ही चेलसी के यहाँ टैक्सी लाता था। पहले तो वह अक्सर निकलती थीं, तो अब्दुल ही उनकी सेवा में होता था। चेलसी ट्रेन में नहीं चलती थीं। कई बार न भी कहीं जाना हो, तो भी वह अब्दुल को बुला लेती थीं और यूँ ही इधर-उधर हो आती थी। अब्दुल चेलसी की गाहे-बगाहे हर मदद करता था। चेलसी को उसमें अपना बेटा दिखता था।

अब्दुल अफगानिस्तान का रहने वाला था। काबुल से करीब बीस किलोमीटर की दूरी में बसे इस्तलिफ गाँव में उसका घर था। अब्दुल की पहली मोहब्बत यहाँ के रोज गार्डेन में ही परवान चढ़ी थी। अब्दुल अपने पिता के साथ गाँव छोड़ने के बाद करीब तीस साल साऊदी अरब में रहा था। वहाँ उसका कारपेट का बड़ा करोबार था। 1978 में हुई रूसी जंग में उसे वहाँ से उजड़ना पड़ा। जमा किये हुए एक लाख डालर बाद में उसके काम आये। इस दौरान वह हार्ट का मरीज हो गया। बमुश्किल इलाज के नाम पर उसे दो साल का इंग्लैंड का वीजा मिला था। वीजा मिलने के बाद वह अपनी पत्नी और तीन बेटियों और दो बेटों के साथ लन्दन आ गया था। थोड़े दिनों में ही उसके पैसे खत्म हो गये थे। उसके बाद से ही वह टैक्सी चलाने लगा था। बाद में चेलसी की मदद से उसने टैक्सी खरीदी थी। हालाँकि डाक्टरों ने उसे दो साल तक आराम की सलाह दी थी। लेकिन बच्चों को पढ़ाने और घर के खर्च के लिए कमाने के अलावा उसके पास कोई रास्ता ही नहीं था।

अब्दुल के हिन्दी बोलने पर तान्या मैम बहुत खुश हुई थीं। बहुत दिनों बाद उनके कान और उनकी जुबान ने हिन्दी का स्वाद चखा था। चेलसी और तान्या मैम टैक्सी में बैठकर कॉलेज स्ट्रीट की ओर रवाना हो गये थीं। बीच-बीच में चेलसी तान्या मैम को कॉलेज स्ट्रीट के इतिहास-भूगोल के बारे में बता रही थीं। वह अन्दर से बहुत खुश थी। वह बच्ची की तरह व्यवहार कर रही थी। पुरानी स्मृतियाँ उनके सामने रील की तरह घूम रही थी।

बस चल चुकी थी। सबसे पहले बस बिगबेन (संसद भवन) पहुँची। संसद भवन की बिल्डिंग रोशनी से नहाई हुई थी। टेम्स नदी में हिलती-डुलती जगमगाती उसकी परछाईं मनोहारी थी। तान्या मैम इस अद्‌भुत दृश्य को देखकर अभिभूत हो उठी थी। बस में लगे इयर फोन से वह उसके इतिहास को सुन रही थी, तभी चेलसी टेम्स के सामने बने एक कैफे को तान्या मैम को दिखाते हुए बोली—'इसमें मैं अपने हस्बैंड के साथ अक्सर आती थी। बहुत अच्छी कॉफी मिलती है यहाँ।

कभी कॉफी पीने आयेंगे यहाँ।'

तान्या मैम संसद भवन की बिल्डिंग देखने में मस्त थी। वे उसे अपने अन्दर बसा लेना चाहती थी। इसीलिए उन्होंने चेलसी के सवाल का जवाब नहीं दिया था और हाँ में सिर्फ सिर हिला दिया था। उन्होंने उस सुन्दर क्षण को अपने कैमरे में कैद करने के लिए अपना कैमरा पर्स से निकाला और चेलसी को देते हुए बोली– 'मॉम, बिगबेन के साथ मेरी एक तस्वीर खींच दीजिए।'

चेलसी ने कैमरा लेकर तान्या मैम की एक नहीं कई तस्वीरें खींचीं। लन्दन ब्रिज, लन्दन आई होते हुए बस ट्रफलगर स्कवायर पहुँची। संडे का दिन था तो ट्रफलगर स्कवायर में खूब गहमागहमी थी। दोनों ट्रफलगर स्कवायर में ही बस से उतर गये। अब्दुल को रात साढ़े ग्यारह बजे चेलसी ने शेक्सपियर पब में बुलाया था। पब में चेलसी ने वाइन पी और तान्या मैम ने एनर्जी ड्रिंक। बाद में दोनों ने वहीं डिनर किया। गप्पें मारीं। चुहलबाजी की।

एक छोटी सी आउटिंग ने चेलसी के बुढ़ापे को जवानी में बदल दिया था। ट्रफलगर स्कवायर चेलसी के लिए इसलिए भी बड़ा महत्त्व रखता था कि उसने अपने पति के साथ यहीं गर्मी के दिनों में धूप में बैठकर अपनी पहली डेटिंग की थी। स्मृतियों का पहाड़ चेलसी के मन में टूटकर बिखर गया था। वह समझ नहीं पा रही थी कि किस स्मृति को पहले सहेजे और किसको बाद में। अतीत में डूबते-उतराते दोनों अब्दुल की टैक्सी में बैठकर घर लौट आये थे। घर की छोटी सीढ़ियाँ चढ़ते हुए चेलसी के पाँव जमीन पर ही नहीं पड़ रहे थे। वह अपने को हवा में तैरता महसूस कर रही थी।

कई दिनों तक चेलसी लन्दन की उस रात को याद कर खुश होती रही। वह पहले की तरह रोज वैसे ही सुबह खिड़की खोलती। सूरज न दिखने के बाद भी वह उदास नहीं होती। खिड़की को बन्द नहीं करती। आकाश में सूरज की तलाश में अपनी आँखें चारों तरफ दौड़ाती। सूरज के न मिलने पर भी वह यह सोचकर आकाश देखती रहती कि आज नहीं तो कल सूरज जरूर उदय होगा।

तान्या मैम अब चेलसी की कमजोरी होती जा रही थीं। वे उसकी हर छोटी-बड़ी चीज का ध्यान रखती थीं। तान्या मैम भी उन्हें किसी बात को कहने का मौका नहीं देती थीं। अक्सर इंस्टीट्यूट से लौटते हुए तान्या मैम चेलसी के लिए कभी पेस्ट्री, तो कभी आईसक्रीम और फ्रूट ले आती थीं। इसी सबको देखते हुए उन्होंने तान्या मैम से पैसे लेने बन्द कर दिये थे। तान्या मैम ने इसका विरोध किया था। लेकिन वे नहीं मानी थीं।

एक दिन कॉफी पर चेलसी के साथ तान्या मैम की नन्दिनी बेन को लेकर चर्चा हुई। चेलसी ने उन्हें बताया कि नन्दिनी बेन बहुत मेहनती महिला है। उसने अपनी मेहनत से ही स्टोर और ये मकान बनाया है। उसका पति तो शराब और बच्चे पैदा करने के अलावा कुछ करता ही नहीं था। और कभी-कभी शराब पीकर वह नन्दिनी बेन को पीटता भी था। दोनों में खूब झगड़ा होता था। नन्दनी बेन की तमाम कोशिशें भी उसे बेहतर इंसान बनाने में बेकार हो गयी थीं। बाद में हार कर नन्दिनी बेन ने उसे तलाक दे दिया था।

नन्दिनी बेन की किस्मत ही मारी हुई थी। उन्होंने तलाक के बाद दूसरी शादी भी की थी। उनका दूसरा पति मनजीत बरार दिल्ली का रहने वाला था। एयर इंडिया में वह कोपायलेट था। इंडिया आते-जाते फ्लाइट में नन्दिनी बेन से उनका हलका फुलका परिचय हुआ था।

मनजीत की पहली बीवी की लम्बी बीमारी के बाद मौत हो गयी थी। दिल्ली में उसके परिवार में सिर्फ उसकी बूढ़ी माँ थी। वह लन्दन में अपना घर बसाना चाहता था। नये वीजा नियम इतने सख्त हो गये थे कि वहाँ बसना बाहरी व्यक्ति के लिए मुश्किल हो गया था।

मनजीत एक दिन नन्दिनी बेन के घर आया था। तब तक नन्दिनी बेन का तलाक हो चुका था। नन्दिनी बेन के तलाक की कहानी सुनने के बाद उसने उनके प्रति गहरी सहानुभूति प्रकट करते हुए कहा था कि उन्हें जब उसकी जरूरत हो, तो बिना हिचक बताएँ। नन्दिनी बेन को मनजीत का व्यवहार अच्छा लगा था। इसके बाद मनजीत जब भी एयर इंडिया की फ्लाइट से लन्दन आता, तो नन्दिनी बेन के घर जरूर जाता। दोनों के रिश्ते प्रगाढ़ होने लगे थे। मनजीत इंडिया से उसकी तमाम जरूरत की चीजें लाकर नन्दिनी बेन को देता था। मनजीत से मुलाकातों के बाद नन्दिनी बेन का तलाक के बाद का अकेलापन कम होने लगा था। वह भरी-भरी दिखने लगी थी। एक अदृश्य मुस्कान उनके चेहरे पर तैरने लगी थी। उनका मन कहीं अन्दर से खदबदाने लगा था। अच्छे सपने आने लगे थे।

टेम्स नदी के किनारे नन्दिनी बेन और मनजीत एक दिन टहल रहे थे। टहलते हुए उन्हें एक बेंच दिखी तो दोनों उसमें जा कर बैठ गये। थोड़ी देर दोनों में कोई संवाद नहीं हुआ। दोनों के मन में कुछ-कुछ चल रहा था। पहल की देरी थी। काफी लम्बी चुप्पी के बाद अचानक दोनों की आँखें चार हो गयी। नन्दिनी बेन ने अपनी नजरें झुका ली थीं। मनजीत को लगा कि यही सही वक्त है कहने का—'नन्दिनी आप मुझे अच्छी लगने लगी हैं। मेरी बीवी मर चुकी है

और आपका पति से तलाक हो गया है। हम लोग शादी कर लेते हैं।'

नन्दिनी बेन ने कोई जवाब नहीं दिया था। शर्म से उनकी नजरें बस झुक गयी थीं। मनजीत ने उनके मौन को स्वीकृति मानते हुए उसका हाथ अपने हाथों में ले लिया था। कई महीनों तक दोनों की अन्तरंग मुलाकातें होती रहीं। बाद में दोनों ने शादी कर ली थी। नन्दिनी बेन ब्रिटिश नागरिक थीं, तो मनजीत को नागरिकता मिलने में परेशानी नहीं हुई। मनजीत चाहता भी यही था कि किसी तरह उसे ब्रिटिश नागरिकता मिल जाये। इसके लिए उसने नन्दिनी बेन से शादी कर ली थी।

शादी के कुछ दिनों बाद उसने एयर इंडिया की नौकरी से वीआरएस ले लिया था और अंडरग्राउंड रेलवे में काम करने लगा था। यहाँ तक तो सब ठीक-ठाक रहा। मामला तब गड़बड़ाना शुरू हुआ, जब वह अपने बच्चों को लन्दन ले आया। मनजीत के एक बेटी और एक बेटा था। मनजीत ने पहले कभी नन्दिनी बेन को नहीं बताया था कि उसके बच्चे भी हैं। पहले यदि वह बता देता तो शायद नन्दिनी बेन उन्हें स्वीकार लेतीं। लेकिन नन्दनी बेन को उसका बच्चों का लन्दन लाना अच्छा नहीं लगा। इससे ज्यादा बुरा उन्हें इस बात का भी लगा था कि उसने उनके बारे में शादी से पहले नहीं बताया था, जबकि उन्होंने अपने बारे में हर बात मंजीत से साझा की थी।

नन्दिनी के घर की हर चीज पर बच्चे अपना हक जमाने लगे थे। कई बार तो वह उसके बेडरूम में भी सो जाते थे और उसे दूसरे कमरे में सोना पड़ता था। ऐसी न जाने कितनी बातें नन्दिनी बेन को खराब लगने लगी थीं। नन्दिनी बेन ने इनकी शिकायत भी कई बार मनजीत से की थी। मनजीत पर नन्दिनी बेन की शिकायतों का कोई असर नहीं हो रहा था। एक दिन नन्दिनी बेन ने मनजीत से बच्चों को किसी और जगह रखने का फ़रमान जारी कर दिया। दोनों में कहा-सुनी भी हुई। लेकिन हल कुछ नहीं निकला। मनजीत को नन्दिनी का घर छोड़ना पड़ा।

घर छोड़कर मनजीत को कोई पश्चाताप नहीं हुआ। वह अपने बच्चों के साथ लन्दन में बसना चाहता था। उसने नन्दिनी बेन का इस्तेमाल ब्रिटिश नागरिकता के लिए किया था। असल बात तो यह थी कि मनजीत अपनी पहले वाली पत्नी को भुला नहीं पाया था। उसके बच्चों ने भी नन्दिनी बेन को कभी अपनी माँ स्वीकारा ही नहीं था।

कई साल एक-दूसरे से अलग रहने के बाद मनजीत और नन्दिनी बेन के

बीच तलाक की दीवार खिंच गयी थी। तब से ही वह गुमसुम रहने लगी थी। एक के बाद एक झटके से वह अन्दर से टूट गयी थी। एक रोबोट की तरह उनका जीवन हो गया था। सब कुछ पहले से तयशुदा। उसने लोगों से मिलना-जुलना भी छोड़ दिया था। गुजरात वापस जा नहीं सकती थी। उसके पति ने वहाँ दूसरी शादी कर ली थी।

चेलसी ने तान्या मैम को बताया था कि एक दिन नन्दिनी बेन उनके घर आयी थी। वह अपनी मृत्यु के बारे में बात कर रही थी। उसने उनसे कहा था–'आप भी अकेले रहती हैं और हम भी। अगर मैं आपसे पहले मर जाऊँ तो मेरा दाह संस्कार हिन्दू रीति रिवाज से करवा दीजिएगा और मेरा सारा पैसा किसी बच्चों के लिए काम करने वाले ट्रस्ट को दान करवा दीजिएगा।'

'अरे मैं तो तुमसे ज्यादा उम्र की हूँ। मैं तो तुमसे पहले ही मरूँगी। मैं जानती हूँ कि मेरे मरने के बाद मेरा बेटा जरूर आयेगा मेरी सम्पत्ति पर कब्जा करने। इसके लिए रिश्तेदारों के बीच उसे एक अच्छे बेटे की तरह दिखना ही पड़ेगा। और उसे मुझे दफनाना ही पड़ेगा। 'चेलसी ने अपनी व्यथा के साथ नन्दिनी बेन को जवाब दिया था।

'आप बात तो सही कर रही हैं। लेकिन मुझे चारों तरफ सुबह से शाम तक मौत ही मौत दिखती है। मुझे लगता है कि हर आदमी मेरी ओर मुझे मारने के लिए बढ़ रहा है। मैं पागल हो गयी हूँ। नन्दिनी बेन ने अपनी घबराहट को बाँटते हुए कहा था।

'घबराने से कुछ नहीं होता है। देखों, मेरा बेटा तो मेरा खून है। बावजूद इसके वह हमसे दूर रहता है। मनजीत तो तुम्हारा खून नहीं था। तुम्हें अपने को सँभाल कर रखना चाहिए। मैं भी तो जी ही रही हूँ न। चेलसी ने समझाते हुए कहा था।

तान्या मैम की नन्दिनी बेन के प्रति सहानुभूति उभर आयी थी। आते-जाते वह जब उसे देखतीं तो नमस्ते कहकर हालचाल जरूर पूछतीं। कई बार वह यह भी पूछतीं कि कोई काम हो तो बताने में हर्ज न कीजिएगा। मैं जब तक लन्दन में हूँ आपको चिन्ता करने की कोई जरूरत नहीं है।

...समय बीतते देर नहीं लगती है। वह भी तीन माह का समय। यहाँ तो सदियां गुजर जाती हैं और पता नहीं चलता है। चेलसी एक-एक दिन गिन रही थीं। तीन माह की अवधि जैसे-जैसे नजदीक आ रही थी, उनके चेहरे पर उदासी बढ़ती जा रही थी। अपने नियम के तहत उन्होंने सुबह अपनी खिड़की खोलनी

भी बन्द कर दी थी। तान्या मैम के एग्ज़ाम खत्म हो गये थे। अन्तिम पाँच दिन छुट्टियों के मिले थे। रोज वह चेलसी को अपने साथ लेकर घूमने जातीं और बाहर ही डिनर करतीं।

एक दिन डिनर के दौरान चेलसी ने पूछा था—'तुम मुझे इतनी खुशी दे रही हो, जिसे मैं सँभाल नहीं सकूँगी। तुम्हारे बाद मैं फिर घर में जेल के कैदी की तरह हो जाऊँगी। लम्बी रातें फिर काटेंगी। खिड़की के पार रोज दिन की तलाश जारी रहेगी। मेरे चारों तरफ अँधेरा ही अँधेरा छा जायेगा।'

'अरे मॉम, ऐसा क्यों सोचती हैं? बी पॉजिटिव। आप में तो गजब का जज्बा है। तान्या मैम ने चेलसी का हौसला बढ़ाते हुए कहा था।

'अकेलापन बड़े-बड़े हौसले को खत्म कर देता है। अकेलेपन में आदमी पल-पल मरता है और पल-पल जीता है।'

'मॉम, कैसी बात करती हैं? मैं हूँ न। आप जब बुलायेंगी, मैं आ जाऊँगी और हाँ, मैं रोज आपका फोन पर हालचाल लूँगी। मैं आपको इंडिया भी बुलाऊँगी।' —तान्या मैम ने यह कहते हुए चेलसी को अपने सीने से लगा लिया था।

वह आखिरी डिनर था दोनों का। तान्या मैम का रिज़ल्ट आ गया था। वह 'ए' ग्रेड में पास हुई थीं। चेलसी को जब उन्होंने यह खबर बताई थी, तो उन्होंने उन्हें अपने सीने से लगाकर कहा था कि आखिर बेटी किसकी है।

अब्दुल की टैक्सी घर के बाहर खड़ी हो गयी थी। तान्या मैम आयीं तो एक सूटकेस ले कर थीं और जाते वक्त उनके पास दो हो गये थे। दूसरे में चेलसी के दिये हुए तोहफे थे। अब्दुल ने दोनों सूटकेस डिक्की में रख दिये थे। तान्या मैम की एयरपोर्ट न छोड़ने की तमाम जिद के बाद भी चेलसी उसे छोड़ने के लिए तैयार हो गयी थी। टैक्सी हीथ्रो एयरपोर्ट के लिए रवाना हो चुकी थी। टैक्सी से उतरते हुए तान्या मैम चेलसी का सामना करने के लिए तैयार नहीं थीं। उन्हें उनको इस तरह छोड़ कर जाना अच्छा नहीं लग रहा था। यही हाल चेलसी का था। वह इस उम्मीद से एयरपोर्ट आयी थीं कि तान्या मैम उन पर रहम खाते हुए यह कहेंगी कि मॉम मैं इंडिया नहीं जाऊँगी और तुम्हारे साथ ही रहूँगी। तान्या मैम ने चेलसी के पैर छूते हुए कहा था कि आपको हम भूल नहीं पायेंगे। यह कहते हुए बिना पीछे मुड़े तान्या मैम एयरपोर्ट में दाखिल हो गयी थीं। न जाने क्यों, पूरी हवाई यात्रा के दौरान उनकी आँखें रह-रहकर भर आयी थीं। चेलसी के दिये बहुत से उपहार तान्या मैम के साथ जा रहे थे पर ममता का जो अनमोल तोहफा एक माँ और बेटी ने आपस में बाँधा था, वह बेहद खूबसूरत था।

॥ बारह ॥

दिन, महीने और साल बीत रहे थे। तान्या मैम को अब बच्चों में अपनी झलक नहीं दिखती थी। वह उनको पढ़ाते-पढ़ाते शायद बोर हो गयी थीं। हर साल आने वाले नये बच्चे वैसे ही होते थे, जैसे गये साल के। अब वह बच्ची रह भी नहीं गयी थीं। उनकी सोच बदल गयी थी और उम्र भी बढ़ गयी थी। माता-पिता उन पर शादी के लिए दबाव बनाये हुए थे। शायद अब उनकी उम्र के चलते उनकी जाति में मोटे दहेज देने के बाद भी कोई लड़का उपलब्ध नहीं था। उनकी हालत भी अभिषेक की बहन की तरह ही हो गयी थी, जो तीस पार कर चुकी थी और उसकी शादी नहीं हो रही थी। उसकी शादी न होने के चलते ही तान्या मैम की शादी भी अभिषेक के साथ टूट गयी थी।

उन्हें जिन्दगी में एक खालीपन महसूस होता था। वह खालीपन किस कारण था यह उन्हें समझ आता तो था, लेकिन वह उसे स्वीकार नहीं करती थीं। समय के साथ उन्होंने अपनी तरक्की के लिए कई स्कूल बदल लिए थे। अब नौकरी उनके लिए पहले जैसी समस्या नहीं थी। लन्दन से ट्रेनिंग करने के बाद वह नौकरी वैसे बदलने की स्थिति में थीं, जैसे वे कपड़े बदलती थीं। उन्होंने ईएमआई पर अपना फ्लैट और एक ऑल्टो कार भी खरीद ली थी।

सब कुछ था उनके पास। लेकिन किसी चीज की कमी उनको सता रही थी। रात को फूल, तितलियाँ, पेपी का तिलस्मी घर और रंगीन सपने कहीं गायब हो गये थे। अब वह बेसुध हो कर सो नहीं पा रही थीं। उनके शरीर से हजारों गर्म तरंगें उठती थीं। मन हिलोरें लेता था। उसमें समुद्र की तरह लहरें उठतीं-गिरतीं और उन्हें उद्वेलित करतीं। शरीर का पोर-पोर उनसे कुछ कहता था। लेकिन वह उसकी अनसुनी करती रहती थीं। बेचैनी में उनकी रातें कटती थीं। पर वे उसका असर अपनी दिनचर्या में नहीं आने देती थीं।

नन्दिनी बेन, चेलसी, पायल रोहतगी और न जाने कितने ऐसे करेक्टर थे, जिनके बारे में वह सोचती थीं कि सब कुछ होने के बाद भी वे अकेलेपन की

शिकार हैं। आखिर क्यों? तमाम खोजबीन के बाद भी उन्हें इस सवाल का जवाब नहीं मिलता था। वे मर्दों के बारे में जब भी सोचतीं तो उनकी सोच घृणा से भर उठती थी। पवन वर्मा, प्रो. विनीत कुमार, अमित जैन, मनजीत बरार जैसों के बारे में सोच कर वह चील की तरह हिंसक हो जातीं। वह अपने डैनों को उड़ान भरने के लिए फड़फड़ातीं। लेकिन शिकार के लिए निकलती नहीं। उनके अन्दर की तितली उन्हें ऐसा करने के लिए हमेशा रोक लेती।

स्त्री-पुरुष के शारीरिक रिश्तों के अलावा भी कोई रिश्ते होते हैं क्या? यह भी सवाल वह अपने से पूछती कि आखिर प्रेम क्या होता है? प्रेम में ऐसा क्या है जो लोग एक-दूसरे के लिए अपनी जान तक दे देते हैं? एक-दूसरे के छूट जाने पर ताउम्र बेचैन रहते हैं। आखिर कबीर के ढाई आखर प्रेम में ऐसा क्या है, जो वह कहते हैं कि जो पढ़े सो पंडित होए? प्रेम ऐसी कौन सी पीड़ा है जो चालाक औरतों और भेड़ियों जैसी सोच रखने वाले मर्दों को भी परास्त कर देती है? ऐसे ही सवालों से वह अक्सर रूबरू हो कर मर्दों की प्रासंगिकता के बारे में सोचतीं। वह तमाम सवालों के बीच शायद यह भूल जाती थीं कि कबीर ने यह भी कहा था कि प्रेम खाला का घर नहीं है, उसे पाने के लिए अपना सीस उतारना पड़ता है।

तान्या मैम शायद यह मानने के लिए तैयार नहीं थीं कि उम्र के इस पड़ाव में उन्हें एक साथी की तलाश थी। मर्द की कमी शायद वह महसूस करती थीं या नहीं करती थीं, यह तो उन्हें ही पता होगा। लेकिन उनकी जो जरूरतें थीं उसे कोई मर्द ही पूरा कर सकता था। उन्होंने कई बार समलैंगिक विकल्प के बारे में भी सोचा था। वह यह जानना चाहती थीं कि एक ही लिंग के दो लोग एक साथ कैसे रह लेते हैं और खुश रहते हैं। एक बार वे पल्लवी गुप्ता के ब्वॉय फ्रेंड साहिल से मिलने के लिए घर से निकली भी थी। लेकिन उनके कदम घर की चौखट के बाहर नहीं निकल पाये थे। उन्हें यह विकल्प नहीं जँचा था।

उन्होंने एक बार उन औरतों के बारे में भी सोचा था, जो ताउम्र अकेली रहीं और उन्होंने अपना जीवन शानदार तरीके से जिया। किसी भी मौके पर चूकी नहीं। हर मोर्चे पर सफलता के झंडे गाड़े। वे उन युवा साध्वियों के बारे में भी सोचती थीं, जो माया-मोह त्याग दीक्षा लेकर ईश्वर की सेवा में लग जाती थीं।

ईश्वर का सवाल भी वह अपने से पूछती थीं कि आखिर वह कौन है, जिसके लिए लोग सब त्याग कर उसकी शरण में आ जाते हैं? तान्या मैम नास्तिक नहीं थीं। दुनिया भर के देवी-देवताओं की वे पूजा करती थीं। व्रत और जरूरी कर्मकांड

में भी वह नहीं चूकती थीं। जैसे उन्हें मर्द के सवाल का जवाब नहीं मिला था, वैसे ही उन्हें ईश्वर के अस्तित्व के सवाल का भी उत्तर नहीं मिला था। सिवाय इसके कि लोग भय के कारण ईश्वर की पूजा करते हैं शायद। ईश्वर-वीश्वर कोई चीज नहीं होती है।

वह मर्द और ईश्वर के विकल्प चुनने के सवाल से इन दिनों खूब जूझ रही थीं। मर्द की कारगुजारियाँ उनके सामने थीं। या यह भी हो सकता है कि उन्हें कभी सही मर्द कोई मिला ही न हो। उन्होंने मर्द के प्रति एक धारणा बना ली थी। ईश्वर की तलाश में वह हिमालय नहीं जाना चाहती थीं। लेकिन वह उसकी तलाश में थीं जरूर। दिलचस्प बात यह है कि वह मर्द और ईश्वर की जब तुलना करती थीं, तो प्रेम तत्त्व दोनों में उन्हें दिखता था। उनके सामने स्त्री-पुरुष और देवी-देवता के अनेक प्रसंग सामने आ जाते थे। कई बार वह इस निर्णय पर पहुँचती थीं कि प्रेम शायद दुनिया की सबसे बड़ी ताकत है और जो प्रेम को हासिल कर लेता है, उसे मुक्ति मिल जाती है। इसी के साथ वह यह सवाल भी उठाती थीं कि प्रेम क्या मुक्ति का द्वार है और अगर यह है तो कहाँ है? और आखिर इंसान से लेकर भगवान तक मुक्ति क्यों चाहते हैं? मुक्ति क्या होती है?

तमाम मन्थन के बाद वह इस नतीजे पर पहुँची थीं कि प्रेम कुछ भी हो, होती खास चीज है। तभी तो ईश्वर से लेकर इंसान तक सब प्रेम करते हैं। इस निर्णय के बाद उनके मन में सवाल आता था कि आखिर वह प्रेम किससे करें? ईश्वर से या कि किसी मर्द से?

उनकी रातें ठंडी आग के बीच उन दिनों गुजर रही थीं। आग जरूर ठंडी थी, लेकिन वह उनके रोंएँ-रोंएँ को जला देती थी। मन में उठने वाली तूफानी लहरें कई बार सुनामी बनकर उनकी जाँघों के बीच से नीली झील के अमृत जल में तब्दील हो जाती थीं। अमृत पान के बाद जीभ का लपलपाना बन्द हो जाता था और होंठ बर्फ की तरह ठंडे हो जाते थे। शरीर की कम्पन थम जाती थी। आँखें नींद के आगोश में अँधेरी गुफा में प्रवेश कर जाती थीं। सीने के फल बेसुध हो कर लुढ़क जाते थे। बेचैनी और छटपटाहट तितली की तरह उड़ जाती थी। शरीर को मुक्ति मिल जाती थी ठंडी किन्तु जला देने वाली आग से। तान्या मैम के अन्दर इसके बाद यह सवाल उठता था कि क्या यही मुक्ति है?

ऐसे ही दिनों पढ़ना-पढ़ाना उनके अन्दर ऊब पैदा कर रहे थे। वे इंसान और ईश्वर की तलाश में भटक रही थीं। उन्होंने एक दिन अखबार में एक विज्ञापन देखा। एक बड़े और प्रतिष्ठित स्कूल में हिन्दी टीचर ट्रेनर की जरूरत थी। सैलरी

भी एक लाख रुपये तक थी। तान्या मैम के पास वह सारी योग्यता थी, जो इस पद के लिए विज्ञापन में लिखी थी। स्कूल का नाम था मॉडर्न एकेडमी। मॉडर्न एकेडमी की दुनिया भर में कई शाखाएँ थीं। भारत में भी उनके दिल्ली सहित कई राज्यों में स्कूल थे। एकेडमी का मुख्यालय इंडोनेशिया के बाली आईलैंड में था। एकेडमी स्कूल भी चलाती थी और दूसरे स्कूलों के टीचरों को नयी पद्धति की ट्रेनिंग भी कराती थी।

तान्या मैम ने सोचने-विचारने के बाद मॉडर्न एकेडमी में हिन्दी टीचर ट्रेनर के लिए आवेदन कर दिया। कुछ ही दिन बीते थे कि उन्हें इंटरव्यू के लिए बुलावा आ गया। दिल्ली के एक पाँच सितारा कॉरपोरेट ऑफिस में उनको इंटरव्यू के लिए बुलाया गया। इंटरव्यू बोर्ड में देशी-विदेशी एकेडमीशियन शामिल थे। तान्या मैम की जब बारी आयी तो उन्होंने अपना प्रजेंटेशन देते हुए बोर्ड के हर सदस्य को उसमें भागीदार बना लिया था। उन्होंने एक कहानी के माध्यम से संज्ञा और सर्वनाम के बारे में बताया था। उन्होंने सारे बोर्ड के सदस्यों से कहा था कि थोड़ी देर के लिए यह मान लीजिए कि यह इंटरव्यू बोर्ड नहीं है, बल्कि एक क्लास है और आप सब मेरे स्टूडेंट हैं। कहानी सुनाते हुए उन्होंने बोर्ड के हर सदस्य से हुंकारी भरवाई थी। अन्त में पूछा था कि समझ आ गया न कि संज्ञा और सर्वनाम क्या होते हैं? इस पर बोर्ड के सभी सदस्यों ने हाँ में बच्चों की तरह खुश होते हुए जवाब दिया था। हिन्दी के संज्ञा और सर्वनाम को अंग्रेजी में उन्होंने इस खूबसूरती से समझाया था कि बोर्ड के विदेशी सदस्यों के चेहरे चमक उठे थे। एक विदेशी सदस्य ने तारीफ करते हुए तान्या मैम से कहा था–'वन डे यू विल बी स्टार ऑफ मॉडर्न एकेडमी। वी वर इन सर्च ऑफ सच ए पर्सनाल्टी।'

मॉडर्न एकेडमी में तान्या मैम की नौकरी पक्की हो गयी थी। नौकरी के बाद स्कूल की वाइस प्रिंसिपल पद से जब उन्होंने इस्तीफा दिया था, तो स्कूल में हंगामे जैसी स्थिति पैदा हो गयी थी। स्कूल मैनेजमेंट से लेकर प्रिंसिपल तक नहीं चाहती थीं कि वह स्कूल को छोड़ कर जायें। स्कूल के चेयरमैन ने उन्हें मॉडर्न एकेडमी से मिलने वाली सैलरी के बराबर का ऑफर भी दिया था, लेकिन उन्होंने विनम्रता से यह कहते हुए उसे ठुकरा दिया था कि वह अब एजूकेशन के दूसरे क्षेत्र में काम करना चाहती हैं।

गुड़गाँव की सनसिटी स्थित मॉडर्न एकेडमी की बिल्डिंग का फिनशिंग टच चल रहा था। पूरी तरह से अभी स्टाफ की नियुक्ति नहीं हुई थी। टीचरों की संख्या भी कम थी। टीचरों के पास पढ़ाने का कोई काम नहीं था। गप्पों में दिन

गुजर जाता था। छोटे से टीचर समूह में हर टीचर एक गुट थी। गुट के सदस्यों की अदला-बदली इधर-उधर होती रहती थी। कभी कोई किसी के साथ तो कभी किसी के साथ। थाली में बैंगन की तरह थीं टीचरें। एक-दूसरे के खिलाफ उनमें जंग होती थी। मोरक्को से इंडिया आयी ईमेन अंग्रेजों की बाप थी। किसी से दबती नहीं थी। उसकी सबसे भिड़ंत हो जाती थी। प्रिंसिपल नैना चोपड़ा से भी वह गलत बात पर भिड़ जाती थी। वह अंग्रेजी टीचर थी। उसकी तान्या मैम से पटती थी। वह उनकी हमउम्र भी थी। बाकी टीचरें दोनों से काफी उम्रदराज थीं। सबकी सब पियक्कड़। सबके पास दस-दस पन्द्रह-पन्द्रह साल का टीचिंग एक्सपीरियन्स था।

अब तक तान्या मैम ने जिन स्कूलों में पढ़ाया था, उनके स्टाफ रूम और मॉडर्न एकेडमी के स्टाफ रूम में कोई अन्तर नहीं था। अन्तर था तो उनके स्टेटस को लेकर। सबके पास बड़ी गाड़ियाँ थीं और उनकी बड़ी-बड़ी कॉकटेल पार्टियाँ। यही नहीं उनकी अपनी-अपनी कहानियाँ भी थीं। विविधा पात्रा मैथ टीचर थी। उसका वजन सौ किलो के आसपास होगा। पूरी की पूरी डब्बू। अमेरिका के शिकागो में एक स्कूल में दस साल पढ़ा चुकी थी। वहीं उसका ब्वॉयफ्रेंड भी था। वह उसे घुमाता-फिराता था। गिफ्ट देता था। लेकिन शादी के नाम पर वह पलट जाता था। बाद में विविधा ने उसे छोड़ दिया था या कि उसके ब्वॉयफ्रेंड ने, यह तो विविधा ही बता सकती थी। ऐसे ही सोशल साइंस टीचर गुरवीर कौर थीं। उसका पति फौज में कर्नल था और उससे उसका तलाक हो गया था। दो बेटियाँ थी उसकी। वह उन्हें डॉक्टर बनाना चाहती थी। मानसी अहलावत जीके (सामान्य ज्ञान) की टीचर थी। लेकिन उसका सामान्य ज्ञान शून्य ही था। बाबुसा मेंहदीरत्ता कम्प्यूटर टीचर थी। अब तक वह कई ब्वॉय फ्रेंड बदल चुकी थी।

हर दिन स्टाफ रूम में एक नयी बात पर जंग छिड़ती थी। उस दिन गुरवीर को लेकर बात चल रही थी। मामला था उसका कर्नल के साथ तलाक का। तलाक को गुरवीर जिन्दगी का सबसे अहम फैसला बता रही थी। वह तलाक को शादी के बाद दुनिया की सबसे अच्छी बात स्थापित करने में लगी थी। तभी बाबुसा ने सवाल उछाला—'जब तलाक ही लेना था तो शादी क्यों की थी? मेरी तरह रहतीं।'

'शादी का मज़ा भी लिया। बच्चे भी पैदा किये। तलाक भी लिया। शादी न करती तो ये पता कैसे चलता कि वह जिन्दगी कैसी होती है? माँ बनने में क्या

सुख और दुख मिलता है? आग का असर जानने के लिए हाथ जलाने ही पड़ते हैं।' —गुरवीर ने अपनी गर्दन मटकाते हुए बाबुसा का जवाब दिया था।

'ये बात तो सही है। हमने शादी तो नहीं की लेकिन मैं सब जानती हूँ कि शादी के बाद क्या होता है?'—विविधा पात्रा ने अपनी बात ऊपर रखते हुए बोला।

'अब तान्या को देखो, न तो उसका कोई ब्वॉय फ्रेंड है और न ही वह शादी करना चाहती है। उसे कैसे पता चलेगा कि इन चीजों में कितना मजा है। लगता है कि संन्यासिन बनना चाहती है। गुरवीर ने टीज़ करते हुए तान्या मैम की तरफ देखते हुए बोला।

'तुम सबको क्या लेना-देना है कि तान्या संन्यासिन बने या फिर नन। तुम सब उसको छोटा समझकर हमेशा उसको टीज़ करते हो। बैड थिंग। तान्या मैम का बचाव करते हुए ईमेन सब पर चढ़ते हुए बोली।

स्टाफ रूम की ऐसी बातों से तान्या मैम आज़िज आ चुकी थीं। उन्हें ऐसी चर्चाओं से घिन आती थी। वह एक दिन सोचने लगीं कि ऐसी सोच वाली टीचरें क्या बच्चों को सीख देंगी? वह यह भी सोचतीं कि आखिर हमारे पूरे एजूकेशन सिस्टम को क्या हो गया है? इसमें हम बच्चों को बेहतर इंसान बनाने के बजाय वह सब कुछ सिखाते हैं, जिनसे इंसानियत का कोई लेना-देना नहीं होता है।

तीन-चार माह बीत गये थे। मॉडर्न एकेडमी को केरल की सांस्कृतिक राजधानी त्रिसूर में एक स्कूल में टीचर्स ट्रेनिंग का असाइनमेंट मिला था। अपनी तमाम ब्रांचों में से एकेडमी ने हिन्दी टीचर ट्रेनर के तौर पर तान्या मैम को चुना था। तान्या मैम का जीवन रमता जोगी बहता पानी की तरह था। वह कहीं भी जाने से पीछे नहीं हटती थीं। हर अनुभव को वह पा लेना चाहती थीं। गैर हिन्दी राज्य में हिन्दी की ट्रेनिंग देना उनको चुनौती भरा काम लगा था।

कोच्चि हवाई जहाज से पहुँचने के बाद वह सड़क मार्ग से त्रिसूर पहुँचीं। चारों तरफ हरियाली और बैक वॉटर देखकर वह अभिभूत हो गयी थीं। वह सोच रहीं थी कि केरल को यदि ईश्वर का देश कहा जाता है तो वह यूँ ही नहीं है। ईश्वर की हर खूबसूरत चीज वहाँ मौजूद थी। जिस स्कूल में उनको ट्रेनिंग देनी थी, वह समुद्र तट से पाँच मिनट की दूरी पर था। तान्या मैम ने इससे पहले समुद्र कभी नहीं देखा था। हाहाकार करते समुद्र को देखना और उसे महसूस करना, ठीक वैसे ही था जैसे रात को अकेले में उनके शरीर में ठंडी आग हाहाकार करती थी। वह समुद्र में डूब गयीं। उन्हें लगा कि समुद्र ही ईश्वर है। ईश्वर को लेकर वह

दिग्भ्रमित थीं। वह उसमें समाना चाहती थीं, लेकिन उनके पैर ठिठक गये और वह लहरों का स्पर्श कर वहाँ से लौट आयीं। उन्हें याद आया कि ईश्वर को पाने के लिए अपनी जान तो नहीं दी जा सकती है। शरीर में जान नहीं रहेगी तो ईश्वर का अनुभव कैसे करेंगे। उन्हें एक विचार यह भी आया कि शायद मृत्यु ही ईश्वर है। लेकिन उन्हें यह बात तार्किक नहीं लगी।

उनका ट्रेनिंग प्रोग्राम शुरू हो चुका था। मलयाली भाषी टीचरों को हिन्दी समझाने में उन्हें दिक्कतें आ रही थीं। अंग्रेजी में वह पढ़ाने की कोशिश करती थीं, लेकिन उन्हें लगता था कि हिन्दी की आत्मा टीचर स्टूडेंट्स में वह भर नहीं पा रही हैं। इसके लिए उन्होंने मलयाली सीखना शुरू किया। कामचलाऊ मलयाली जानने के बाद वह उन्हें उनकी भाषा में समझाने की कोशिश करने लगीं। उन्हें इसमें सफलता मिलती दिखी और वह बाद में सफल भी हुईं।

अपनी ट्रेनिंग के बाद अक्सर वह समुद्र के किनारे जातीं और ईश्वर के सवाल को खोजने की कोशिश करती। त्रिसूर अपने मन्दिरों, चर्चों और मस्जिदों के लिए मशहूर था। उन्होंने सोचा कि क्यों न ईश्वर को इन जगहों में तलाशा जाये। खाली समय में वह मन्दिर जातीं, चर्च जातीं, मस्जिद जातीं। उन्हें यहाँ ईश्वर बँटा हुआ दिखा। अपना-अपना ईश्वर। मेरा ईश्वर अच्छा, उसका ईश्वर बुरा। वह सोचतीं ईश्वर तो एक है, तो फिर अच्छा-बुरा वह कैसे हो सकता है? सबके ईश्वरों को परखने के बाद वह निर्णय पर पहुँची थीं कि ईश्वर अगर कोई चीज है, तो कम से कम इन मन्दिरों, चर्चों और मस्जिदों में तो नहीं ही है। तो फिर ईश्वर क्या है? उन्हें एक बार लगा कि ईश्वर ज्ञान हो सकता है। ज्ञान का सबसे बड़ा भंडार सुपर कम्प्यूटर है। लेकिन कम्प्यूटर की भी सीमा होती है। ईश्वर सीमाओं में तो बाँधा नहीं जा सकता है। ज्ञान हमेशा जिज्ञासु होता है। जिज्ञासा पूरी हो जाये तो फिर ईश्वर कहाँ मिलेगा? ज्ञान का भी तो कहीं अन्त होता ही होगा? क्या ज्ञान की पराकाष्ठा अज्ञानता होती है? इस प्रश्न के साथ वह ज्ञान को भी ईश्वर मानने से इन्कार कर देती हैं।

तान्या मैम की तीन माह की ट्रेनिंग खत्म हो चुकी थी। वह सन्तुष्ट थीं कि वह अपने मिशन में कामयाब रहीं। उनके सारे टीचर स्टूडेंट भी पढ़ाने की नयी तकनीकी सीखने के बाद प्रसन्न थे। अपनी विदाई के वक्त उन्हें लगा कि शायद सन्तुष्टि ही ईश्वर है। अपने काम को ठीक से करना क्या ईश्वर है? वापसी के वक्त वह इसी सवाल से जूझती रहीं। सोचती रहीं कि दुनिया में इतने तरह के काम हैं और उनको सन्तुष्टि से करने वाले सभी के अन्दर तो ईश्वर हो नहीं सकता है।

ईश्वर तो एक ही है। ईश्वर एक है इस सवाल से भी वह तब जूझी थीं, जब वह त्रिसूर के मन्दिरों, चर्चों और मस्जिदों में उसकी तलाश में गयी थीं। सबके ईश्वरों से रूबरू होने के बाद उन्हें लगा था कि ईश्वर तो एक ही हो सकता है, यदि वह कहीं है। उनको वापसी में इस बात का मलाल रहा कि ईश्वर के देश में भी उन्हें ईश्वर नहीं मिला।

॥ तेरह ॥

उन दिनों दिल्ली बेतरतीब हो गयी थी। सारे रास्तों पर तिरंगाधारियों का कब्जा हो गया था। बात-बात पर चालान काटने वाली दिल्ली ट्रैफिक पुलिस लाचार दिख रही थी। शायद उनका मौन समर्थन तिरंगाधारियों के प्रति था। जन्तर-मन्तर और इंडिया गेट में भारी गहमागहमी थी। लोकपाल विधेयक के लिए अन्ना हजारे का आन्दोलन अपने चरम पर था। दिल्ली के बाहर भी शहरों में आन्दोलन के समर्थन में लोग धरना-प्रदर्शन कर रहे थे। आन्दोलन को हर वर्ग से समर्थन मिल रहा था। क्या युवा, क्या विद्यार्थी, क्या महिलाएँ, क्या मजदूर, क्या किसान, क्या सरकारी कर्मचारी सबका समर्थन उनके साथ था। हर शख्स जन्तर-मन्तर पर समर्थन की एक मोमबत्ती जलाकर अपनी हाज़िरी दर्ज कराना चाहता था। उसे लगता था कि यदि वह इस यज्ञ में शामिल नहीं हुआ तो इतिहास उसे कभी माफ नहीं करेगा।

संसद की थोड़ी दूरी पर जन्तर-मन्तर पर आमरण अनशन पर बैठे अन्ना हजारे में लोग आजादी के बाद का गाँधी देख रहे थे। गाँधी टोपी दिल्ली की सड़कों पर चारों तरफ दिख रही थी उन दिनों। आजादी के आन्दोलन की पुरानी तस्वीरें देखी जायें तो उनमें ब्लैक एंड व्हाइट और कलर का अन्तर होगा, वरना गाँधी टोपी पहने लोगों का हुजूम एक जैसा दिखेगा। बच्चे, युवा, औरतें सब के सब गाँधी टोपी पहने हुए थे। टोपी पर लिखा था—मैं अन्ना हजारे।

अन्ना हजारे यह समझाने में कामयाब हो गये थे देश को कि हर समस्या की जड़ भ्रष्टाचार है। और भ्रष्टाचार को लोकपाल से खत्म किया जा सकता है। वैसे भी देश में 2जी, 3जी और सीडब्लूजी, कोयला घोटालों और बढ़ी महँगाई ने निराशा का माहौल पैदा कर दिया था। लोग हताश और निराश हो गये थे। उन्हें आशा की किरण नहीं दिख रही थी। ऐसे में अन्ना का भ्रष्टाचार को खत्म करने के लिए शुरू किया गया आमरण अनशन लोगों में आशा जगा रहा था।

तान्या मैम भी अन्ना के आन्दोलन से प्रभावित हुए बिना नहीं रह सकी

थीं। उन्हें अन्ना में एक बार फिर ईश्वर दिखा था। उन्हें लगा था कि किसी एक आदमी के पीछे तो लोग इस तरह पागल नहीं हो सकते हैं। वह जरूर ईश्वर होंगे। ईश्वर अन्ना का बाना रख कर धरती से भ्रष्टाचार दूर करने आये हैं। बहुत सोचने के बाद उन्हें लगा था कि धरती में भ्रष्टाचार से बड़े भी और कई मसले हैं। किसानों की आत्महत्या, गरीबी, बेरोजगारी, शोषण, शिक्षा, स्वास्थ्य, वगैरह-वगैरह। अन्ना अगर ईश्वर होते तो वह इन सबके लिए भी आन्दोलन करते। ईश्वर आन्दोलन थोड़े ही करते हैं। वे युद्ध करते हैं। राम की तरह या फिर कृष्ण की तरह अर्जुन के सारथी बन कर।

अन्ना को तान्या मैम ने ईश्वर तो मानने से इंकार कर दिया था। लेकिन वे उन्हें असाधारण व्यक्ति जरूर मान बैठी थीं। इसीलिए वह भी जन्तर-मन्तर गाँधी टोपी लगाकर पहुँची थीं समर्थन करने के लिए। वहाँ की भीड़ की उत्तेजना ने उन पर बड़ा असर किया था। रोज लाखों रुपये का चंदा आन्दोलन के लिए देश भर से आ रहा था। तान्या मैम की भी अन्य लोगों की तरह रुटीन हो गयी थी जन्तर-मन्तर जाने की। उस दिन उन्हें सैलरी मिली थी। उन्होंने अपनी पूरी सैलरी आन्दोलन के लिए चंदे के तौर पर दे दी थी। रसीद काटने वाले वालेंटियर ने जब उनके मुँह से सुना था कि वह एक लाख रुपये देना चाह रही हैं, तो उसे थोड़ा अचरज जरूर हुआ था। लेकिन रुपये लेकर उसने रसीद दे दी थी। उस वालेंटियर का नाम दीपांकर मिश्रा था। दीपांकर अन्ना के आन्दोलन का होल टाइमर था। पेशे से इंजीनियर था। अमेरिका से बड़ी मल्टीनेशनल कम्पनी की नौकरी छोड़कर आन्दोलन में शामिल होने आया था इंडिया। उसकी पत्नी की न्यूयार्क में एक सड़क दुर्घटना में मृत्यु हो गयी थी, तब से वह अकेला था। वह देश के लिए कुछ करना चाहता था। उसे देश सेवा को शुरू करने के लिए अन्ना हजारे से जुड़ना मुनासिब लगा था।

दीपांकर तान्या मैम की आन्दोलन के प्रति प्रतिबद्धता देखकर हतप्रभ था। अनशन स्थल पर तान्या मैम अपनी पूरी ताकत से नारे लगाती थीं। 'मेरा रंग दे बसंती चोला' गाना भी वह कोरस में गाती थीं। उनकी आवाज़ बुरी नहीं थी। वह आन्दोलन के हर काम को करना चाहती थीं। वह जन्तर-मन्तर पर आने वाले तमाशबीनों और इंडिया गेट पर पिकनिक करने आये लोगों को लोकपाल की जरूरत के बारे में समझातीं और उन्हें टोपी पहनाकर कार्यकर्ता बनाती थीं।

वह जन्तर-मन्तर जाने के लिए स्कूल के समय में मौका मिलते ही कटौती कर देती थीं। स्कूल में टीचरों और अन्य कर्मचारियों को भी वह प्रेरित करतीं,

आन्दोलन में भाग लेने के लिए। दीपांकर की आँखें हमेशा तान्या मैम के पीछे रहने लगी थीं। वैसे अन्ना के आन्दोलन ने कई युवा दिलों को आपस में मिलाया था। ऐसे जोड़ों को अन्ना के आन्दोलन के नाम पर घर से छुट्टी आसानी से मिल जाती थी। उनके अभिभावक भी महँगाई और भ्रष्टाचार की मार से त्रस्त थे। वे मानते थे कि यदि वह जन्तर-मन्तर नहीं जा पा रहे हैं तो कम-से-कम उनके बच्चों से उनकी मौजूदगी दर्ज़ हो जा रही है। आवारागर्दी से तो अच्छा है कि देश के काम ही आये।

दीपांकर तान्या मैम से नजदीकी बनाना चाहता था। वह उसे पसन्द थीं। पूरी ईमानदारी से आन्दोलन से जुड़ी थीं। वह भी तन-मन-धन से आन्दोलन को समर्पित था। एक दिन उसने बातचीत का सिलसिला शुरू करने की गरज से तान्या मैम से पूछा था—'आप कहाँ रहती हैं?'

'मैं रोहिणी में रहती हूँ। तान्या मैम ने उसके सीधे सवाल का सीधा जवाब दिया था।

'आप रोज इतनी देर तक यहाँ रहती हैं। आपको देर रात जाने में तकलीफ नहीं होती है? बात को बढ़ाने के लिए उसने फिर पूछा था।

'ऐसी कोई बात नहीं है। मैं आखिरी मेट्रो लेती हूँ और वहाँ से ऑटो ले लेती हूँ।'—तान्या मैम ने उदासीन सा जवाब दिया।

'घर जा कर खाना बनाती होंगी?'—दीपांकर ने फिर सवाल किया।

'कुछ सैंडविच वगैरह बनाकर खा लेती हूँ। आप लोग तो चौबीस घंटे यहाँ रहते हैं, आप लोग कहाँ खाते हैं?' इस बार तान्या मैम ने थोड़ी दिलचस्पी दिखाई। शायद अन्ना के आन्दोलन से जुड़े लोगों के प्रति फिक्र थी उन्हें।

'यहाँ आने वाले लोग हम लोगों के लिए कुछ न कुछ ले आते हैं। उसी से हमारा काम चल जाता है। हम कोई पार्टी में तो यहाँ आये नहीं हैं।'

'कोई बात नहीं कल से मैं आपके लिए कुछ ले आया करूँगी। शरीर स्वस्थ नहीं रहेगा तो आन्दोलन कैसे करेंगे।' तान्या मैम ने एक टीचर की तरह फरमान जारी कर दिया।

दोनों के बीच इस तरह बातचीत शुरू हो गयी थी। अब तान्या मैम दीपांकर के लिए कुछ न कुछ खाने के लिए रोज़ लाने लगी थीं। तान्या का इस तरह का व्यवहार दीपांकर को अच्छा लगा था। इसके बाद अक्सर वह जन्तर-मन्तर के पास स्थित पटेल चौक मेट्रो स्टेशन में उन्हें लेने जाने लगा था। दोनों के बीच दोस्ती बढ़ रही थी। एक-दूसरे को वे समझने की कोशिश कर रहे थे। ये भी कह सकते

हैं कि परखने की कोशिश कर रहे थे। एक-दूसरे की रुचियों को जान रहे थे। अपनी-अपनी कहानियाँ सुना रहे थे। बीवी की मौत के बाद के अकेले दिनों की यातना को दीपांकर बढ़ा-चढ़ा कर बताता था, तो तान्या मैम अपनी नौकरी पाने के संघर्ष को लम्बा कर बताती थी। दोनों के बीच कुछ पकने लगा था। यदि ऐसा नहीं होता तो तान्या मैम की ड्रेसेज रोज बदलती नहीं। पहले वह जैसी होती थीं, वैसे ही चल देती थी जन्तर-मन्तर के लिए। अब एकेडमी से निकलते वक्त वह वॉश रूम में अपने को ठीकठाक करती थी। दीपांकर भी बीच में मौका निकालकर अपने वन रूम फ्लैट में जाकर चेंज कर आता था। दीपांकर सिविल लाइन्स में रहता था। तान्या मैम और दीपांकर की मेट्रो का एक ही रूट था। कई मुलाकातों के बाद दोनों ने अपने मोबाइल नम्बर एक-दूसरे को दे दिये थे। दिन में दोनों की एकाध बार बातचीत भी हो जाती थी।

आन्दोलन अपने पूरे शवाब पर पहुँच चुका था। अन्ना का स्वास्थ्य धीरे-धीरे गिर रहा था। उनके समर्थन में देश में अनेक शहरों में लोग आमरण अनशन पर बैठ गये थे। जन्तर-मन्तर पर भी उनके समर्थन में कई युवा और बूढ़े और महिलाएँ अनशन पर बैठ गयी थीं। तान्या मैम ने सोचा कि वह भी अनशन पर बैठेंगी। बाद में उन्होंने इस विचार को यह सोच कर छोड़ दिया था कि भूखे रहना उनके बस की बात नहीं है। भागलपुर में बीएड की डिग्री के आन्दोलन के समय वह ऐसी गलती कर चुकी थीं। नतीजा यह हुआ था कि वे रात को चोरी-चोरी खाती थीं।

आन्दोलन ने केन्द्र की यूपीए सरकार की चूलें हिला दी थीं। पहले जो सरकार अन्ना से बात करने के लिए राजी नहीं थी, उसने बातचीत के दरवाजे खोल दिये। उसने अपने कई मंत्रियों को अन्ना का अनशन तुड़वाने के लिए लगाया। बातचीत का एक फार्मूला तैयार हुआ और अन्ना का अनशन समाप्त हो गया।

अनशन टूटते ही जन्तर-मन्तर की भीड़ छँटने लगी। वैसे वहाँ वे लोग जुटे रहे, जो लोकपाल के अलावा अपनी अन्य माँगों के लिए धरना-प्रदर्शन और अनशन कर रहे थे। दिल्ली में जन्तर-मन्तर ऐसी जगह है, जहाँ देश भर के आन्दोलनकारी अपनी माँगों के समर्थन में धरना-प्रदर्शन करते हैं। दीपांकर और तान्या मैम का भी जन्तर-मन्तर में आना बन्द हो गया था। दीपांकर तो आन्दोलन का फुल टाइमर था। उसने अन्ना के दफ्तर में आना-जाना शुरू कर दिया था। तान्या मैम स्कूल से सीधे घर जाने लगी थीं।

दीपांकर और तान्या मैम की मुलाकातें बन्द हो गयी थीं। बीच में कभी-कभार

दीपांकर का एसएमएस जरूर तान्या मैम को मिल जाता था। एसएमएस बहुत छोटा होता था। उसमें आमतौर पर यही पूछा जाता था कि कैसी हैं आप? तान्या मैम का भी छोटा सा ही जवाब हर बार होता था कि ठीक हूँ। दोनों के बीच एसएमएस ही सम्पर्क का माध्यम रह गया था। पहले तो कभी-कभी दीपांकर फोन भी कर लेता था, लेकिन आन्दोलन खत्म होने के बाद उसने फोन नहीं किया था।

तान्या मैम की ठंडी आग के बीच गुजरने वाली रातों में एक अस्पष्ट चेहरा आने लगा था। तमाम पहचानने की कोशिशों के बावजूद वे उसकी पहचान करने में हर बार नाकामयाब रही थीं। उनमें एक खालीपन रहने लगा था। वह किसी चीज की तलाश में थीं, लेकिन वह समझ नहीं पा रही थीं कि आखिर उनका क्या खो गया है? शायद वह समझती थीं और उसे मानने के लिए राजी नहीं थीं। स्कूल से घर जाते वक्त सिविल लाइन्स मेट्रो स्टेशन आता था। इस मेट्रो स्टेशन पर वह पाँच-दस मिनट यों ही गुजार देतीं। कई बार अगली मेट्रो में जगह होती, फिर भी वह स्वयं से बहाना कर देतीं कि जगह नहीं है, भीड़ में नहीं जायेंगी। दरअसल वह कहीं न कहीं उस साथ को ढूँढ़ रही थीं, जिसकी बातें उनकी सहकर्मियों से कुछ अलग होती थीं। जिसके लिए तैयार होना उन्हें अच्छा लगने लगा था। स्त्री-पुरुष के बीच का नैसर्गिक आकर्षण दीपांकर में तान्या मैम महसूस कर रही थीं, पर इसे समझ नहीं पा रही थीं।

एक दिन अचानक उनके फोन की घंटी बजी। दीपांकर का नम्बर स्क्रीन पर था। वह मीटिंग में थीं इसलिए उसका फोन अटैंड नहीं कर सकीं। दीपांकर को लगा कि उसकी दोस्ती या कि जान-पहचान आन्दोलन के साथ जन्तर-मन्तर में ही दफ़न हो गयी। उसने दोबारा फोन नहीं किया। लेकिन उसकी उँगुलियाँ की-पैड पर बार-बार जातीं और वापस हो जातीं। उधर तान्या मैम मीटिंग खत्म होने का इन्तज़ार कर रही थीं। मीटिंग में होने वाली किसी भी चर्चा पर उनका ध्यान नहीं लग रहा था। वह सोचती रही थीं कि आखिर दीपांकर ने उन्हें क्यों फोन किया है?

मीटिंग के खत्म होने के बाद वह सीधे स्कूल के एक खुले हिस्से में आयीं और उन्होंने दीपांकर को फोन किया। दीपांकर ने तान्या मैम का नम्बर देखा, तो उसके अन्दर एक अजीब से झनझनाहट हुई। रिसीविंग बटन दबा कर सूख रहे मुँह में थूक को पैदा करते हुए उसने कहा था—'हैलो।'

'सॉरी दीपांकर, मैं मीटिंग में थी इसीलिए तुम्हारा फोन अटैंड नहीं कर

सकी थी...'

'कोई बात नहीं।' दीपांकर ने कहा था।

'और बताइये सब कैसा चल रहा है? आप तो आन्दोलन खत्म होने के बाद ऐसे गायब हुए जैसे बेमौसम की बारिश में बादल गायब हो जाते हैं।'

'ऐसी बात नहीं है। मैं थोड़ा व्यस्त हो गया था।' दीपांकर ने सफाई देते हुए कहा था। हालाँकि तान्या मैम से मिलने की बेचैनी उसमें भी भरपूर थी।

'और सुनाइये, क्या चल रहा है इन दिनों? कैसे याद किया मुझे?'

—तान्या मैम ने दीपांकर के मन की बात जानने के लिए पूछा था।

'सब ठीक चल रहा है। सोच रहा हूँ कि आज हम लोग मिलते हैं।'

—दीपांकर ने शायद तान्या मैम के मन की बात समझते हुए कहा था।

'हाँ-हाँ क्यों नहीं? आईएसबीटी मेट्रो स्टेशन में मिलते हैं। मैं गुड़गाँव सिटी सेंटर से पाँच बजे मेट्रो लूँगी और वह करीब एक घंटे में आईएसबीटी पहुँच जायेगी। —तान्या मैम ने दीपांकर के प्रस्ताव को स्वीकार करते हुए कहा था।

तान्या मैम जब आईएसबीटी मेट्रो स्टेशन पर उतरीं तो उनकी नजरें दीपांकर को खोजने लगीं। दीपांकर भी हर मेट्रो में तान्या मैम की खोज में जुटा था। तभी एक मेट्रो में उसे तान्या मैम की झलक दिखाई दी। वह तेजी से उस डिब्बे की ओर बढ़ा। तभी तान्या मैम ने उसे अपनी ओर आते देखा और वह वहीं रुक गयी। दोनों एक-दूसरे को देख कर कुछ क्षण कुछ समझ ही नहीं पा रहे थे कि इस मुलाकात को कैसे किया जाये। दीपांकर ने पहल करते हुए अपना हाथ तान्या मैम की तरफ बढ़ाते हुए पहल की। दोनों ने गर्मजोशी से हाथ मिलाये और कॉफी पीने के लिए कैफे कॉफी डे की ओर बढ़ गये। इस कॉफी शॉप में तान्या मैम ने अपने संघर्ष के दिनों में पल्लवी गुप्ता के साथ खूब समय गुजारा था। इस जगह से उसका गहरा नाता था।

दीपांकर ने कोल्ड कॉफी विद आइसक्रीम और तान्या मैम ने कपाचीनो प्लेन हॉट कॉफी मँगवाई थी। कॉफी आने और उसके बाद भी दोनों के बीच कोई संवाद नहीं हुआ था। मसला पहल करने का था। दीपांकर कुछ कहना चाहता था और शायद तान्या मैम भी। लेकिन बात मौसम से शुरू हुई। मौसम से स्कूल और आन्दोलन तक आते-आते एक घन्टे बीत गये। इस बीच तान्या मैम बार-बार अपनी कलाई में बँधी घड़ी देख रही थीं। उन्हें ऐसा करते हुए दीपांकर ने कहा था—'लग रहा है कि आपको देर हो रही है, तभी आप बार-बार घड़ी देख रही हैं।'

'नहीं, ऐसी बात नहीं है। वैसे देर तो हो रही है, लेकिन जाने का मन नहीं हो रहा है। फिर मिलते हैं किसी दिन छुट्टी के दिन।'—यह कहते हुए तान्या मैम उठ गयी थीं।

इसके बाद तान्या मैम और दीपांकर की मुलाकातें बढ़ने लगीं। रविवार के दिन तो वे अक्सर साथ लंच करने लगे थे। एक दिन दोनों ने 'होहो' बस से दिल्ली दर्शन किया था। तान्या मैम दिल्ली में इतने दिनों से रह रही थीं, लेकिन दिल्ली देखने का उन्हें मौका नहीं मिला था। स्कूल और घर के बीच अक्सर उनकी नजरें इधर-उधर कुछ तलाशती थीं। दीपांकर इसी मेट्रो स्टेशन पर उतरता था। उसका फ्लैट सिविल लाइन्स में ही था। उनकी जिन्दगी सिमटी हुई थी। दीपांकर के लिए भी दिल्ली नयी थी। वह कानपुर का रहने वाला था, इसलिए दिल्ली देखना उसके लिए भी मुमकिन नहीं हुआ। दोनों उस दिन सुबह ही 'होहो' बस में ढेर सारे चिप्स, कुरकुरे और कोल्ड ड्रिंक लेकर सवार हो गये थे। कुतुबमीनार, हुमायूँ का मकबरा, लाल किला, चाँदनी चौक सब एक ही दिन में दोनों ने देख लिए थे। पूरे दिन दोनों ने मौज-मस्ती की थी। दोनों बहुत खुश थे। दोनों के अन्दर बहुत कुछ उमड़-घुमड़ रहा था। लेकिन किसी की जुबाँ पर शब्द नहीं आ रहे थे। पूरे दिन खिलंदड़ी में मौन उनके चारों तरफ पहरा देता रहा था।

तान्या मैम की ठंडी आग बरसाती रातों में आने वाला चेहरा अब थोड़ा-थोड़ा स्पष्ट होने लगा था। रातें अब उन्हें उतना नहीं जलाती थीं, जितना कि दीपांकर से मिलने के पहले जलाती थीं। मुलाकात की मीठी यादों में आग पूरी तरह बेअसर हो गयी थी। उधर दीपांकर अपनी पत्नी की मृत्यु के बाद से ही अकेला था। उसे भी एक साथी चाहिए था। उसे अपनी जिन्दगी में एक स्त्री का अभाव खलता था। तान्या मैम पुरुषों से नफरत करती थीं, लेकिन दीपांकर से मिलने के बाद उनकी धारणा बदली थी कि हर पुरुष एक जैसा नहीं होता है। वह कबीर के ढाई आखर की तलाश में लगी हुई थीं। ईश्वर की खोज के वक्त वह इस निर्णय पर पहुँची थीं कि प्रेम ही ऐसी चीज है जो ईश्वर और इंसान दोनों में होती है। उन्हें अब लगने लगा था कि सचमुच ढाई आखर दुनिया के सारे ज्ञान से बड़ा है।

ऐसे ही एक दिन दोनों कनाट प्लेस के सेंट्रल पार्क में मिले थे। उस दिन तान्या मैम बहुत खिली-खिली दिख रही थीं। पार्लर गयीं थीं। बालों को विशेष तौर पर स्ट्रेट कराया था उन्होंने। गोरी तो थीं ही वह, लेकिन उन्होंने फेशियल भी कराया था। माथे में काले रंग की छोटी सी बिन्दी लगाई थी। कानों में लटकने

वाले झुमके पहने थे। शायद इस मुलाकात के लिए उन्होंने विशेष रूप से काले रंग का रेशमी सूट खरीदा था, जिसे वह पहनकर आयी थीं। उनके चेहरे से एक खास तरह की शर्म का भाव टपक रहा था। वह आज दीपांकर से कुछ कहने का मन बना कर आयी थीं। तान्या मैम ने बात की शुरुआत की थी। आमतौर पर मौन को दीपांकर ही तोड़ता था। तमाम तैयारी और रिहर्सल के बाद भी सीधी बात करने की हिम्मत तान्या मैम की नहीं हुई थी। उन्होंने ईश्वर का सवाल उठाते हुए दीपांकर से पूछा था–'तुम ईश्वर को मानते हो? जानते हो?'

'मानता तो हूँ, पर जानता नहीं हूँ।'--दीपांकर का छोटा सा जवाब था।

'तुमने कभी उसे खोजने की कोशिश नहीं की?'–तान्या मैम ने बात को बढ़ाते हुए पूछा था।

'इसके लिए फुर्सत ही नहीं मिली। नौकरी ने इन्सान से मशीन बना दिया था। अब जब छोड़-छाड़ कर अपने देश लौटा हूँ तो लगता है कि इन्सान हूँ।'–दीपांकर ने साफगोई के साथ जवाब दिया था।

'मैंने तो तमाम कोशिशें कीं उसे खोजने की। लेकिन मुझे नहीं मिला। अलबत्ता एक बात मुझे जरूर समझ आयी कि शायद ईश्वर प्रेम में है। ईश्वर का ही दूसरा नाम प्रेम है।'–तान्या मैम ने अपने दिल की बात इस रूपक के जरिए कहने की कोशिश की।

दीपांकर इंजीनियर था और तान्या मैम हिन्दी टीचर। उन्होंने हिन्दी का पूरा भक्ति काल पढ़ा था। प्रेम से सराबोर था वह। उसके रूपकों के जरिए वह अपनी बात कहना चाह रही थीं। लेकिन दीपांकर भौतिक विज्ञान की तरह सोच रहा था, जहाँ हर चीज प्रतिपादित होती है।

उस दिन भी तान्या मैम सीधे-सीधे कुछ कह नहीं पायीं और दीपांकर भी। न प्रेम काव्य दीपांकर को समझ आया और न भौतिक विज्ञान तान्या मैम को। दोनों समझ रहे थे, लेकिन इस डर से हिचकिचा रहे थे कि कहीं सामने वाले से उत्तर में 'न' न मिले। इसलिए दोनों ने यही सोचा था कि रिश्ता टूटने से बेहतर है कि इन छोटी और मीठी मुलाकातों को अभी जारी रखा जायेगा। और जब सीधे कह देने का वक्त आयेगा तो कह दिया जायेगा।

दोनों तरफ से कहने-सुनने का मुहूर्त नहीं बन पा रहा था। हर मुलाकात में इधर-उधर की बातों के बाद दोनों अलग हो जाते। इन आपसी मुलाकातों में उन्होंने बहुत बार आन्दोलन के बाद की चुप्पी पर भी विचार-विमर्श किया। दीपांकर ने परदेश में रहकर अपने मशीनी जीवन से ऊबकर वतन लौटने का

फैसला लिया था। इन्हीं मुलाकातों से तान्या मैम जान सकी थी कि अपनी पत्नी को खो देने के बाद दीपांकर का जीवन खाली हो गया था। वह अब अपने लिए नहीं, दूसरों के लिए कुछ ऐसा करना चाहता था, जिसमें बलिदान की भावना हो। बदलाव का रंग हो। और हर आदमी की खुशी हो। अन्ना के आन्दोलन में उसे वही रंग दिखा था, पर यह रंग भी कच्चा निकला। 'मेरा रंग दे बसंती चोला' गाने वाला हर कोई भगतसिंह नहीं बन सकता, दीपांकर को यह बात समझ आने लगी थी।

इन्हीं मुलाकातों में तान्या मैम ने भी खुलासा किया कि वह सुख-सुविधा के तमाम साधन जुटा लेने के बाद भी अतृप्त सी हैं। उनका मन न जाने किस शून्य में भटकता है। यही शून्यता उन्हें अन्ना के आन्दोलन के करीब ले आयी थी, पर देश भक्ति का यह ज़ज़्बा ज्यादा दिन नहीं चला। दोनों के भीतर का भटकाव कोई नया अर्थ खोज रहा था। पर क्या, ये दोनों समझ नहीं पा रहे थे।

दोनों की मुलाकातें बढ़ रही थीं। लगभग हर दूसरे-तीसरे दिन। वे कभी साथ-साथ पिक्चर देखते, कभी कनॉट प्लेस घूमते। एक बार मस्ती में 'वाटरपार्क' के सभी झूले भी झूलकर आये। पर तान्या मैम को दीपांकर की शालीनता हमेशा अच्छी लगी और दीपांकर के लिए तान्या मैम का पास होना ही उसके मन को बहलाने के लिए काफी था। वह तान्या को सचमुच चाहत की हद तक पसन्द करने लगा था और अपनी पसन्द को जताने के लिए सही वक्त की तलाश में था।

इस बीच दीपांकर के ग्यारह महीने दिल्ली में पूरे हो चुके थे। दिल्ली में मकान मालिक किरायेदार के साथ ग्यारह माह का एग्रीमेंट करते हैं। वह फ्लैट की खोज में रात-दिन एक किये हुए था। प्रॉपर्टी डीलरों के बिना दिल्ली में मकान खोजना वैसे ही था, जैसे गूलर में फूल की तलाश करना। एक दिन उसने अपनी इस समस्या के बारे में तान्या मैम को बताया। तान्या मैम ने दीपांकर की समस्या को सुनने के बाद कहा था कि मैं भी अपने इलाके में इस काम के लिए लगती हूँ। इसके बाद उन्होंने रोहिणी के प्रॉपर्टी डीलरों के यहाँ अपनी रिक्वायरमेंट दर्ज करा दी थी। रोहिणी में वन रूम स्टूडियो अपार्टमेंट बहुत कम थे। और जो खाली होते थे, तो वह तुरन्त उठ जाते थे। कोई न कोई अकेला वर्किंग व्यक्ति उसे ज्यादा पैसों में फटाफट ले लेता था।

दीपांकर की इस समस्या को निपटाने के लिए वह एक दिन सोच रही थी, तभी उनके मन में विचार आया कि क्यूँ न अपने फ्लैट का एक कमरा उसे दे दिया जाए। अकेले से दो भले। उसको भी एक कंपेनियन मिल जायेगा और मुझे

भी। उन्होंने इस निर्णय को करने से पहले सारा आगा-पीछा सोचा। दीपांकर की शख्सियत के बारे में फिर सोचा। उसे बार-बार परखा हर कसौटी पर। यह भी सोचा कि आसपास के लोग क्या कहेंगे? इस सवाल का जवाब भी उन्होंने खुद ही दिया कि सोचेंगे, तो सोचें। आस-पड़ोस में क्या होता है, मुझे सब पता है। किसके पति के जाने के बाद किसके घर में कौन आता है, मुझे सब पता है। मैं किसी की निजी जिन्दगी में दखल नहीं देती हूँ, तो लोग भला मेरी जिन्दगी में क्यों टाँग फँसायेंगे? और फिर मैं कोई दीपांकर को रख कर अपराध तो नहीं करने जा रही हूँ। मैं दीपांकर को कमरा मुफ्त में तो दूँगी नहीं, उससे किराया भी लूँगी। सब लोग अपने मकान को किराये पर उठाते हैं। अन्त में उन्होंने इस प्रस्ताव को दीपांकर के सामने रखने की सोची। उसने दीपांकर को फोन लगाकर इस प्रस्ताव को बताया, तो दीपांकर ने आनाकानी किये बिना इसे स्वीकार लिया। प्रस्ताव स्वीकार करते हुए उसने सोचा कि इस तरह हम दोनों और एक-दूसरे को समझ सकेंगे।

दो-चार दिन बाद दीपांकर तान्या मैम के फ्लैट में रहने के लिए आ गया। उन्होंने उसे उसका कमरा दिखा दिया। साथ रहने की हिदायतें भी बता दीं, ताकि दोनों को कोई परेशानी न हो। दोनों साथ रहने लगे थे। खाने की समस्या दीपांकर के सामने थी। दोनों ने मिलकर इसका भी समाधान खोज लिया। अब तान्या मैम के घर में एक वक्त वह खाना बनाती और एक वक्त दीपांकर। खर्चे के हिसाब-किताब के लिए एक डायरी रख दी गयी थी, ताकि लेन-देन में कोई शंका न रह जाये।

तान्या मैम स्कूल से लौटतीं, तो डिनर के बाद देर तक दीपांकर से तमाम मसलों पर बातें करतीं। विवाह जैसे संवेदनशील मसले पर भी उनमें बातें होतीं। एक दिन ऐसी ही बातों के दौरान तान्या मैम ने दीपांकर से पूछा था–'लोग शादी क्यों करते हैं। अक्सर मैं देखती हूँ कि शादी के थोड़े समय बात पति-पत्नी में तकरार शुरू हो जाती है?'

'यह भी कोई सवाल है?'–आश्चर्य के साथ दीपांकर ने पूछते हुए कहा था– 'चूँकि सब लोग करते हैं। इसीलिए सब लोग करते हैं। शादी नहीं करेंगे, तो परिवार कैसे आगे बढ़ेगा? ये दुनिया खत्म हो जायेगी।'

'परिवार आगे बढ़ाने का ठेका हमारे ही पास क्यों है?'–तान्या मैम ने मातृत्व को नकारते हुए कहा था–'बहुत से लोग शादी के बाद भी बच्चे नहीं पैदा कर पाते हैं। फिर भी वे शादी कर लेते हैं।'

‘तो इसमें क्या है? तुम शादी करके बच्चे मत पैदा करना। अपने शरीर की जरूरतों को वैसे कोई नकार नहीं सकता है।’

‘मैं नकार नहीं रही हूँ उसको। लेकिन शारीरिक जरूरतों के लिए बच्चे पैदा करना क्यों जरूरी है?’

‘ये तो उन दो लोगों के बीच आपसी सहमति की बात है कि उन्हें बच्चे चाहिए या नहीं।’

‘ये बात तुम्हारी ठीक है। लेकिन सहमति के साथ रहने के लिए शादी क्यों जरूरी है?’

‘मतलब’? दीपांकर ने हैरानी से तान्या मैम की ओर देखा। अमेरिका में उसने इस तरह के सम्बन्ध बहुत देखे थे, पर हिन्दुस्तान में इस प्रचलन को बढ़ता देख उसे अचम्भा हो रहा था। उसने तान्या मैम से खुलकर इस पर बात की तो उनका सपाट जवाब था। ‘इससे बेहतर क्या होगा कि जब तक पटे तो साथ रहो, वरना अपना-अपना रास्ता पकड़ लो। शादी के बाद अलग होना भी मुश्किलों भरा है। हिन्दू एक्ट की भूल-भुलैया तलाक भी जल्दी नहीं लेने देती है।’

‘तुम्हारी बात में तर्क तो है।’

‘तो क्या हम लोग बिना शादी के रह सकते हैं—लिव इन में?’

दीपांकर तान्या मैम की तरफ से अचानक आये इस सवाल को लेकर भौचक्का रह गया था। उसे कुछ सूझ नहीं रहा था कि वह क्या जवाब दे। उसकी परिकल्पना में तो तान्या मैम को वह अपनी पत्नी के तौर पर देखना चाहता था। दीपांकर ने उस दिन तान्या मैम के इस सवाल का कोई जवाब नहीं दिया था। इतना कहकर कि सोच कर बतायेगा, वह अपने कमरे में चला गया था। उसने तान्या मैम के प्रस्ताव पर रात भर मन्थन किया। तरह-तरह के सवाल उसके ज़ेहन में आ रहे थे। लोग क्या कहेंगे? वह घर वालों को क्या जवाब देगा? इसी तरह के तमाम सवालों से वह रात भर जूझता रहा। पर उसके दिल में तान्या मैम के लिए एक जगह बन गयी थी। उसने कुछ सोचकर एक फैसला किया।

अगले दिन जब तान्या मैम से दीपांकर चाय पर मिला, तो उसने उनसे कहा—‘मैं तुम्हारे प्रस्ताव पर राजी हूँ। अब तुम्हें अन्तिम निर्णय लेना है।’

‘ठीक है शाम को हनू के पास चलेंगे वहीं इस बात का संकल्प लेंगे कि हमको वह हमेशा खुशी दे और हमारे सम्बन्धों की रक्षा करे।’

‘ये हनू कौन है?’

'हनुमान जी यार। अपने हनुमान जी।'

'तुम तो ईश्वर को मानती नहीं हो?'

'जब मैं अपने तर्कों को किनारे रख देती हूँ तो मानने लगती हूँ। आम लोगों की तरह हमारे अन्दर भी ईश्वर को लेकर एक भय काम करता है।'

यह कहकर तान्या मैम स्कूल चली गयी और जब शाम लौटीं, तो उन्होंने महादेवा स्कूल के जमाने में खरीदी गयी लाल सिल्क की साड़ी निकाली और पहनी। खास मेकअप किया। कुछ-कुछ दुल्हन जैसी सज रही थीं तान्या मैम। दोनों हनुमान मन्दिर गये। हालाँकि दोनों के हाथ में कोई जयमाला नहीं थी। न कोई रस्मो-रिवाज। न अँगूठी का आदान-प्रदान। न मंगलसूत्र जैसा कोई तोहफा। फिर भी तान्या मैम ने मन्दिर जाना ही ठीक समझा। हाँ, दोनों साथ खड़े हुए और अपनी-अपनी प्रार्थना में दोनों ने साथ रहने की खुशियाँ माँगीं। वापसी में उन्होंने कनाट प्लेस के एम्बेसी रेस्त्रां में डिनर किया। दीपांकर ने देखा कि हमेशा की बजाय तान्या मैम आज बहुत खुश हैं। वह उनकी आँखों में उस चमक को देख पा रहा था, जो प्रायः एक नवेली दुल्हन की अपने पति के साथ होती है। दीपांकर को तान्या मैम का यह रूप अच्छा लग रहा था। शायद उसे भरोसा था कि वह एक दिन तान्या मैम को इस रस्मो रिवाज में बाँध लेगा।

घर पहुँचकर दोनों को आज हर पल मीठा सा अहसास लग रहा था। डाइनिंग टेबिल पर ही बातचीत खत्म करते हुए एक-दूसरे को 'गुडनाइट' कहकर वहीं से अपने-अपने कमरों की ओर मुड़ जाने वाले तान्या मैम और दीपांकर के कदम आज एक साथ एक ही कमरे की ओर मुड़े। दीपांकर को आज तान्या मैम रोज से कहीं ज्यादा सुन्दर दिखाई दे रही थी। और तान्या मैम के लिए यह उसके जीवन का ऐसा अनूठा पल था, जिसे वह पाना तो चाहती थी, पर बताना नहीं।

उस रात दोनों ने वह सब कुछ किया जो विवाह की पहली रात में नयी नवेली दुल्हन के लिए होता है। कभी संकुचित न होने वाली तान्या मैम को दीपांकर ने जब स्पर्श किया तो उनकी पिछली रातों की ठंडी आग पिघलने लगी। उस रात के कमरे का अँधेरा उसे भीतर तक रोशनी से भर गया। दीपांकर के लिए यह अनुभव पहला नहीं था पर तान्या मैम के साथ तो उसकी भी यह पहली रात थी।

भोर का सूरज अपनी किरणें खोलकर उन दोनों का स्वागत करने को उत्सुक था, पर वे दोनों अभी तक रात की खुमारी को छोड़ाना नहीं चाहते थे।

उस रात के बाद दोनों की हर चीज साझा हो गयी थी।

॥ चौदह ॥

करीब डेढ़ साल बाद।

बाली द्वीप (इंडोनेशिया) के डेरपसार एयरपोर्ट में हवाई जहाज को लैंडिंग करते देख तान्या मैम को लगा कि वह समुद्र में डूब जायेगा। जहाज के दोनों विंग समुद्र के ठीक ऊपर थे। एयर स्ट्रिप नहीं दिख रही थी खिड़की से। जब सकुशल लैंडिंग हो गयी तो उनकी साँस में साँस आयी थी। बाली का एयरपोर्ट ठीक समुद्र से सटा हुआ है। लैंडिंग के समय वह भ्रम पैदा करता है कि जहाज समुद्र के अन्दर जा रहा है।

इंडोनेशिया में वीजा आन एराइवल है। सो तान्या मैम वीजा की लम्बी लाइन में लग गयीं। एक ही काउंटर खुला था। लाइन इतनी लम्बी थी कि दो-तीन घंटे लगना स्वाभाविक था। इसी दौरान एयरपोर्ट का एक कर्मचारी उनके पास आया बोला—'मैम, वीआईपी वीजा उपलब्ध है। आप लेना चाहेंगी। बीस डालर देने होंगे।'

तान्या मैम ने थोड़ा सोचा और हाँ में सिर हिला दिया। उन्होंने बीस डालर के साथ अपना पासपोर्ट उसकी ओर बढ़ा दिया। देखते-ही-देखते वह शख्स वीजा और पासपोर्ट में स्टैम्प लगवाकर ले आया। तान्या मैम ने जब उससे बीस डालर की रसीद माँगी, तो उसने जवाब दिया था—'नो रसीद।'

तान्या मैम को समझने में देर नहीं लगी थी कि इस गोरखधन्धे में पूरे एयरपोर्ट के अधिकारी से लेकर कर्मचारी शामिल हैं। वैसे उन्हें बुरा नहीं लगा था, क्योंकि इंडिया में तो रिश्वत ऐसी बीमारी है, जिससे हर शख्स को कभी न कभी रूबरू होना ही होता है। होशियारी करने पर एक तो काम नहीं होता है, दूसरा दो मिनट के काम के लिए आपको कई महीनों का इन्तजार करना पड़ जाता है।

बाली के एयरपोर्ट के बाहर हवा में नमी थी। नम हवा के स्पर्श ने तान्या मैम को ताजगी से भर दिया था। लेकिन त्रिसूर जाते कोच्ची एयरपोर्ट पर उतरने पर जो उमंग और उल्लास उनके अन्दर पैदा हुआ था, वह यहाँ अनुपस्थित था।

उनके अवचेतन में बीते कई महीनों से एक दरार लगातार चौड़ी हो रही थी। वह दरार खाई की तरह बढ़ रही थी।

एयरपोर्ट के बाहर मॉडर्न एकेडमी के मुख्यालय के दो अधिकारी उनकी अगवानी के लिए खड़े थे। मॉडर्न एकेडमी का मुख्यालय बाली के उबूद में था। पहले दिन तान्या मैम और उनकी सहयोगियों के रहने का इन्तजाम कूटा टाउन हाउसेस में किया गया था। आकार की दृष्टि से कूटा दक्षिण बाली का एक छोटा कस्बाई आधुनिक शहर था। उसमें किसी भी बड़े शहर की तरह आधुनिक सुविधाओं और बड़े होटलों, मॉल्स, मसाज पार्लरस, पब्स और डांस बार आदि की सुविधाएँ मौजूद थीं। शहर का अर्थशास्त्र पर्यटकों की आवाजाही पर निर्भर था। यहाँ वियाग्रा, चरस, हिरोइन गाँजा से लेकर हर तरह के नशे की चीज उपलब्ध थी। वैसे बाली में दुनिया भर से पर्यटक आते हैं, लेकिन आस्ट्रेलियन पर्यटक काफी संख्या में आते हैं। कूटा के एक विशाल पब में 2002 में आतंकी हमले में 202 लोगों में सर्वाधिक आस्ट्रेलियाई नागरिक मारे गये थे। अब उस पब को स्मारक का रूप दे दिया गया है।

कूटा टाउन हाउसेस अपार्टमेंट बीच के पास था। नाम तो उसका अपार्टमेंट था, लेकिन उसमें सभी फाइव स्टार सुविधाएँ उपलब्ध थीं। ब्राजेलियन, आस्ट्रेलियन और कांटीनेंटल फूड के तीन रेस्त्रां थे उसमें। तान्या मैम का कमरा स्वीमिंग पूल के पास था। स्वीमिंग पूल से सटा हुआ, जिसके एक सिरे पर बीयर बार भी था। लोग पानी में अधडूबे बीयर बार पर बीयर गटक रहे थे। तान्या मैम की सहयोगी पियक्कड़ टीचरों को अपार्टमेंट किसी स्वर्ग से कम नहीं लगा। चेक इन करने के बाद तान्या मैम को छोड़कर सभी पाँचों टीचर स्वीमिंग कस्ट्यूम में पूल में कूद गये थे। थोड़ी ही देर बाद उनके हाथों में बीयर के मग थे और उनके पैर पानी में छप-छप कर रहे थे।

तान्या मैम रूम में चेक इन के बाद फ्रेश हुई थी और कूटा बीच की तरफ अपार्टमेंट की शटल में बैठकर चली गयी थी। कूटा बीच की रेत पर्यटकों के दबाव के चलते काली हो गयी थी। वहाँ गन्दगी भी काफी थी। पर्यटक छतरियों के नीचे बैठकर बीयर पीने का लुत्फ ले रहे थे। कुछ रेत में लोट कर स्वीमिंग के बाद आराम फरमा रहे थे। वहीं तान्या मैम को किसी ने आवाज लगाई–'ऐश्वर्या राय।'

तान्या मैम ने पलटकर देखा एक स्थानीय मुस्लिम नौजवान उन्हें बुला रहा था। वे उसकी छतरी के पास पहुँच गयीं। कोल्ड ड्रिंक और बीयर आइस बाक्स में रखी थीं। उसने उनके लिए चेयर डालते हुए पूछा–'इंडिया? आई लाइक

अमिताभ बच्चन, शाहरुख खान, ऐश्वर्या राय।'

तान्या मैम चेयर पर बैठ गयीं। तान्या मैम ने उससे पूछा–'यू नो एबाउट इंडिया?'

'यश। आई नो अमिताभ बच्चन। हैव सम बीयर।'–नौजवान ने उनसे पूछा।

'नो बीयर। ओनली कोल्ड ड्रिंक।'–तान्या मैम ने मुस्कराकर जवाब दिया था।

नौजवान समझ गया था कि इस मैम के साथ उसका धन्धा ठीक नहीं चलेगा। उसने तान्या मैम को कोल्ड ड्रिंक देते हुए कहा–'इंजवाय।' और वह दूसरे मोटी असामी की तलाश में लहरों की ओर बढ़ गया था। दोनों में बातचीत का सिलसिला चल भी नहीं सकता था, क्योंकि उस नौजवान को इतनी ही अंग्रेजी आती थी।

तान्या मैम कोल्ड ड्रिंक पीते हुए समुद्र की लहरों को गिनती रहीं। लहरें गिनते हुए उनका अवचेतन सक्रिय था। बार-बार वह दिल्ली के अपने रोहिणी फ्लैट में पहुँच जाती थीं। उन्हें लग रहा था कि वहाँ उनका कुछ दरक रहा है।

कूटा की नाइट लाइफ बहुत मशहूर थी। रात दस बजे के बाद वहाँ की व्यस्तम सड़कों में दिन की शुरुवात होती थी। रात को डिनर के बाद उनकी सहयोगी टीचरों ने रेस्त्रां में लगे एक पोस्टर की ओर तान्या मैम का ध्यान दिलाया था। पोस्टर में दुनिया की मशहूर डीजे तमारा का कार्यक्रम कूटा के सबसे बड़े पब स्काई गार्डेन में शो था। तान्या मैम पर सबने पब चलने के लिए दबाव बनाया। तान्या मैम ने सोचा कि इनकी हर बात को टालते रहेंगे तो दो महीने इनके साथ उनका रहना दूभर हो जायेगा। उन्होंने चलने के लिए हामी भर दी। स्काई गार्डेन पब बाली मेमोरियल के बगल में ही था। पब कई मंजिला था। हर मंजिल पर रंग-बिरंगी लाइटों के बीच लोग नशे में नाचने में मस्त थे। डीजे तमारा का शो रूफ टॉप गार्डेन में था। पियक्कड़ टीचरों ने बार से बीयर लीं और डीजे की धुन में झूमने लगीं। तान्या मैम भीड़ में अकेली ठगी सी खड़ी थीं। वैसे डांसिंग उनका शौक था। लेकिन हो-हल्ले वाला धूम धड़ाका उन्हें पसन्द नहीं था। म्यूजिक ऐसा था कि एक कोने में खड़े तान्या मैम के पैर उनकी मर्जी के विपरीत उस पर ताल दे रहे थे। अगर उनके अवचेतन में कुछ न चल रहा होता, तो शायद वह भी डांस फ्लोर पर कूद के थिरकने लग जातीं।

नाच-गाने के बाद सभी अपार्टमेंट में लौट आये थे। अगली सुबह उबूद के

लिए निकलना था। उबूद मध्य बाली का अपेक्षाकृत भीड़-भाड़ से दूर एक सोया हुआ शहर था। घने जंगल, नदियाँ और सीढ़ीदार पेडी खेत, मन्दिर और कला केन्द्र उबूद को द्वीप का आध्यात्मिक शहर बनाते थे। मन्दिरों में हमेशा बजने वाली घंटियाँ और प्रार्थनाएँ शहर को जगाती रहती थीं और हवाओं में विशिष्ट गन्ध का संचार करती थीं। उबूद में अनेक विदेशी पेंटर आये। लेकिन 1960 में डच पेंटर एसी स्मिथ ने यहाँ यंग आर्टिस्ट मूवमेंट चलाया, जिसकी दुनिया भर में चर्चा हुई।

तान्या मैम की कार गाँवों के बीच से होते हुए उबूद की ओर बढ़ रही थी। सड़कें ठहरी हुई लग रही थीं। इक्का-दुक्का लोग ही सड़क पर दिख रहे थे। आसपास के घरों से उठ रही अगरबत्ती की सुगन्ध वातावरण को सुगन्धित बना रही थी। बाली के घरों में शायद अनिवार्य रूप से मन्दिर निर्माण किया जाता है। कुछ घरों में तो रहने की जगह से बड़ा मन्दिर का स्थान होता है।

कूटा पार करने के बाद पूरे रास्ते में सड़क के दोनों तरफ नारियल और ताड़ के पेड़ों का साम्राज्य था। कुछ-कुछ स्थानों पर बड़े-बड़े जंगली पेड़ों की छाँव ने सड़क में दिन में भी हलका अँधेरा कर रखा था। तीन घंटे के सफर के बाद तान्या मैम की कार उबूद पहुँच गयी थी। उबूद के एक प्रमुख चौराहे के बीचोबीच विशालकाय गांडीव लिए अर्जुन का म्यूरल देखकर वह हतप्रभ हो गयी थीं। वैसे ऐसा ही एक बड़ा एक हजार मीटर से भी अधिक का श्रीकृष्ण को अर्जुन को उपेदश देता म्यूरल उन्होंने कूटा के एक चौराहे पर भी देखा था। दोनों म्यूरल कला की बेमिसाल कलाकृतियों के नमूने थे।

जंगल के बीच में मॉडर्न एकेडमी का मुख्यालय था। इस मुख्यालय में नये एजूकेशन पैटर्न को लेकर देश-विदेश के एकेडमीशियन शोध करते थे। एकेडमी की डायरेक्टर रीता बाली थी। रीता हिन्दू थी और उन्हें अपनी हिन्दू विरासत और संस्कृति पर गर्व भी था। वैसे गर्व करने का उन्होंने सर्टिफिकेट किसी विश्व हिन्दू परिषद या बजरंग दल से नहीं लिया था। उनका परिवार कई सौ साल पहले जावा से बाली आया था। जावा में मुस्लिम शासकों का कब्जा होने और हिन्दू साम्राज्य ढह जाने के बाद ही उनके पूर्वजों ने बाली में बसने का फैसला किया था और वे उबूद आ गये थे।

तान्या मैम उबूद में दो माह की ऐसी कार्यशाला में भाग लेने आयी थीं, जिसमें बच्चों की पीठ से भारी-भरकम बैग उतारने के लिए मॉडल तैयार किया जाना था। पुस्तक रहित शिक्षा और स्कूल। इसके लिए आधुनिक तकनीक के

प्रयोग पर चर्चा होनी थी। बच्चों के हाथ में किताबों की जगह एक टैब हो, जिसमें उनकी जरूरत से सम्बन्धित सभी जानकारियाँ उपलब्ध हों। इसी टैब कोर्स का खाका इस वर्कशॉप में तैयार होना था।

वर्कशाप की शुरुवात सुबह दस बजे होती थीं और दोपहर में लंच के लिए दो घंटे का अवकाश होता था। इसके बाद फिर काम शुरू हो जाता था। शनिवार और रविवार दो दिन वर्कशॉम नहीं होती थी।

एकेडमी की लाइब्रेरी बहुत समृद्ध थी। दुनिया भर की किताबें वहाँ थीं। एक अत्याधुनिक कम्प्यूटर प्रयोगशाला भी वहाँ थी। तान्या मैम हिन्दी का टैब कोर्स तैयार करने के लिए अपना अधिकांश समय लाइब्रेरी में ही गुजारती थी, जबकि उनके साथ आयीं टीचरें वर्कशॉम खत्म होने के बाद उबूद की सड़कों को नापने निकल पड़ती थीं। और देर रात किसी एथनिक रेस्त्रां में वाइन-बीयर के साथ डिनर कर लौटती थीं।

किसी एक रविवार को तान्या मैम एकेडमी से कुछ ही दूरी पर स्थित मंकी फारेस्ट गयीं। इस जंगल में सैकड़ों बन्दर रहते थे। जंगल बेहद घना था। जंगल के बीचोंबीच से एक नदी भी बहती थी पथरीले रास्तों और गुफाओं से होती। जंगल में एक पुराना मन्दिर था। जंगल के रास्तों में गणेश, हनुमान और वानरराज की विभिन्न तरह की मूर्तियाँ स्थापित थीं। मूर्तियाँ को देखकर आसानी से समझा जा सकता था कि वे कई सौ साल पुरानी हैं। जंगल में घूमते-घूमते वह मन्दिर के नजदीक पहुँच गयीं थीं। दूर-दूर तक सन्नाटा पसरा हुआ था। घने पेड़ों ने मन्दिर परिसर में अँधेरा कर रखा था। वे वहीं ध्यान लगाकर बैठ गयीं। कई घंटे ध्यान लगाने के बाद उन्हें वहाँ एक खास तरह की शान्ति और संतोष मिला। उनका अवचेतन भी ध्यान के वक्त शून्य हो गया था। उसके बाद वह अक्सर वहाँ आने लगी थीं।

महादेवा पब्लिक स्कूल में तान्या मैम की सबसे अच्छी मित्र रोहिला सरकार बाली में नौसा दुआ में थी। वह अपने बच्चे को प्ले स्कूल में डालने की जिद्द के कारण अपनी नौकरी छोड़कर नौसा दुआ अपने पति के पास आ गयी थी, जो एक पाँच सितारा होटल में शेफ था। तान्या मैम ने एक दिन रोहिला को फोन लगाया। रोहिला तान्या मैम की आवाज सुनते हुए खुशी से झूम उठी। तान्या मैम ने उसे बताया था कि वह इन दिनों उबूद में हैं। दोनों के बीच बातचीत में तय हुआ कि वह अगले शुक्रवार को तान्या मैम को नौसा दुआ अपने घर ले आयेंगी और रविवार शाम तक एकेडमी में फिर छोड़ जायेंगी।

शुक्रवार की रात रोहिला के घर पर थीं तान्या मैम। रोहिला अपने बच्चे की ओर इशारा कर के बता रही थी कि इसे मैंने यहाँ पेड़ों का स्पर्श कराया, परिन्दों को उड़ते हुए दिखा; फूलों की सुगन्धों से रूबरू कराया, हर छोटे-बड़े खेल को सिखाया। मैं बहुत खुश हूँ, इसे इस तरह बढ़ते हुए देखकर। वरना दिल्ली के प्ले स्कूल में जिन्दगी की इन खूबसूरत चीजों से वह महरूम हो जाता। बच्चा कब बड़ा हुआ हमें पता भी नहीं चलता। मैं इसे बढ़ता हुआ देखकर मगन हूँ। रोहिला की बातें सुनते हुए तान्या मैम सोच रही थीं कि क्या एक औरत का यही काम है कि वह बच्चा पैदा करे और उसे बढ़ाये। उसका बचपन सँवारे। उन्होंने मन-ही-मन रोहिला के इस तर्क को अस्वीकार कर दिया।

अगले दिन रोहिला अपने बच्चे के साथ तान्या मैम को लेकर नौसा दुआ बीच गयीं। नौसा दुआ वाटर स्पोर्ट्स के लिए एक मशहूर बीच था। यहाँ वाटर स्की, स्पीड बोट, विंड सर्फिंग, वाटर स्कूटर, डीप सी फिशिंग हर तरह की सुविधा थी। नौसा दुआ बीच कूटा बीच से ज्यादा शान्त और साफ था। नीला पानी दूर-दूर तक दिखता था। रेत चाँदी की तरह सफेद थी। बीच के किनारे बड़े रिसोर्ट और होटल थे। तान्या मैम ने भी वाटर स्कूटर चलाया और पूरे दिन खूब मजे किये। स्पीड बोट से दोनों नजदीक के एक छोटे द्वीप में भी गयीं, जहाँ कछुओं का फार्म था। उन्होंने कछुए को हाथ में लेकर अपनी एक फोटो भी खिंचवाई।

रविवार को लौट कर उन्होंने एकेडमी की डायरेक्टर रीता बाली को रिपोर्ट किया। उन्होंने उन्हें बैठने के लिए इशारा करते हुए कहा कि 'आज तुम मेरे साथ ही डिनर करो।' वे तान्या मैम से काफी प्रभावित थीं। उन्होंने तान्या मैम को जब भी देखा था, तो वे उन्हें लाइब्रेरी में मिली थीं या फिर वर्कशॉप में अपने काम को गम्भीरता से करते हुए।

तान्या मैम रोहिला से मिलकर और नौसा दुआ घूमकर बहुत खुश थीं। बहुत दिनों बाद यह खुशी उनके चेहरे पर साफ-साफ चमक रही थी। रीता इस चमक को महसूस कर पा रही थीं। डिनर के दौरान दोनों के बीच बातचीत का सिलसिला जारी था। तान्या मैम बाली के कूटा और नौसा दुआ के अनुभवों को उनसे साझा कर रही थीं। तभी रीता ने उनसे कहा–'तान्या, आप जानती हैं कि इंडोनेशिया में दुनिया के मुसलमानों की संख्या सबसे अधिक है? बाली में नब्बे प्रतिशत से भी ज्यादा हिन्दुस्तानी रहते हैं। बाली द्वीप को आप हिन्दू द्वीप कह सकती हैं।'

'जी मैम, यह अद्‌भुत है। इंडिया की तरह यहाँ मैंने कहीं भी मुसलमानों

को टोपी लगाये और ऊँचा पाजामा पहने नहीं देखा। मस्जिदों से आने वाली लाउडस्पीकर से अजान की आवाज भी नहीं सुनी। सब कितना मिलजुल कर रहते हैं।'

'यही हमारी सांस्कृतिक और धार्मिक विरासत है। यहाँ हर जाति और धर्म के लोग ताने-बाने की तरह एक-दूसरे से गुँथे हैं।'—रीता ने अपनी परम्परा पर गर्व करते हुए कहा था।

'इंडिया में तो मैम आये दिन राजनीति के लिए हिन्दू, मुसलमान और ईसाइयों के बीच दंगे-फसाद होते रहते हैं। राजनीति ने हमारी समरसता के ताने-बाने को कुतर दिया है।'—तान्या मैम ने अपने देश पर असन्तोष जताते हुए कहा था।

'डचों के आने से पहले तक सौ साल बाली आजाद था। डचों के हमले के बाद इस्लामी आतंकियों ने यहाँ की शान्ति 2002 में पब पर हमला कर की थी।'—रीता ने इतिहास खँगालते हुए बाली की शान्ति का इस तरह गुणगान किया था।

'मैम, आपको तो तारीखें याद हैं। हमें तो यह भी याद नहीं रहता है कि इस साल अब तक कितने दंगे हुए।'—तान्या मैम शर्मिन्दगी के साथ बोली थीं।

तान्या मैम टैब में फीड करने के लिए लाइब्रेरी में हिन्दी कोर्स के लिए नियमित संकलन करती थीं। एक दिन वे कबीर के दोहे और पदों को पढ़ रही थीं कि उन्हें पाँचवीं में पढ़ा वह दोहा दिखा—गुरु गोविन्द दोऊ खड़े, काके लागूँ पाँव। बलिहारी गुरु आपकी, गोविन्द दियो बताय। तब उसका वह यह अर्थ नहीं समझ पायी थीं कि गुरु के आगे ईश्वर की प्रासंगिकता नहीं है। वह दोहे को पढ़कर सोचने लगी थीं कि जब गुरु ईश्वर से बड़ा है, तो लोग ईश्वर की शरण में क्यों जाना चाहते हैं? गुरु को पा कर वह अपना जीवन क्यों नहीं सार्थक बना लेते हैं? और ईश्वर को तो किसी ने देखा भी नहीं है। गुरु तो आपके सामने होता है। वह हर अच्छे-बुरे की तमीज देता रहता है। बशर्ते गुरु दिल्ली विश्वविद्यालय के प्रो. विनीत कुमार की तरह न हो। सच्चा गुरु हो। इन सवालों से जूझते हुए तान्या मैम की ईश्वर की खोज से मोहभंग हुआ था। अब वह सच्चे गुरु को तलाशना चाहती थीं। उसकी तलाश उन्होंने उबूत में भी की थी। एक फ्रेंच में उन्हें गुरु जैसा कुछ दिखा था। लेकिन उसका रास्ता नशे की दुनिया से हो कर जाता था। कोकीन और चरस के नशे में अपने को डुबो लो और एक अजनबी दुनिया में पहुँच जाओ। उस काल्पनिक दुनिया का साक्षात्कार ही मुक्ति है।

समय बीत रहा था। वापसी की घड़ी नजदीक आ रही थी। तान्या मैम ने

समुद्र की लहरों के बीच पहाड़ी में बसे पुरातात्विक महत्त्व के मन्दिर पुरा लुहूर उलुवातू जाने की सोची। उलुवातू में सन सेट का दृश्य अद्भुत है। दुनिया के कोने-कोने से लोग इस मन्दिर की प्राचीनता और सन सेट देखने आते हैं। मन्दिर लगभग समुद्र के अन्दर एक ऊँची पहाड़ी में स्थित है। समुद्र की नीली लहरें मन्दिर से रात-दिन टकराती हैं और फेनिल हो कर लौट जाती हैं। कई सौ सालों से यह विशाल मन्दिर ऐसे ही समुद्र के थपेड़ों को सहता खड़ा हुआ है। शनिवार की सुबह केडोडंगन और जिंबारन पहाड़ियों के बीच निकाले गये रास्ते से वह उलुवातू पहुँची थीं। पहाड़ी रास्ते के दोनों तरफ अधूरे मोनामेंट और आलीशान बंगले थे। पूरा रास्ता पेड़ों की छाँव के बीच से निकलता था।

एक बार समुद्र फिर तान्या मैम के सामने था। बिना तट का समुद्र। पहाड़ी से टकराता। लहरों को सफेद झाग में अनवरत तब्दील करता। झाग को अपने में समाता और फिर लहरों में तब्दील होता। मन्दिर प्रवेश द्वार के दाहिनी तरफ था। दूसरी तरफ चट्टानें थीं। तान्या मैम ने चट्टानों की तरफ जाने का फैसला किया। एक बड़ी चट्टान पर चढ़कर वे दूर से मन्दिर निहारती रहीं। मन्दिर के अन्दर शायद वे इसलिए नहीं गयीं कि ईश्वर से उनका विश्वास डिगा था और गुरु की श्रेष्ठता उनके तर्कों पर बड़ी थी। वैसे भी मन्दिर के अन्दर जाने के लिए पथरीले खतरनाक रास्ते से जाना पड़ता था और उस रास्ते पर ऊँची उठती लहरें आती-जाती रहती थीं।

चट्टान पर खड़े-खड़े कभी वह मन्दिर को देखतीं, तो कभी सूर्य और समुद्र को। थोड़ी देर तक यह सब देखते हुए वह वहीं पद्मासन की मुद्रा में बैठ गयीं। आँखें उनकी बन्द हो चुकी थीं। उनका अवचेतन सक्रिय हो गया था। गुरु और दिल्ली में मुठभेड़ हो रही थी। अन्ततः वह दिल्ली के अपने फ्लैट में पहुँच गयीं। अवचेतन उनका चैतन्य हो गया था। वह दीपांकर के बारे में सोचने लगी थीं। उसकी जिद के बारे में सोच कर बदहवास हो जाती थीं। उसकी बच्चा पैदा करने की जिद तान्या मैम को स्वीकार नहीं थी। दूसरी जिद अमेरिका वापस जाने की थी। आग्रह यह था कि तान्या मैम भी उसके साथ जाये। आन्दोलन और देश भक्ति से उसका मोहभंग हो गया था। उसे लगने लगा था कि वह इंडिया में रहकर अपना समय बर्बाद कर रहा है। वह तान्या मैम को इस बात की भी चेतावनी दे चुका था कि यदि वह उसके साथ नहीं जायेंगी, तो वह अकेले ही चल देगा, क्योंकि अब देश में उसके करने के लिए कुछ नहीं है। तान्या मैम दोनों ही बातों से सहमत नहीं थीं और दीपांकर अपनी जिद पर अड़ा था।

तान्या मैम का उससे मोहभंग हो रहा था। उसके साथ गुजरने वाली रातें भी अब उनके लिए एक रुटीन से ज्यादा कुछ नहीं रह गयी थीं। वह उसकी झील का अमृत चख-चख कर अघा गयी थीं। वह इस कदर असमंजस में थीं कि उन्हें कुछ सूझ नहीं रहा था। शायद सूझ रहा था, लेकिन वह हड़बड़ी में कोई फैसला नहीं लेना चाहती थीं। यही बात उनके अवचेतन में दरार बन कर खाई बनने वाली थी। पद्मासन की मुद्रा में बैठे उन्हें उनके अदृश्य गुरु ने ज्ञान दिया था कि जिस सहजता से जुड़े थे, उसी सहजता से अलग हो जाना चाहिए, वरना जिन्दगी बोझ बन जायेगी। लिव इन का फैसला इसीलिए तो तुमने किया था कि जब नहीं पटेगी, तो दोनों के रास्ते अलग हो जायेंगे। यह ज्ञान उसे अदृश्य गुरु से मिला था या वह अपने अवचेतन में इस सवाल से टकरा-टकराकर इस फैसले पर पहुँची थी। तान्या ने फैसला ले लिया था। उन्होंने आँखें खोलीं और जी भर कर समुद्र को निहारा फिर मन्दिर को। दोनों दृश्यों को उन्होंने अपने अन्दर सँजोया। सूरज डूब चुका था, ठीक उसी तरह जैसे उनके लिव इन रिलेशनशिप की कहानी उनके अलग होने के फैसले के साथ वहीं समुद्र में डूब चुकी थी। उन्होंने वहीं बैठे अपने इस फैसले को एसएमएस के जरिए दीपांकर को बता दिया था। वह मुक्त और हलका महसूस कर रही थीं। मन्दिर में प्रकाश हो गया था। रोशनी में नहाये मन्दिर की छवि समुद्र में बन और बिगड़ कर समुद्र में खो जा रही थी। नीला समुद्र काला हो गया था और उससे उठने वाला सफेद झाग आग में पिघलती चाँदी जैसी सफेदी में बदल गया था।

॥ पन्द्रह ॥

तान्या मैम की बात-बात में गोलीबाजी की आदत छूट गयी थी। लम्बा-लम्बा छोड़ना तो दूर, वह बोलने भी कम लगी थीं। बात-बात में झूठ बोलने वाली तान्या मैम अदृश्य में छिपे किसी विरले के खोज में लग गयी थीं। उनकी झूठ बोलने की आदत पर उनकी माँ उन्हें हमेशा टोकती थीं। तब वह उन्हें कहती थीं कि बचपन से पड़ी आदत जाते-जाते जायेगी। लम्बे समय के बाद उनकी आदत अब चली गयी थी।

तान्या मैम का खिलंदड़ी अन्दाज और किलकारी उसी गुफा में खो गयी थी, जिसमें अपने संघर्ष के दिनों में कभी वह इनकी तलाश करती थीं। उन्होंने उसे हासिल भी कर लिया था और भरपूर जी थीं उनके साथ। पैसे कमाने और अपनी शर्तों पर जिन्दगी की गाड़ी चलाने की इच्छा रखने वाली तान्या मैम अब उन विज्ञापनों की उपेक्षा कर देती थीं, जिसमें मॉडर्न एकेडमी से ज्यादा सैलरी का ऑफर होता था। अपनी सोची हर जरूरत को वह हासिल कर चुकी थीं। फ्लैट, कार और बैंक बैलेंस सब आज उनके पास था। उनका अपना। अपनी मेहनत से कमाया।

दीपांकर के अमेरिका जाने के बाद वह फ्लैट में अकेले रह गयी थीं। यह अकेलापन उनका अपना अर्जित किया हुआ था। 'लिव इन' का फैसला उनका अपना था। रिश्तों की आजादी का चुनाव उन्होंने स्वयं किया था, ताकि असहजता की स्थिति में दोनों अपने-अपने रास्ते फिर से तलाश कर सकें। उन्हें दीपांकर के जाने का मलाल नहीं था। दीपांकर उनके लिए उनकी रुटीन का हिस्सा बन गया था और रुटीन में बँधना तान्या मैम ने कभी बहुत पसन्द नहीं किया था। यही वजह रही कि उन्होंने जमकर नौकरियाँ बदलीं। ऊँची से ऊँची जगह पहुँचने का न केवल सपना देखा, बल्कि उस तक पहुँचने के लिए काफी मशक्कत भी की। बिना किसी तिकड़म या समझौते के उन्होंने अपना एक मुकाम हासिल कर लिया था।

यों दीपांकर की सोच भी गैरवाजिब नहीं थी। वह अपने और तान्या मैम के रिश्ते को विवाह में बाँधकर वापस अमेरिका में बसना चाहता था, जहाँ किसी मल्टीनेशनल कम्पनी से उसे बुलावा आया था। पर तान्या किसी बन्धन में बँधना नहीं चाहती थी। पिछले कुछ दिनों से दीपांकर का स्पर्श भी तान्या के लिए बस उस पल की उत्तेजना मात्र रह गया था। उसके भीतर की शीतल आग अब ऐसी राख में तब्दील हो गयी थी, जिसमें लेशमात्र भी चिंगारी नहीं बची थी। पति और बच्चे! उसके जीवन की परिभाषा इस सीमा तक सीमित नहीं रह सकती थी। ऐसा भी नहीं था कि तान्या मैम को बच्चे प्रिय नहीं थे। अपनी नौकरी के ग्राफ का वह जब भी मूल्यांकन करतीं, उन्हें सोफिया इंटरनेशनल स्कूल की पहली नौकरी में पढ़ाये हुए बच्चों के मासूम चेहरे हमेशा रोमांचित करते।

पर हर रिश्ते-नाते को पीछे छोड़कर आगे बढ़ने की जिद ने तान्या मैम को अकेला बना दिया था और यह अकेलापन उनका खुद का तय किया रास्ता था, इसलिए यह उसे प्रिय था।

दीपांकर के लगाये जाने वाले परफ़्यूम और ऑफ्टर शेव लोशन की सुगन्ध घर से पूरी तरह गायब हो चुकी थी और तान्या मैम की देह और दिल भी उससे मुक्त हो चुके थे।

तान्या मैम के भीतर की तितली फिर से उड़ना चाहती थी। पर इस बार उनकी खोज अलग सी थी। खोज का यह सफ़र तो बाली द्वीप से ही शुरू हो गया था। तान्या का दिन तो अपनी नौकरी के व्यवस्थित कार्यों में बीत जाता, पर शाम होते ही उनके भीतर की बेचैनी उन्हें कहीं सुदूर ले जाना चाहती। वह जब भी आँखें बन्द करतीं, उनके सामने कबीर के दोहे की पंक्तियाँ और समुद्र की लहरों के बीच पहाड़ी पर पद्मासन की मुद्रा आ जाती। जहाँ किसी अदृश्य शक्ति ने उन्हें दीपांकर से अलग हो जाने का गुरुमंत्र देकर उन्हें मानसिक तनाव से मुक्त कर दिया था।

ईश्वर का अर्थ तान्या मैम के लिए अप्रासंगिक हो गया था। वह बार-बार सोचती कि सच्चा गुरु उन्हें उस अप्राप्त को प्राप्त करने में मदद कर सकता है, जिसके बारे में उन्हें भी पता नहीं था। उसके भीतर की गुफा का प्रकाश उन्हें किसी नये उद्देश्य के लिए प्रेरित कर रहा था।

पर गुरु कोई बाज़ार में तो मिलते नहीं थे, जिसे वह पैसे देकर खरीद लेती। बचपन से लेकर अब तक पढ़ी हुई कहानियों-किस्सों में उन्होंने गुरु को पर्वत और कन्दराओं में तपस्या में लीन पढ़ा और सुना था। उनके अनुसार गुरु हिमालय पर्वत पर मिलते हैं। जंगल में विचरते हैं। उनका न कोई भेष होता है

और न रंग।

तान्या मैम के भीतर की तितली को जैसे किसी ने कसकर अपनी मुट्ठी में बन्द कर लिया था, जिससे निकलने को वह फड़फड़ा रही थी। वह क्या चाहती हैं, यह शायद उन्हें भी नहीं पता था। उनके पास सबकुछ था। वह दुनिया के हर उस सुख से गुजर चुकी थीं, जिसकी चाहत हर आदमी को होती है। उनके अन्दर की बेचैनी का इलाज लुकमान हकीम के पास भी नहीं था।

इन दिनों तान्या मैम का किसी काम में मन नहीं लग रहा था। स्कूल में भी वह बुझी-बुझी रहने लगी थीं। मोरक्को की उनकी दोस्त ईमेन उनसे इस बारे में जब भी पूछती, तो वह कुछ-कुछ इधर-उधर की बात कर, बात को हवा में उड़ा देती थीं। उनके सपनों में इन दिनों नदियों के उद्गम के आसपास तपस्या करते साधू-संत और हिमालय पर्वत की बर्फ से ढकी ऊँची-ऊँची चोटियाँ आ रही थीं। उनके मन में अक्सर यह आता था कि वह सब कुछ छोड़ कर कहीं दूर एकान्त में चली जायें। कहाँ जायें, यह सोचते हुए उनके दिमाग के परखचे हो जाते थे। अन्त में एक दिन उन्होंने लम्बी छुट्टी लेकर हरिद्वार-ऋषिकेश जाने का निर्णय लिया।

तान्या मैम ने अपना पिट्ठू बैग तैयार किया। उसमें कुछ कपड़े और जरूरत का सामान रखा। यात्रा में जाते वक्त कभी इतना कम सामान उनके पास नहीं होता था। मेकअप के सामान के लिए एक अलग से बैग होता था। कपड़ों और यात्रा में तात्कालिक खाने-पीने के सामान के लिए अलग-अलग बैग। उन्होंने इंटर स्टेट बस टर्मिनल (आईएसबीटी) से हरिद्वार की बस ली। उनकी योजना हरिद्वार से होते हुए ऋषिकेश और नीलकंठ से गंगा के साथ-साथ ऊपर बढ़ने की थी।

तान्या मैम की बस अभी गाजियाबाद भी नहीं पार की थी कि बस वहीं खड़ी हो गयी। सावन का आखिरी सोमवार होने के नाते हरिद्वार आने-जाने वाले काँवड़ियों ने पूरे रास्ते पर कब्जा कर लिया था। वे सड़क के बादशाह थे। परिवर्तित मार्ग होने के बावजूद बस को आगे बढ़ने में परेशानी हो रही थी। चारों तरफ 'बोल बम-बम' के नारे गूँज रहे थे। कन्धों में काँवड़ लटकाये गंगा जल लेकर काँवड़िये अपने घरों की ओर लौट रहे थे। इनमें जोगिया वस्त्रों में स्त्री, पुरुष और बच्चे भी थे। कुछ काँवड़ियों के पैर सूजे हुए थे, तो कुछ के लहूलुहान। उनका गोल साफ था। कोई भटकाव नहीं था। इसीलिए उनके कदम ठिठक नहीं रहे थे। चले जा रहे थे। बस, चले जा रहे थे। भटकाव यात्रा को अनिश्चितता की ओर ले जाता है। तान्या मैम की यात्रा भी भटकावों की शिकार थी। उनका मकसद उनके मन में साफ नहीं था। फिर भी वे यात्रा कर रही थीं। शायद

यह सोच कर कि भटकाव भरी यात्रा उन्हें किसी न किसी मंजिल पर जरूर ले जायेगी। वैसे बिना मंजिल की यात्राओं का अपना रोमांच होता है। तान्या मैम उसी रोमांच को उस वक्त जी रही थीं।

रेंग-रॉंग कर बस पूरे दस घंटे में हरिद्वार पहुँची थी। अँधेरा छँट रहा था। सूरज ने अपनी किरणें बिखेर दी थीं। तान्या मैम की आँखों में नींद भरी हुई थी। हरिद्वार काँवडियों से खाली हो रहा था। बस स्टैंड में खूब भीड़ थी। चारों तरफ गन्दगी का साम्राज्य था। सफाई कर्मचारी अपनी झाड़ू से गन्दगी को समेटने में लगे थे। गन्दगी इतनी थी कि उन्हें कई दिनों तक सफाई के लिए ऐसी ही मशक्कत करनी थी। बस से उतरने के बाद तान्या मैम को सारे रास्ते आगे से बन्द दिख रहे थे। वह तय नहीं कर पा रही थी कि अब वह क्या करें। उनकी झपकती आँखों ने उन्हें आराम की सलाह दी। तभी उन्हें एक लॉज का बोर्ड दिखा। उसमें लिखा था—ठहरने का उचित इन्तजाम है। वह लॉज की ओर बढ़ गयीं। वहाँ उन्होंने एक कमरा लिया और पीठ से पिट्ठू उतारकर सीधे बेड पर सो गयीं। बेड क्या वह एक तख्त था, जिसमें एक दरी और उसके ऊपर दाग-धब्बों वाली चादर बिछी थी। चादर को देखकर नहीं लगता था कि वह हाल-फिलहाल में धुली हो। वह लॉज के मैनेजर से चादर बदलने के लिए कहतीं, लेकिन उन्होंने अपना इरादा स्थगित कर दिया और सोने के लिए लेट गयीं।

लेटते ही पहले से झपक रही उनकी आँखें बन्द हो गयीं। उनकी बन्द आँखों में गहरा अँधेरा घिर आया था। थोड़ी देर बाद उनके सपनों में नदियों के उद्गम, हिमालय की बर्फीली चोटियाँ, आश्रम और उनमें रहने वाले सन्त और भक्त, दूर कन्दराओं में तपस्या में लीन ऋषि, जंगलों में पेड़ पर बने मचानों पर बैठे योगियों के दृश्य तैरने लगे थे। सारे दृश्य एक-दूसरे में गडमड हो रहे थे। उनकी दृष्टि किसी एक दृश्य को भरपूर देख और समझ नहीं पा रही थी।

तान्या मैम की नींद पूरी हो चुकी थी। शरीर हलका महसूस हो रहा था। उद्देश्यहीन यात्राएँ शुरू होनी थीं उनकी। उठकर उन्होंने नहाया-धोया और कुछ खाने के लिए लॉज से बाहर निकल पड़ीं। थोड़ी दूर पर उन्हें एक ठेले पर पूरियाँ छनती हुयी दिखीं। वहाँ रुककर उन्होंने खड़े-खड़े पूरियाँ खायी। पाँच रुपये में चार पूरियाँ और दो सब्जी। उन्हें दिल्ली की तुलना में वह काफी सस्ती लगी थी। वह सोचने लगीं कि आखिर दिल्ली इतनी महँगी क्यों हैं? दिल्ली में अनाज और सब्जियाँ क्या विलायत से आती हैं? दिल्ली को कोसती, लतियाती, धकियाती वह हर की पौड़ी की तरफ बढ़ गयीं। रास्ते में उन्हें तरह-तरह के आश्रम दिखे। कोई 102 बाबा का, कोई 1008 स्वामी का आश्रम था, तो कोई अखंडाचार्य,

शंकराचार्य, विखंडाचार्य का।

शाम का समय हो गया था। आकाश में लालिमा थी। सूर्य अस्त होने वाला था। तभी घंटे-घड़ियाल बज उठे। वेग से बहती गंगा में उन्हें सैकड़ों दिये तैरते हुए दिखे। गंगा आरती का वक़्त हो गया था। वह आरती स्थल की ओर बढ़ने लगीं। हजारों की भीड़ वहाँ जमा थी। धूप और अगरबत्तियों की सुगन्ध वातावरण में चारों तरफ महक रही थी। भक्तजन गंगा आरती में लीन थे। वरिष्ठ पुजारी जिसकी तोंद थुलथुल थी, लाल रंग का गमछा पहने हुए था। उसके माथे में चन्दन का लेप लगा हुआ था। वह झूम-झूम कर अपने हाथों में पीतल का आरती पात्र लेकर आरती कर रहा था। उस पात्र में दर्जनों देशी घी में तर बत्तियाँ जल रही थीं। दृश्य आनन्दकारी और मनोहारी था। गंगा का स्पर्श कर आने वाली ठंडी हवाएँ शरीर में कम्पन पैदा कर रहीं थीं। तान्या मैम मंत्रमुग्ध हो कर आरती देख रही थीं। अचानक घंटे-घड़ियालों की आवाज थम गयी और चारों तरफ नारे गूँजने लगे—पतित पावनी गंगा मैया की जय।

तान्या मैम नारों के अर्थ तलाशने लगीं। वह सोचने लगीं कि जो पतित न हो, उसके लिए भला इस जयकारे का क्या मतलब है? तान्या मैम अपने को पतित नहीं मानती थीं। वह अपने को एक कर्मशील औरत मानती थीं। ईमानदार और सच्ची। उनका मानना था कि आज तक उन्होंने कोई गलत काम नहीं किया है। यही सब सोचते हुए वह आराधना और पूजा को निरर्थक मानते हुए बाज़ार की तरफ बढ़ गयीं।

पूजा-पाठ की सामग्री से बाजार पटे थे। नकली ज्वैलरी, सिंदूर, चूड़ियों, खिलौनों और देवी-देवताओं की मूर्तियाँ सब बिक रही थीं। उनकी नजर देवी-देवताओं की मूर्तियों की दुकान पर ठहर गयी। बिकते देवी-देवताओं की मूर्तियों को देखकर उनके चेहरे पर एक हलकी मुस्कान उभरी और दिमाग में हलचल शुरू हुई—'इंसान कितनी खतरनाक चीज होता है कि वह अपने पेट के लिए देवी-देवता को बेचने और उनका सौदा करने में भी नहीं हिचकता है।'

वह खाने का कुछ सामान खरीदते हुए अपने लॉज में लौट आयीं। वहाँ उन्होंने मैनेजर से तख्त की चादर बदलने के लिए उससे आग्रह किया। नयी चादर बिछने के बाद उन्होंने उस पर एक अख़बार बिछा कर बाजार से लाया खाना खाया और कल की यात्रा के बारे में सोचने लगीं। वह यह तय कर सो गयीं कि कल हरिद्वार के आश्रमों में वह जायेंगी।

अगली सुबह आश्रमों का उनका सफर शुरू हुआ। भाँति-भाँति के आश्रम थे। भक्तों के लिए आश्रमों के मुख्य द्वार खुले नहीं थे। रिसेप्शननुमा जगह से

ही हो कर गुजरना पड़ता था। थाने की तरह वहाँ पूछताछ होती थी। वीवीआईपी इंट्री भी थी, जिसमें लम्बी-लम्बी गाड़ियों वालों को बिना जाँच-पड़ताल जाने की इजाजत थी। लगभग सभी आश्रमों में उन्हें कुछ बातें एक जैसी लगीं। हर आश्रम में कीर्तन के लिए एक बड़ा हाल और दूसरा ध्यान के लिए गुप अँधेरे वाला कक्ष, जिसमें एक संगीत अनवरत बजता रहता था। उसमें ऊँ का आरोह-अवहरोह ही प्रमुख था। मद्धम और मीठा संगीत।

आश्रम की व्यवस्था होटलों जैसी थी। कमरे की बुकिंग से लेकर कैंटीन तक सब के लिए पैसे देने पड़ते थे। एसी कमरे भी थे। धार्मिक साहित्य की दुकानें भी आश्रम में थीं। पैसा फेंको तमाशा देखो। भंडारे वाले दिन भक्तों को मुफ्त भोजन उपलब्ध कराया जाता था। आश्रम के स्वामी यानी बाबा, सन्त, गुरु, यदि प्रवास में नहीं होते थे, तो एक निश्चित समय पर वे भक्तों को दर्शन देने के लिए प्रकट होते थे। विचित्रानन्द के आश्रम के कीर्तन हाल में तान्या मैम को एक भारी भरकम महाराजनुमा चाँदी के सिंहासन में बैठा एक शख्स दिखा। वह विचित्रानन्द ही थे। उनका मेकअप ऐसा था, जैसे वह ब्यूटी पार्लर से सीधे आश्रम में आये हों। उनके बाल स्ट्रेट थे। उनकी लम्बी दाढ़ी उनके पेट के ऊपर रखी थी। माथे पर एक पाव चन्दन का लेप लगा था। सिल्क के भगवा कपड़े उन्होंने पहन रखे थे। उनकी तोंद इतनी बड़ी थी कि सिंहासन से बाहर निकलने के लिए वह बेचैन थी। उनके पीछे दो शिष्य लगातार पंखा झल रहे थे। मंच के नीचे शायद उनके सुरक्षाकर्मी थे, जो भक्तों से उनको दूर किये हुए थे। भक्तजन सिंहासन के पास आते और थोड़ी दूर पर दंडवत कर चढ़ावा चढ़ा कर आगे बढ़ जाते थे। पैर उन्हीं को छूने की इजाजत थी, जो मालदार असामी थे। भक्तजन विचित्रानन्द के दर्शन कर अपने को निहाल महसूस कर रहे थे। हाल में बैठे भक्तजन कीर्तन करने में मस्त थे।

तान्या मैम को पूरा दृश्य किसी पौराणिक नाटक सा लगा था। विचित्रानन्द के अन्दर उन्हें सब कुछ दिखा था, लेकिन गुरु के दर्शन नहीं हुए थे। तभी उनके अन्दर विचार आया था कि यदि ईश्वर से मिलाने वाले ऐसे गुरु हैं, तो निश्चित रूप से गुरु से श्रेष्ठ ईश्वर ही होता होगा।

आश्रमों की खाक छानते हुए तान्या मैम थक गयी थीं। उन्होंने हर की पौड़ी जा कर वहाँ थोड़ी देर गंगा के किनारे बैठने का निर्णय लिया। वे थोड़ी देर वहीं बैठकर वेग से बहती गंगा को देखती रहीं। बाद में वह अपने लॉज लौट आयीं। अगले दिन उन्होंने ऋषिकेश जाने की सोची। लॉज मैनेजर से उन्होंने वहाँ ठहरने के बारे में विस्तृत जानकारी ली। मैनेजर ने उन्हें बताया कि आप

वहाँ गीता आश्रम में ठहरिये। लक्ष्मण झूला पार कर गंगा किनारे विशाल आश्रम है। वहाँ का भोजन भी बहुत सात्विक और सस्ता है। रहने के लिए भी आपको ज्यादा पैसे नहीं खर्च करने पड़ेंगे। अगली सुबह तान्या मैम गीता आश्रम के सामने थीं। परिचय के बाद उन्हें एक कमरा मिल गया। कमरे में सामान रखने के बाद वे बाहर आयीं। बाहर निकलकर उन्होंने देखा कि गंगा की लहरें आश्रम से टकराकर लौट रही हैं और लोग किनारे में लगी पत्थर की बेंच पर बैठकर आनन्द ले रहे हैं।

नजदीक पहुँचकर उन्होंने देखा कि पत्थर की एक बेंच पर भगवा वस्त्र में एक युवा साध्वी बैठी है। वह उसके बगल में जाकर बैठ गयीं। थोड़ी देर दोनों के बीच कोई संवाद नहीं हुआ। उसके बगल में बैठी तान्या मैम सोच रही थीं कि आखिर इस उम्र में इस युवती ने संन्यासिन होने का क्यों निर्णय किया? फिर उसका खुद ही जवाब खोजते हुए सोचा कि हो सकता है कि इसे सही गुरु मिल गया हो। वह साध्वी के मुँह से ही सच्चाई जानना चाहती थी। इसीलिए उन्होंने उसको देखकर एक मुस्कान भरी। जवाब में साध्वी भी मुस्करा दी थीं। मुस्कानों के आदान-प्रदान के बाद उन्होंने साध्वी से बातचीत का सिलसिला शुरु किया—'आप संन्यासिन हैं?'

साध्वी ने उनके इस सवाल का जवाब देने के बजाय स्वीकारोक्ति में सिर हिला दिया था।

'आप कब संन्यासिन बन गयीं?'

'जब से ऋषिकेश आये हैं।'—साध्वी ने संक्षिप्त उत्तर दिया था।

'आपका कोई गुरू है क्या?'—तान्या मैम ने जिज्ञासावश पूछा था।

'बिना दीक्षा के कोई संन्यासी नहीं बन सकता है और दीक्षा के लिए तो गुरु होना जरूरी है।'—साध्वी ने तान्या मैम की जिज्ञासा शान्त करते हुए बताया था।

'आप कहाँ की रहने वाली हैं?'—तान्या मैम ने फिर सवाल किया था।

'हम झारखंड से आये हैं।'—साध्वी ने जवाब दिया था। दोनों के बीच इस तरह बातचीत का सिलसिला शुरू हो गया था।

'आपके गुरु कौन हैं?'

'हमारे गुरु श्री श्री गोपीचन्द जी महाराज हैं। हमने उन्हीं से दीक्षा ली है।'

'आपका आश्रम कहाँ है?'

'नीलकंठ के थोड़ा पहले। ठीक गीता आश्रम की तरह गंगा के किनारे।'

'मैं आपके गुरु से मिल सकती हूँ क्या?'

साध्वी इस सवाल का जवाब देती कि उससे पहले ही एक भगवा कपड़े

पहने युवक ने उसे आवाज लगाई और उसने उसे चलने का इशारा किया। साध्वी ने उठते-उठते तान्या मैम से कहा था—'जरूर मिल सकती हैं। नीलकंठ से तीन किलोमीटर पहले किसी से पूछ लीजिएगा कि श्री गोपीचन्द जी महाराज का आश्रम कहाँ है। वैसे रास्ते में आपको आश्रम के दिशासूचक बोर्ड मिल जायेंगे।'

साध्वी उठकर खड़ी हो कर चलने लगी तो तान्या मैम ने उसका नाम पूछते हुए कहा था कि कल वह सुबह आश्रम आयेगी। जवाब में साध्वी अपना नाम बताते हुए चली गयी थी—'माँ वैष्णवी।'

तान्या मैम को उस पत्थर की बेंच से उठते हुए ऐसा लगा, जैसे उसके आने का मन्तव्य कुछ-कुछ पूरा होने लगा है। उस युवा साध्वी वैष्णवी का नाम बार-बार उनके भीतर गूँज रहा था और वह अगली सुबह ही उस आश्रम में जाने का पूरा मन बना चुकी थी। रात भर उनकी आँखों से नींद कोसों दूर रही। उनका मन रूई की तरह हलका महसूस कर रहा था।

रात का चाँद अभी पूरी तरह अपनी चाँदनी बिखेर भी नहीं पाया था कि तान्या मैम भोर के सूरज का इन्तजार करने लगी थीं।

ऋषिकेश जैसे धार्मिक स्थल पर ब्रह्ममुहूर्त में घंटे और घड़ियाल की ध्वनि गूँजने लगती है। भक्तों की भीड़ मन्दिरों के दर्शन को उमड़ने लगती है। इसलिए तान्या मैम के लिए इतनी सुबह उठ पाना कोई आश्चर्यजनक बात नहीं थी। पर अन्य भक्तों की तरह मन्दिरों के दर्शन करना उनका यहाँ आने का मकसद नहीं था। वह तो जल्द से जल्द श्री गोपीचन्द महाराज आश्रम पहुँचना चाहती थीं। उनकी गुरु की खोज उनके लिए समाप्त होने वाली है, ऐसा महसूस करते हुए वह उल्लसित थीं।

रास्ते भर तान्या मैम कबीर के गुरु पर लिखे दोहे को याद करते हुए गुनगुनाती रहीं। वे पथरीले, ऊँची चढ़ाई वाले रास्तों पर भी तेज-तेज डगर भरती चलती रहीं। आश्रम का भव्य प्रवेश-द्वार अपने सामने पाकर उनकी आँखें चमक उठीं थी। आश्रम का द्वार किसी किले के द्वार से कम नहीं था। अनजान व्यक्ति तो वहाँ घुसने का साहस भी नहीं कर सकता था। प्रवेश-द्वार पर सेवादार भगवा वस्त्रों में तैनात थे। बिना पूछताछ के अन्दर जाने की इजाजत किसी को नहीं थी।

तान्या मैम ने माँ वैष्णवी का नाम लेते हुए अपना परिचय दिया तो पास खड़ी सेविका ने उन्हें तुरन्त भीतर जाने दिया। यही नहीं, किसी अन्य सेविका को आवाज़ लगाकर तान्या मैम को उन तक पहुँचाने के लिए साथ भी कर दिया।

तान्या मैम के चेहरे पर कौतूहल भरी खुशी थी। खुशी इस बात की कि शायद इस बार उनके गुरु की खोज का मकसद पूरा हो जायेगा और कौतूहल

इस बात का कि इस विशाल आश्रम की भव्यता में श्री गुरु महाराज के दर्शन पाने को उसकी आँखें बेताब थीं।

आश्रम के चारों ओर हरियाली बिछी हुई थी। बड़े-बड़े पेड़ करीने से लगे थे, जिनकी छाया सुखद शीतलता लिए हुए थी। दाहिनी ओर एक विशाल हॉल था, जहाँ रोज की प्रार्थना सभा हुआ करती थी। उसके बीच से एक रास्ता अन्दर की ओर भी जाता था, जहाँ भीतर कई कमरे एक साथ बने हुए थे। माँ वैष्णवी उन्हें वहीं पर बैठी मिलीं। वह ढेर सारी रुई लेकर उनकी बाती बना रही थीं और फिर हर बाती को घी में डुबोकर रखती जा रही थीं, ताकि दीपक जलाते समय रुई पूरी तरह घी से सराबोर हो।

तान्या मैम को लगा कि वह भी इस रुई की बाती की तरह है, जिसे सतगुरु का ज्ञान रूपी घृत जब अपने में आवृत्त कर लेगा तो उसे भी अपना हृदय प्रकाशित करने में किंचित समय नहीं लगेगा। उन्होंने माँ वैष्णवी को झुककर प्रणाम किया। हालाँकि, माँ वैष्णवी और तान्या मैम लगभग एक ही उम्र की होंगी पर आश्रम में सब उन्हें माँ कहकर ही बुलाते थे। इसलिए तान्या मैम ने भी उन्हें यही कहकर बुलाया।

तान्या मैम ने अपने यहाँ आने का उद्देश्य स्पष्ट किया और यहाँ रहने की इच्छा जताते हुए कुछ दिन की अनुमति माँगी। इस बीच उन्हें जलपान में कुछ फल मिले। बीच-बीच में कुछ सेविकाएँ आती रहीं और माँ वैष्णवी उन्हें कुछ आदेश देती रहीं। किसी-किसी से उन्होंने तान्या मैम का परिचय भी कराया।

तान्या मैम द्वारा आश्रम घूमने की इच्छा को जानकर वह स्वयं उनके साथ आश्रम दिखाने के लिए निकली। बातों-बातों में ही तान्या मैम जान सकीं कि श्री श्री गोपीचन्द महाराज इन दिनों आश्रम में नहीं हैं। यह सुनकर उनका मन अवसाद से भर गया, पर शीघ्र ही उन्होंने अपने मन को समझा लिया कि चलो अच्छा है, इस बहाने वह यहाँ कुछ दिन रह पायेगी और यहाँ की व्यवस्था को भी समझ पायेंगी।

माँ वैष्णवी ने उन्हें स्पष्ट किया कि रहने-ठहरने की व्यवस्था श्री गुरु महाराज के खास शिष्य श्री विजयानन्द जी करते हैं और उन्हें भी इसके लिए वहीं से अनुमति लेनी होगी। आश्रम के दूसरी ओर बच्चों की सम्मिलित गूँज को पाकर तान्या मैम के पाँव उधर की ओर मुड़े तो माँ वैष्णवी ने उन्हें बताया कि यह आश्रम का गुरुकुल है, जहाँ विधिवत पढ़ाई तो नहीं कराई जाती पर कुछ सामान्य पुस्तकों का अध्ययन जरूर कराया जाता है। तान्या मैम ने पास जाकर देखा तो सचमुच वहाँ अलग-अलग सेक्शन नहीं थे। सब उम्र के बच्चे एक ही कमरे में

बैठकर पढ़ रहे थे। किसी के हाथ में कोई किताब नहीं थी। वे किसी मंत्र का पाठ करते और वहाँ बैठे कोई युवा साधु उसका अर्थ समझाते। तान्या मैम को इंडोनेशिया की उस वर्कशॉप की याद आ गयी, जिसमें बच्चों की पीठ से किताबों से भरे बैग को टैब कोर्स के माध्यम से बदलने के लिए माथापच्ची हुई थी। पर वहाँ और यहाँ की शिक्षा के धरातल में जमीन-आसमान का अन्तर था।

तान्या मैम उन बच्चों में खोई हुई थी कि अचानक अपने करीब आहट पाकर चौंकी। वह पलटकर देखती कि इससे पूर्व उन्हें माँ वैष्णवी का मृदु स्वर सुनाई दिया। वह किसी से कह रही थी 'विजयानन्द जी, मैं आपके पास ही आने वाली थी। मेरे साथ यह तान्या जी हैं, जो दिल्ली से श्री महाराज जी के दर्शन के लिए आयी हैं और कुछ दिन यहाँ रहना चाहती हैं।' तान्या मैम ने उन्हें झुककर प्रणाम करना चाहा कि इससे पूर्व उनका हाथ तान्या मैम की पीठ पर था—'बस-बस, सदैव प्रसन्न रहो।' और इसके साथ उन्होंने उनका पूरा परिचय वहीं खड़े-खड़े जान लिया।

तान्या मैम ने अपने टीचर होने की बात पर विशेष बल देते हुए इन बच्चों को पढ़ाने की चाहत पर जोर दिया और यह भी स्पष्ट किया कि उनकी शिक्षा में वह बच्चों को अंग्रेजी सिखाएँगी, ताकि आपके आश्रम में आये हुए अनेक विदेशी भक्तों के साथ संवाद बनाने में लाभ हो। यह बात भी विजयानन्द जी को भा गयी।

उन्होंने अपनी स्वीकृति देते हुए कहा—'आप जब तक चाहें आश्रम में रह सकती हैं। आप जब तक यहाँ रहें, अपनी रुचि के अनुसार इन बच्चों को पढ़ाएँ भी। पठन-पाठन से आपका मन यहाँ लगा रहेगा।'

इस प्रकार तान्या मैम के जीवन का एक नया अध्याय प्रारम्भ हो गया। नित नये कपड़े पहनने वाली, ब्यूटी पार्लर जाने वाली, सनग्लासेज लगाकर अपनी कार ड्राइव करते हुए मॉल से लेकर पिक्चर हॉल तक बिन्दास घूमने वाली तान्या मैम का यह नया अवतार सचमुच अद्‌भुत था। वह काफी शान्त रहने लगी थी। आश्रम के इस गुरुकुल में बच्चों को अंग्रेजी पढ़ाना उनका रोज़ का नियम बन गया था। कहानी और गीतों के माध्यम से शिक्षा देने का उनका तरीका यहाँ भी वैसा ही था। बच्चे भी उन्हें चाहने लगे थे। अधिकांश बच्चे दलित, हरिजन और आदिवासी थे और झारखंड, बिहार, छत्तीसगढ़, मध्य प्रदेश के आदिवासी इलाकों से आये हुए थे। इन बच्चों में अधिकांश लड़कियाँ थीं। बारह से अठारह साल की उम्र की। वैसे इस गुरुकुल में अब तक पढ़ाई सिर्फ नाम मात्र को होती थी। युवा होते ही बच्चे आश्रम के काम में लगा दिये जाते थे।

यों तो तान्या मैम को यहाँ चारों ओर पसरी शान्ति बेहद प्रिय लगने लगी थी। उन्हें वापस लौटने का मन नहीं होता था। यहाँ दिन भर के क्रिया-कलाप उन्हें उत्साहत बनाये रखते पर गुरु-दर्शन की उनकी इच्छा उन्हें बार-बार बेचैन बना देती थी। वह कई बार आत्म-मन्थन करतीं कि यहाँ आने का उनका उद्देश्य अभी तक पूरा नहीं हुआ है और उनकी छुट्टियाँ लगभग समाप्त होने वाली हैं। श्री गुरु महाराज जी के आश्रम लौटने में अभी पूरा एक हफ्ता था और तान्या मैम की छुट्टियाँ समाप्त होने में भी लगभग उतने ही दिन शेष थे। पर तान्या मैम अब खाली हाथ लौटना नहीं चाहती थीं। उन्होंने अपनी छुट्टियाँ काफी लम्बी बनाने की गरज से फिर एक विस्तृत एस. एम. एस. भेज दिया। हालाँकि वह समझ रही थीं कि इस मैसेज के बाद ऐसा भी हो सकता है कि उनकी छुट्टियाँ मान्य न हों और उन्हें तुरन्त ज्वाइन करने का आदेश मिले।

तान्या मैम इस बात के लिए भी पूरी तरह मन बना चुकी थीं। इतने सालों का उनका अनुभव इस बात का गवाह था कि इस समय शिक्षा के बढ़ते कारोबार में उनके पास अर्जित नवीनतम जानकारियाँ उन्हें शीघ्र नयी नौकरी से जोड़ देंगी। यही सोचकर वह नौकरी के प्रति पूरी तरह आश्वस्त थीं। उन्हें प्राणायाम, योग-ध्यान जादू की तरह सम्मोहित करने लगा था। पर बात-बात पर तर्क करने वाली तान्या मैम का अवचेतन आश्रम-व्यवस्था को लेकर माँ वैष्णवी से अक्सर संवाद करता रहता।

गंगा के किनारे वे दोनों अक्सर जातीं। यहाँ की प्रदूषण-मुक्त गंगा तान्या मैम को अपने जैसी लगती। वह यहाँ भी इस गंगा की तरह मुक्त होकर बहने को इच्छुक थीं।

'क्या जीवन का वास्तविक सार यही है? हम क्यों देह-सुख को सर्वोपरि मान लेते हैं? उसे सजाने-सँवारने में आनन्द का अनुभव करते हैं, जबकि सबका सब नश्वर है।' ऐसे कई सवाल तान्या मैम माँ वैष्णवी से जब-तब करतीं, उन्हें लगता कि माँ वैष्णवी उनकी बहुत सारी बातों का सही उत्तर देने में संकोच करती हैं। कुछ ऐसा जो वह जानती हैं पर बताना नहीं चाहती। विचारों की यह कड़ियाँ तान्या मैम को कभी-कभी विचलित भी करतीं पर श्री गोपीचन्द महाराज के दर्शन की अभिलाषा के आगे विचारों का यह रेला, गंगा की लहरों की तरह आता और चला जाता।

उस दिन आश्रम की चहल-पहल अन्य दिनों से अलग पाकर तान्या मैम जान सकी थीं कि उसके यहाँ आने का मकसद सौ प्रतिशत पूरा होने वाला है। पूरे आश्रम में विशेष सफाई, कहीं-कहीं फूलों की सजवाट और एक अजीब सी

हड़बड़ाहट सबमें दिखाई दे रही थी कि जैसे कहीं कोई त्रुटि न रह जाये।

बच्चों को पढ़ाने और दोपहर के भोजन के बाद तान्या मैम अपने कमरे में हलका सा सुस्ताने जा रही थीं कि अचानक गुरु महाराज के जयकारों ने उन्हें सचेतन कर दिया। श्री गोपीचन्द महाराज के आश्रम-प्रवेश की व्यवस्था सुचारु थी। प्रत्येक को बाहर निकलकर उनका स्वागत करना निषिद्ध था क्योंकि उनका दर्शन आप सभी समय नहीं पा सकते थे। इसके लिए एक निश्चित समय और स्थान निर्धारित रहता, जहाँ आकर वह, वहाँ होने वाले कीर्तन में विराजते। माँ वैष्णवी के अनुसार भक्त बारी-बारी से आते, उनका चरण-स्पर्श करते। कोई दण्डवत प्रणाम भी करता। वे सबको स्पर्श करते और उनके स्पर्श मात्र से लोग अपने को धन्य मानते।

उस दोपहर के बाद से वह गुरु महाराज के दर्शन को इच्छुक थी, पर आश्रम के लोगों ने बताया कि यह दर्शन आज नहीं हो सकेगा। आज पूरा समय श्री गुरु महाराज विश्राम करेंगे। सुबह की प्रार्थना-सभा में उनका आना सम्भव है और तभी उसे भी गुरु-दर्शन का सौभाग्य प्राप्त हो सकेगा।

तान्या मैम का हृदय उस दिन काफी विचलित रहा। शाम की गुरु-आराधना में भी उनका मन रह-रह कर भटक रहा था। उन्हें लगने लगा था कि पूर्ण शान्ति के लिए गुरु की दीक्षा अनिवार्य है।

यह आराम उन्हें बाकी आश्रमों से बेहतर लगा था। इसका एक कारण यह भी हो सकता है कि यहाँ आश्रम में आने से पूर्व ही उनका परिचय माँ वैष्णवी से हो गया था, जिसके कारण यहाँ का वातावरण उन्हें परिचित सा लगा। एक ख़ास वज़ह यह भी हो सकती है कि हरिद्वार में घूमते हुए आश्रमों में तान्या मैम को कर्मकांड काफी अधिक दिखाई दिया था, जबकि यहाँ सब कुछ सहज, स्वाभाविक और शान्त सा दिखता था। ज्यादातर समय लोग ध्यान और साधना में लगाते थे। घंटे-घड़ियाल और कीर्तन के समय शोर की गूँज कम होती थी। संगीत काफी मद्धिम और रोशनी भी हलकी रहने के कारण शायद तान्या मैम को यहाँ सुकून मिलता था।

सुबह उठने पर तान्या मैम को लगा कि प्रार्थना हॉल में थोड़ी हलचल है। पूछने पर जान सकी कि श्री गुरु महाराज वहाँ पहले प्रवचन देंगे और फिर दर्शन के लिए विराजमान होंगे। तान्या मैम जल्द से जल्द प्रार्थना-हॉल पहुँच गयीं, ताकि वह अग्रिम पंक्ति में बैठ सकें।

ठीक समय पर श्री गोपीचन्द महाराज का प्रवेश हुआ। उनके नाम के जयकारे से सारा हॉल गूँज उठा। लोगों ने फूलों की वर्षा की।

सामने एक बड़े से तख्तनुमा मंच पर श्री गुरु महाराज विराजमान हुए। प्रायः वहाँ एक बड़ी चौकी रहा करती है, जिस पर मखमली गद्दी रहती है। पर गुरु-दर्शन के दिन मंच बनाया जाता है, ताकि लोग आसानी से उनका दर्शन कर सकें।

तान्या मैम ने देखा कि उनके चेहरे पर नूर बरस रहा है। उनके घने काले बाल और दाढ़ी है। उनमें एक खास तरह की चमक है। चौड़ा माथा। चौड़ी छाती। छाती में हलके काले बाल। वह सफेद रंग का खुला वस्त्र धारण किये हुए हैं। ऐसी शख्सियत उनके सामने थी, जिसे देखकर कोई भी सम्मोहित हो जाये। गुरु जी ने बोलना प्रारम्भ किया तो उनकी धीर-गम्भीर आवाज का सम्मोहन तान्या मैम को मंत्र-मुग्ध कर गया। उन्होंने मन ही मन बुदबुदाया—'यही मेरा अन्तिम लक्ष्य है। आज मैं अपनी तलाश पूरी कर सकी।'

दर्शन-लाभ में पहले बाहर से आयी भक्तों की पंक्ति बनायी गयी। तान्या मैम देख रही थीं कि बारी-बारी से हर स्त्री-पुरुष उनके करीब आकर उनके चरण छूते और गुरु जी किसी के सिर पर, किसी की पीठ पर और किसी के हाथ को स्पर्श करते हुए आशीर्वाद देते। लोग श्रद्धा से निहाल हो रहे थे। उसके बाद आश्रम में रहने वाले एक-एक कर उनके करीब आ रहे थे। यहाँ नजारा पहले से कुछ भिन्न था, क्योंकि इन सब को गुरु जी स्वयं नाम से पुकार कर उनका हाल भी पूछ लेते थे। यह दर्शन-लाभ परिवार या कुटुम्ब में होने वाले किसी आयोजन की तरह था। माँ वैष्णवी ने ही उसे बताया था कि जब कभी गुरु जी लम्बे प्रवास के बाद लौटते, सभी उनसे इसी तरह भेंट करते थे।

तान्या मैम वहाँ की नवीनतम सदस्या थीं। माँ वैष्णवी ने उनका परिचय श्री श्री गोपीचन्द महाराज से कराया और विजयानन्द जी ने इनके द्वारा आश्रम के बच्चों को पढ़ाये जाने की बात का विशेष जिक्र कर तान्या मैम को गुरु जी की नजरों में विशेष कृपा दृष्टि दिलाने की भरपूर कोशिश की। वह इसमें सफल भी रहे, क्योंकि गुरु महाराज ने तान्या मैम को भरपूर देखा। ऊपर से नीचे तक सौन्दर्य की ऐसी प्रतिमा उन्हें दिखी, जिसे किसी कारीगर ने बड़े करीने से तराशा हो। उनकी गम्भीर-मोहक वाणी ने प्रश्न किया—'तुम आश्रम में किस चीज की तलाश में आयी हो?'

'मैं गुरु की तलाश में आयी हूँ महाराज जी।'

'गुरु की तलाश क्यों करना चाहती हो?'

'इसलिए कि वह ईश्वर से भी श्रेष्ठ है और सर्वोत्तम पाने की लालसा हर व्यक्ति को होती है।'

'क्या तुम जानती हो कि इस कठिन यज्ञ में तुम्हें सर्वस्व समर्पण कर देना

होगा। अपनी इच्छा-अनिच्छा, नश्वर देह का मोह! ये सब तुम्हारे जीवन में नगण्य हो पायेंगी?' तान्या मैम सम्मोहित मुद्रा में सिर्फ 'जी' कहने को तत्पर रहीं।

संक्षिप्त सी इस बातचीत के बाद गुरु महाराज जी ने उन्हें निर्देश देते हुए कहा कि कल से आप रोज सुबह होने वाले योगाभ्यास में शामिल होइए। इसके बाद तान्या मैम रोज सुबह योगाभ्यास में जाने लगीं। गुरु महाराज उन्हें अग्रिम पंक्ति में बैठाते थे। योगाभ्यास के दौरान उनकी उन पर ख़ास नज़र रहती थी। तान्या मैम की दिनचर्या की पूरी जानकारी लेने का जिम्मा उन्होंने अपने खास विजयानन्द को सौंप दिया था। उन्होंने स्वयं भी एक-दो बार तान्या मैम को आश्रम के बच्चों को पढ़ाते हुए देखा और उन्हें ऐसा लगने लगा कि आश्रम के प्रति तान्या मैम का आकर्षण और लगन का लाभ आसानी से पाया जा सकता है। वह तान्या मैम में आश्रम का विस्तार देख रहे थे। उन्हें लग रहा था कि यदि तान्या मैम उनके निजी क्रिया-कलापों में रच-बस जाये, तो वे उन्हें विदेशों में अपने आश्रम के विस्तार का दायित्व सौंप सकते हैं। कुछ ही दिनों में तान्या मैम को वे अकेले योगाभ्यास सिखाने के लिए बाद में भी रोकने लगे। वह उन्हें नित नये-नये और कठिन योग सिखाते। तान्या मैम एक गुरु-भक्त शिष्या की तरह तेजी के साथ उन्हें सीखने लगी। गुरु महाराज जी से जो भी वह सीखती, उसका वह अकेले खूब अभ्यास करती, ताकि वह जल्द पारंगत हो जाये।

इधर विजयानन्द श्री गुरु महाराज के दायित्व को पूरा करने के लिए तान्या मैम की हर गतिविधि के विषय में माँ वैष्णवी से जानकारी लेने का कोई मौका नहीं छोड़ते थे। इस बात से माँ वैष्णवी भीतर ही भीतर परेशान रहने लगी थी।

तान्या मैम के साथ माँ वैष्णवी का बेहद स्नेह था। वह अक्सर गंगा किनारे एक साथ समय बिताने चली जातीं। इन दिनों तान्या मैम के चेहरे पर जितनी सन्तुष्टि और आनन्द का उजाला मिलता, माँ वैष्णवी के चेहरे पर किसी अज्ञात संकट की मलिनता स्पष्ट दिखाई देती।

वह तान्या मैम को कुछ बताना चाहती, पर तान्या मैम के चेहरे पर असीम आनन्द के ऐसे भावों को देखकर साहस नहीं कर पाती। वह यह भी सोचती कि वह कुछ पढ़ी-लिखी नहीं है और तान्या मैम काफी पढ़ी-लिखी समझदार स्त्री है, उन्हें वह सही-सही शायद कुछ समझा न पाये या हो सकता है कि जो वह कहना चाहती है, उसका शहर की इन स्त्रियों के लिए कोई मायने ही न हो।

इस द्वन्द्व में कुछ दिन डूबने-उतराने के बाद एक दिन माँ वैष्णवी ने गंगा किनारे बैठी हुई तान्या मैम से यों ही प्रसंग छेड़ दिया—'दीदी, यहाँ जो दिखता है, वैसा है नहीं। मृगमरीचिका है यह आश्रम।'

'क्या मतलब, माँ?'–तान्या मैम ने बात न समझते हुए पूछा था–'मैं कुछ समझती नहीं।'

'आप यहाँ थोड़े दिन और रहेंगी तो सब समझ जायेंगी।'

'क्या समझ जाऊँगी?' आश्चर्य और कौतूहल के भाव से तान्या मैम ने सवाल किया।

'हम संन्यासिन थोड़े ही बनना चाहते थे। झारखंड में हमारा गाँव था, जहाँ अपने माँ-बाबूजी और छोटे दो भाइयों के साथ रहना मुझे बहुत अच्छा लगता था। पर हमारे माँ-बाबूजी ने गरीबी से तंग आकर हमें यहाँ छोड़ दिया था। अपनी लाचारी व्यक्त करते हुए माँ वैष्णवी ने बताया था–यहाँ अधिकांश लड़कियाँ ऐसी ही मजबूरी के तहत आयी हैं या लायी गयी हैं।'

तान्या मैम माँ वैष्णवी की बातों को सुनकर हतप्रभ हो गयी थीं। उनके मुँह से बोल नहीं निकल रहे थे। माँ वैष्णवी का बोलना अभी खत्म नहीं हुआ था। उन्होंने फिर से कहना शुरू किया–'यहाँ अधिकतर दलित, हरिजन और आदिवासी गरीब लड़किया हैं। हमें गुरु महाराज के स्पर्श की मनाही है पर...,और फिर हौले से माँ वैष्णवी ने कहा–'इन दिनों विजयानन्द आपकी पूरी खोज-खबर रखते हैं। आप उनसे थोड़ा बचकर रहिएगा। 'कहते-कहते माँ वैष्णवी का गला अवरुद्ध हो गया था। तान्या मैम हैरान रह गयीं, उन्होंने सीधे-सीधे सवाल किया–'क्या करते हैं विजयानन्द?'

'हमें प्रसाद समझकर ग्रहण करते हैं। अपने भोग विलास को 'प्रसाद' का नाम देकर छला जाता है, यहाँ की असहाय गरीब लड़कियों को। यह मेरा अपना अनुभव है, दीदी। 'कहते-कहते माँ वैष्णवी की आँखें छलछला उठीं।'

तान्या मैम के सामने आज जैसे वह खुली किताब बन जाना चाहती थीं–'विजयानन्द आपकी जिस तरह खोज-खबर लेते हैं, उससे मुझे आपकी बेहद फिक्र हो रही है।'

तान्या मैम ने खुली आँखों से माँ वैष्णवी को देखा और सीधा सवाल किया– 'क्या गुरु महाराज भी?'

'नहीं, दीदी, मुझे लगता है कि इस बारे में गुरु महाराज को कुछ नहीं पता, क्योंकि आश्रम के लोगों के साथ बहुत मिलना-जुलना गुरु महाराज रखते ही नहीं। वे प्रायः आश्रम के गर्भ में स्थित अपने उस विशाल हॉलनुमा कमरे में रहते हैं, जहाँ कोई नहीं पहुँच सकता। वह अधिकतर समय ध्यानस्थ बिताते हैं।'

'पर तुममें से किसी ने भी कभी गुरु महाराज से अपनी व्यथा नहीं कही?'

'नहीं दीदी, विजयानन्द और उनके खास शिष्य ऐसा कोई मौका देते ही नहीं। हाँ, एक बार आश्रम में रहने वाली एक विदेशी महिला ने तो गंगा में डूबकर अपनी जान दे दी थी। वह स्पेन की रहने वाली थी। बहुत सुन्दर थी। उसके बाल सुनहरे और आँखें नीली थीं। योग के हर आसन पर उनकी पकड़ थी। आश्रम में वह सबको प्यार करती थी। सुनने में आया था कि एक दिन सुबह गुरु जी महाराज के भूमिगत कक्ष से निकलते हुए उन्होंने सीधे गंगा में जाकर अपनी जान दे दी थी। बाद में लक्ष्मण झूले के पास उनकी लाश मिली और सारा मामला पुलिस ने लीपापोती करके खत्म कर दिया था। आश्रम की सीधी-सादी महिलाओं के अनुसार वह भी इन शिष्यों की शिकायत गुरु जी महाराज से करने नीचे गयी थीं और अन्ततः इन्हीं लोगों ने उनकी हत्या करके इस बात को गुरु जी महाराज से छिपा लिया था।'

तान्या मैम को इस घटनाक्रम में कुछ विश्वास लगा और कुछ अविश्वास। वह समर्ण नहीं पा रही थीं कि इस आश्रम की गतिविधियों से गुरु जी महाराज क्या सचमुच अनभिज्ञ हैं? स्पेन की उस महिला के साथ वास्तव में क्या हुआ? यह भी उनके लिए एक प्रश्नचिह्न था? वह सोचती रहतीं कि गुरु-दीक्षा के पश्चात् जब वह गुरु की खास शिष्या बन जायेगी तो आश्रम की इस गतिविधि से उन्हें अवगत जरूर कराऊँगी। तब तक उनके पास अपनी बात की पुष्टि के लिए कोई न कोई सबूत भी जरूर हो जायेगा।

आश्रम के नित नये क्रियाकलाप तान्या मैम को अपने से जोड़ने में सफल होते जा रहे थे। गुरु-दीक्षा, गुरु-मार्ग ही सच्चा मार्ग जैसे प्रवचन वह जब-जब सुनतीं, उनके भीतर का गुरु-प्रेम उतना ही गहरा होता जाता। 'जिन बूड़ा सो पाइयां, गहरे पानी पैठि' की तरह वह गुरु-भक्ति के इस सागर में पूरी तरह डूबना चाहती थीं। योगाभ्यास में उन्होंने महारत हासिल कर ली थी। रात-दिन की उनकी मेहनत ने आश्रमवासियों को भी उनका कायल बना दिया था। बच्चे उनके अध्यापन के अनूठे तरीके के कारण उन्हें बेहद प्यार करने लगे थे। विजयानन्द को उनसे बात करने की ज्यादा जरूरत कभी पड़ती नहीं थी, क्योंकि स्वयं गुरु महाराज ही उन्हें आज्ञा दे देते थे। यहाँ तक कि इस बार जब उन्हें एक-दो दिन के लिए पास के किसी शिविर में जाना पड़ा तो योगाभ्यास का पूरा कार्यभार वह तान्या मैम को सौंप गये थे। विजयानन्द जी को यह बात बहुत पसन्द नहीं आयी थी। पर किसी खास वजह से वह चुप थे।

आश्रम में इन दिनों जोर-शोर से तैयारियाँ चल रही थीं। 'शरद-पूर्णिमा' का

पर्व निकट आ रहा था। आश्रम की विशेष साफ-सफाई तथा बाहर से आने वाले भक्तों के ठहरने और उनकी भोजन-व्यवस्था की जिम्मेदारी सभी में बाँट दी गयी थी। तान्या मैम को योग-शिविर का कार्य-भार सौंपा गया था। माँ वैष्णवी पर पूजा-आराधना की जिम्मेदारी थी। दीपक, घी, बाती सबका विशेष प्रबन्ध करने में इन दिनों वह गंगा किनारे भी नहीं जा पा रही थी।

तान्या मैम बेहद खुश और उल्लसित थीं। उन्हें इस 'शरद पूर्णिमा' पर गुरु-दीक्षा जो मिलने वाली थी। यह उनके जीवन की ऐसी अभिलाषा थी, जिसे पूरा करना ही इन दिनों उनका मकसद था। श्री गुरु महाराज ने योग-शिविर का बहुत सारा दायित्व उन्हें सौंप दिया था। उनकी इच्छा थी कि इस गुरु-दीक्षा के बाद इस बार अपने विदेश-गमन में वह तान्या मैम को भी अपने अन्य खास शिष्यों के साथ लेकर जायेंगे। तान्या मैम का रोम-रोम पुलक से भर उठा था। वह कभी-कभी यह भी सोचती कि सम्भवतः विदेश-यात्रा के दौरान वह श्री गोपीचन्द महाराज से माँ वैष्णवी द्वारा बतायी गयी आश्रम के स्त्री-उत्पीड़न की विवशता को साझा करने का उचित समय भी पा सकेंगी। यह सवाल उनके दिमाग के अवचेतन में कहीं न कहीं बना हुआ था, जिसका समाधान पाने को भी वह आतुर थीं।

'शरद पूर्णिमा' की पूर्व सन्ध्या। तान्या मैम को श्री श्री गोपीचन्द महाराज का आदेश मिला था कि पौ फटते ही वह गोधूलि वेला में उनके भूमिगत कक्ष में आये। गुरु-दीक्षा के लिए उन्हें सुबह-सुबह का स्नान और सफेद गीली धोती ही पवित्रता के प्रतीक रूप में पहनकर आना श्रेयस्कर होगा।

उस पूरी रात तान्या मैम के दिलो-दिमाग पर गुरु-दीक्षा का मोहावरण बना रहा। शरद-पूर्णिमा से ठीक पहली रात में चाँदनी पूरे आश्रम में पसरी पड़ी थी। चाँद अपनी पूरी कलाओं के साथ आकाश में सजा हुआ था। तान्या मैम सोच रही थीं– 'बस, इसके बाद वह पूरी तरह से इस आश्रम की हो जायेंगी। फिर कहीं कोई संशय नहीं, शंका नहीं।'

माँ वैष्णवी, तान्या मैम के इस अति-उल्लास को देखकर भयभीत हो रही थीं। स्पेन की वह महिला उनकी आँखों के आगे आ रही थी। वह तान्या मैम को समझाना चाहती थीं। सचेत करना चाहती थीं। पर, वह चुप रह गयी थीं। न जाने क्यों!

पौ फटने से पहले ही उन्होंने गंगा-स्नान किया। श्वेत-वसना धोती पहनी। गीले बालों से निकली पानी की बूँदें उनके माथे पर मोती की तरह लहरा रही

थीं। वह सुन्दर दिखाई दे रही थीं। संगमरमर में तराशी किसी मूर्ति की तरह। जिस कक्ष में वह आजतक नहीं गयी थीं, वहाँ प्रवेश करने की भी उनमें उत्सुकता थी। श्री गुरु जी महाराज का शिष्य उन्हें द्वार तक छोड़कर न जाने कहाँ अदृश्य हो गया था। तान्या मैम एकदम अकेली रह गयी थीं पर वह स्वयं को अकेला नहीं मान रही थीं। उस मद्धिम-मद्धिम प्रकाश वाली अन्तःगुहा में जाते हुए उनके मन में अपने गुरु के विश्वास का दीपक जल रहा था। उनके मन में कबीर के दोहों से प्रेरित सतगुरु की ऐसी छवि बस गयी थी, जिससे अन्तर्मन का अन्धकार हमेशा-हमेशा के लिए छँट जाता है।

सीढ़ियाँ उतरकर वह मुख्य कक्ष में आ गयीं। चारों तरफ धूप और अगरबत्तियों का धुआँ वातावरण को सुवासित कर रहा था। सुगन्ध ऐसी, जो आपकी ज्ञानेन्द्रियों को सुन्न कर दे। घना अँधेरा था। मात्र एक छोटे से छिद्र से हलका-हलका प्रकाश छनकर आ रहा था। वह प्रकाश श्री गोपीचन्द महाराज के पूरे शरीर पर पड़ रहा था। वह कालीन के मध्य त्रिभंगी मुद्रा में बाँसुरी हाथों में लिए खड़े थे। उनके पीछे एक चक्र में 'ओम्' लिखा था। हलका संगीत पूरे वातावरण को रहस्यमय बना रहा था।

श्री गुरु महाराज ने तान्या मैम को मोहक मुस्कान के साथ भरपूर नजरों से देखा। हलकी गीली सफेद धोती तान्या मैम के शरीर से कुछ इस तरह चिपकी हुई थी कि उनकी सुन्दर-सुडौल देह का प्रत्येक अंग अद्भुत आकर्षण का केन्द्र था। गीले बालों से गिरी पानी की कुछ बूँदें होठों पर ऐसे चमक रही थीं, जैसे गुलाब में ओस की बूँदें चमकती हैं। श्री गुरु महाराज ने उन्हें इस प्रकार देखा, मानो ये आँखें अभी उन्हें सम्मोहित कर लेंगी। उनकी आवाज गूँजी—'आओ, मेरे भीतर आ जाओ। गुरु को अपने भीतर आत्मसात करना ही गुरु-दीक्षा है और उसके रस में भीजना ही अमृत वर्षा है। यही आत्मा और गुरु-परमात्मा का मिलन है। डरो मत, मेरे समीप आओ, यह समागम अलौकिक है। देह पीछे छूट जाती है। देह का कैसा मोह! यह तो नश्वर है। मेरे पास आओ और मुझे अपने में भर लो।'

तान्या मैम ठगी खड़ी रह गयीं। उनके पाँव जम गये थे। इतने दिनों में श्री गोपीचन्द महाराज का ऐसा रूप उन्होंने कभी नहीं देखा था। उन्हें याद आ रहा था कि योगाभ्यास के दौरान श्री गुरु महाराज उनका सपर्श करने की कोशिश बहुत बार करते, पर तान्या मैम उसे उनका सात्विक अनुराग समझतीं। परत-दर-परत उनके भीतर की तितली के पर जैसे कटने लगे थे।

वह भीतर ही भीतर फड़फड़ा रही थी। गुरु महाराज ने देखा कि तान्या मैम आगे नहीं बढ़ रही हैं। उन्होंने अपनी त्रिभंगी मुद्रा को छोड़कर अपनी बाँहों को फैलाते हुए अपने कदम तान्या मैम की ओर बढ़ा दिये। उन्होंने तान्या मैम को अपनी बाँहों में भर लिया और अपने कामातुर गर्म होंठों को तान्या मैम के होंठों पर रखने का भरपूर प्रयास किया। तान्या मैम की आँखों के आगे प्रो. विपिन, अमित जैन और पवन वर्मा जैसे चेहरे आने लगे। अचानक उनके भीतर फड़फड़ाती तितली ने खुद को चील में तब्दील कर लिया। श्री गोपीचन्द महाराज ने तान्या मैम के होंठों को अपने मुँह में भरने की कोशिश की और तान्या मैम ने अपने हाथों से उनके गले को अपनी जकड़ में ले लिया। एक कुशल शिकारी चील की तरह। वह तब तक उनके गले को दबाती रहीं, जब तक श्री गोपीचन्द महाराज की जीभ उनके मुँह से निकलकर बाहर नहीं आ गयी।

श्री गोपीचन्द महाराज समाधि ले चुके थे। 'शरद पूर्णिमा' के उत्सव की गहमागहमी आश्रम में जोरों पर थी। प्रार्थना सभा में कीर्तन की तैयारियाँ चल रही थीं। तान्या मैम उस अन्तःगुहा से बाहर आयीं और सीधे पुलिस स्टेशन गयीं। उन्होंने वहाँ खुद कबूल किया कि उन्होंने श्री गोपीचन्द महाराज की हत्या कर दी है। पुलिस उनके साथ आश्रम आयी। चीजों का जायजा लिया। आनन-फानन में आश्रम के अन्दर और बाहर से आये लोग हड़बडा गये।

पर तान्या मैम शान्त रहीं। बिल्कुल शान्त। उन्हें श्री गोपीचन्द महाराज की हत्या का मलाल नहीं था। उन्होंने अनूठे साहस का परिचय दिया था। वह सोच रही थीं–'असली गुरु वह है, जो सच के पक्ष में खड़ा हो। इस छलावी गुरु-मोह में वह अपने अस्तित्व को बचाने में सफल रही थीं। गुरु महाराज की हत्या कर वह अपने को सच के पक्ष में खड़ा देख रही थीं। वह अपने को सच्चा गुरु मान रही थीं। वह सोच रही थीं–योग, भोग, संभोग, संन्यास, गृहस्थ, वानप्रस्थ, ईश्वर और मुक्ति सब छलावा है। इंसान को अपने कर्म से अलग करने का। सच है तो सिर्फ इतना कि आदमी बनकर दुनिया को बेहतर और रहने लायक बनाया जाये, बस। गुरु की खोज, आत्मा-परमात्मा सब भटकाव है।'

पुलिस उन्हें आश्रम से पुनः पुलिस स्टेशन ले आयी थी। पुलिस स्टेशन के बाहर भीड़ का हुजूम था। आश्रम की प्रताड़ित बेबस लड़कियाँ और स्त्रियाँ अपना बरसों का मौन तोड़कर तान्या मैम के पक्ष में विजयानन्द सहित आश्रम के उस हर व्यक्ति का खुलासा पुलिस के सामने कर रही थीं, जो उनके शोषण के ठेकेदार थे।

तान्या मैम को जब पुलिस वैन में बिठाकर जेल की ओर ले जाया जा रहा था, तो आश्रम के बच्चों की आँखों में आँसू थे। ठीक वैसे आँसू जैसे सोफिया इंटरनेशनल स्कूल की पहली कक्षा के बच्चों की आँखों में उन्होंने देखे थे। पाक और बेदाग। सच्चे और मासूम। जाते वक्त तान्या मैम के सधे कदम सिर्फ एक क्षण के लिए रुके, माँ वैष्णवी की तरफ उन्होंने मुस्कराकर देखा। मानो उस मुस्कराहट में जीत छिपी हो। माँ वैष्णवी को आज स्पेन की महिला की आत्महत्या का असली राज़ भी मिल गया था। तान्या मैम की इस मुस्कराहट का स्वागत माँ वैष्णवी ने भी मुस्कराकर किया। उदात्त, पवित्र-विजयी मुस्कराहट दोनों के चेहरे पर थी।

पुलिस की वैन धूल उड़ाते चली जा रही थी और तान्या मैम के भीतर की सन्तुष्टि हमेशा के लिए तितली की उड़ान भरने को आतुर थी। उन्हें न केवल सन्तोष, बल्कि स्वयं पर गर्व था कि उन्होंने आज हजारों तितलियों को उड़ान भरने के लिए मुक्त कर दिया है। तमाम ऊहापोह से मुक्त होकर वह स्वयं भी एक तितली बन गयी हैं...और सिर्फ तितली ही रहेंगी।

❑❑